幻夢的殘片

史考特·費茲傑羅／著
林惠敏、鄭天恩／譯

新雨出版社

推薦序

幻滅夢醒──史考特・費茲傑羅

林慶玉

清教思想起源於十六世紀中葉的英國，其精神淵源則可溯至歐陸傳入英國的喀爾文主義（Calvinism）。一六二〇年十二月，英國有一批清教徒搭乘著「五月花號」帆船（The Mayflower），抵達美洲新大陸麻塞諸塞的普利茅斯（Plymouth），這些清教徒為追求做為基督徒的自由，脫離英國教會逃避社會階級及政治的不公平，以波士頓（Boston）為中心建立其理想的「聖經之邦」(Bible Commoweat)，「山上之城」，一個世人嚮往的人間樂土，他們付出了很大的努力，因而成為美國烏托邦精神或美國之夢的最早見證人。

自從美國脫離英國殖民統治，建立了自由民主的獨立國家以後，越來越多的作家冀望在文學上亦能擺脫歐洲傳統的束縛。到了十九世紀初年，美國本土作家皆試圖盡量取材於美國特有的自然景觀與風土民情，撰文直接討論美國文學已有或應有的特色。愛默生發表於一八三七年的著名演說「美國學者」，被譽為美國文化的獨立宣言。早期美國作家為建立民族文學所做的努力，終於在浪漫主義全盛時期有所成果了。

美國是一個民族大熔爐，他們不僅來自英國或西歐，南歐與東歐也來了無數的移民，還有來自非洲原為奴隸的黑人，形成一個「想像的共同體」（Imagined Communites）。然而美國文化的基本還是歐洲文化，也就是英國的傳統，美國當初是英國的殖民地，對公民之個人自由、政治思想、功利主義，以及對財產權與契約之重視，無不是繼承英國的傳統而來。

清教徒自詡是得救的上帝選民，所以應該對全體人民負起義務。這種態度後來發展成為美國人民普遍熱心公益的精神。清教徒自認負有帶領和教育非選民甚至犯罪者的責任。此事的最好的說明是麻薩諸塞殖民地建立僅僅六年，就在那裡創設哈佛大學。

當時其最大的另一場戰鬥就是禁酒運動。禁酒不再是個人道德問題，而被視為維護清教主義理想的美國唯一可行的辦法。因禁酒令的實施相對的造成了私酒的暴利，所以《大亨小傳》書中蓋茨比以此為伏筆成了暴發戶。

一九二〇年代美國文人藝士流行著一種「去國」的風氣，許多重要的作家或藝術家都或長或短的在歐洲居留過，費茲傑羅與海明威亦是成行者之一。「去國」固然不一定是對於美國所提供的文學與藝術環境，懷有幾分不滿的。他們到倫敦，到巴黎，到羅馬等地去追求理想的藝術環境，去吸取更具活力與創意的傳統文化。

費茲傑羅（F. Scott Fitzgerald, 1896～1940）是第一位書寫美國爵士樂時代、咆哮的二〇（The Roarig Twetes）的作家，也是這一時代典型的人物，當時社會風行著奢華享樂的風氣，他與妻子賽爾妲不但參與其中游於其間甚或深陷其中難以自拔，且深受其害成為當時代悲劇性人物的代表。

海明威（Ernest Miller Hemingway，1899～1961）曾有詩作清楚的描述他對費茲傑羅的欣賞：「他的才氣如蝴蝶翼上／由粉末形成的花紋一樣的自然／有段時期／他卻像蝴蝶一樣對此全然不知／他更不知那圖案何時被拂去／何時被攪亂／後來他逐漸意識到自己已被毀壞的羽翼／懂得其構造／他學會了思考，但無法再度翱翔／因為他已不再熱愛飛行／只能回憶當初輕鬆自如地展翼天空的日子」

一九二五年，費茲傑羅在巴黎邂逅海明威，兩人成了無所不談的莫逆之交，他們在巴黎精彩的據點是葛楚・史坦茵（Gertrude Stein）女士的文藝沙龍，那裡是許多文人雅士喝下午茶並且進行文化交流的重要據點，史坦茵女士除了是作家之外，也是立體派繪畫的鑑賞家，因此，來這個沙龍的常客除了作家費茲傑羅、海明威、喬伊斯、龐德、安德森，還有畫家畢卡索與馬蒂斯。

費茲傑羅認為小說家可以透過和朋友聊天來蒐集創作所需的素材，所以常和海明威談及夫妻間不為外人道的隱密之事，因此得知費茲傑羅道德觀很重，所以推論《大亨小傳》中敘述者尼克即費茲傑羅的「超我」，書中眾人過著奢靡享樂的生活，唯有尼克以冷冽清醒的心態觀察剖析別人的生活態度及生命的價值觀。

另一方面，費茲傑羅擅長將作品迎合讀者的口味以便在雜誌大量行銷，這使海明威深感意外，他認為這和妓女賣淫沒有兩樣，其實費茲傑羅不得不這樣做，靠雜誌賺稿費，經濟寬裕了才能寫有深度的作品。費茲傑羅口齒伶俐，故事說得很生動，而且較早成名，曾引薦海明威至文化圈，並且讓海明威與他相處時能學到一些寫作技巧。

在海明威眼中，費氏之妻——賽爾妲其個性如兀鷹不與人分食，賽爾妲常玩通宵宿醉未醒，某夜他們在蒙馬特（Montmartre），因費茲傑羅不肯多喝酒，他倆吵了一架，費茲傑羅告訴海明威當時他已經決定好好寫作，不再喝酒了，可是賽爾妲卻說他是個「無趣的人」。

賽爾妲有一雙鷹眼，嘴唇薄薄的，言談舉止皆是南方人的腔調和作風。賽爾妲對費茲傑羅的寫作十分嫉妒，當時很多人追求賽爾妲，一九二三年，她和一位英俊的法國飛行員艾杜瓦・荷山深深墜入情網，費茲傑羅發現此事深受傷害，在筆記簿上寫著：「我知道我們之間的裂痕再也無法修補了」。一九二五年夏天，費茲傑羅曾說：「有一千個派對而沒有工作」。

一九三〇年，賽爾妲精神崩潰陸續進出醫院接受治療。一九三二年兩人財務急遽惡化，錢成了嚴重的問題，此外酒精使費茲傑羅變的易怒又遲鈍，不過清醒時他還是會努力動筆寫小說。海明威很少在他清醒時見到他，但他清醒時總是談笑風生。當他喝醉時他就來找海明威，以干擾海明威的寫作為樂。費茲傑羅再也沒寫出過好作品，直到他得知妻子精神不正常以後，情況才有了好轉。這悲劇和它所造成的傷害與失落，都是他們夫妻兩人永難忘懷卻又不堪回首的歲月。

賽爾妲抱怨費茲傑羅生來就無法滿足女人，她說是尺寸的關係，費茲傑羅為了這句話而沮喪，因當時他除了妻子從未有其他女人所以無從求證，海明威告訴費氏那是世界上使男人喪失信心的最古老的方法。由許多跡象顯示《大亨小傳》裡有不少自傳的成分，甚至黛西都有賽爾妲的影子，這點可說十分耐人尋味：

「誰要進城去？」黛西仍鍥而不捨地問。蓋茨比的視線瞟向她。「啊！」她嚷著：「你看起來好涼快。」他們目光相遇，注視著對方，彷彿四下只有他倆個存在。他勉強將視線移開，轉向底下的桌子。「你看起來總是這麼涼快。」她又說了一次。她剛剛告訴他她愛他，湯姆·布坎南都看在眼裡。他震驚得目瞪口呆，先看看蓋茨比，再看看黛西，好像他才剛認出她是許久以前認識的友人。（《大亨小傳》）

表面上，黛西只告訴蓋茨比他看起來很涼快；作者不願直接告訴我們黛西想說的情話，只是這一幕，感覺就像真實的情境。首先，他在蓋茨比與黛西之間製造了張力，再加上湯姆對他們關係的恍然大悟，塑造情境氛圍多於直接的對話表白，這就是費氏敘述故事獨特的的技巧，亦為海明威讚賞的手法──「塑造替代描述」。

一九四〇年十二月二十一日，費茲傑羅心臟病發，在壁爐旁倒地氣絕，得年四十四歲，他一生野心勃勃，一心一意相信只要夠努力想做的事一定做的到，他的故事使人聯想早期美國移民披荊斬棘拓荒者的故事，當初他們在美國靠岸追尋夢想中的新土地、新未來但在實現夢想的過程中，夢想早已遭南北戰爭等暴力玷污。

我們是否能了解費茲傑羅在《大亨小傳》中想傳達的訊息及探討的角度和層面呢？蓋茨比的美國夢是延續五月花的原始精神，亦是美國人民宗教或文化層面的美國精神，在追求理想的過程中並不受現實裡醜陋面的影響，而義無反顧的堅持是作者想傳達的理念之一，也是他一生的寫照。如同《大亨小傳》最後的結語，也是費茲傑羅的墓誌銘所言：「So we beat on, boats against the current, borne back ceaselessly into the past.」（於是我們繼續往前掙扎，像逆流中的扁舟，被浪頭不斷的向後推入過去）。

（本文作者為台中大墩寫作讀書會榮譽會長）

譯評

縱情於爵士樂的失落世代——費茲傑羅的爵士文學

林惠敏

二〇年代的美國歷經了第一次世界大戰的洗禮，儘管參戰時間不長，損失並不如歐洲國家來的大，但許多二十歲左右的年輕人在政府的鼓吹下，懷抱著民主的理想而參戰，結果卻見識到戰爭的殘酷，在心中留下了難以療癒的創傷，因而興起了一股反戰風潮，美國作家從此進入了一個新的離經叛道時期。

「失落的世代」（The lost generation）便是此時期興起的一個文學流派，代表性作家有僑居巴黎的美國作家海明威，以及本書的作者史考特・費茲傑羅。他們多半透過小說的創作來表達對前途的迷惘和遲疑，以及美國夢的幻滅。

二〇年代同時也是爵士樂在紐奧良漸漸成形的時代。以黑人音樂為前身，而且早期總是離不開性愛的爵士樂在傳播媒體的推波助瀾下，開始與白人文化相融合。爵士帶給人的那種茫然無助之感、困惑，正好反映了戰後失落的世代的不確定感。而爵士樂讓人沉溺其中、無法自拔的縱情狂歡，正是費茲傑羅創造「爵士年代」一詞的由來。

史考特・費茲傑羅（F. Scott Fitzgerald, 1896-1940）出生於美國明尼蘇達州的聖保羅市，在一個愛爾蘭天主教的中上階級家庭中長大。1898－1901和1903－1908年期間他待在紐約的水牛城，直到父親被寶僑公司（Procter & Gamble）開除後，才舉家遷回了明尼蘇達州。此後家中經濟全仰賴母親這邊的遺產所支撐，而生活的艱辛也深深影響著費茲傑羅的寫作風格與動機。

十三歲時，他在學校的報紙上發表了一篇推理小說，這是他首度嘗試文學創作。一九一三年至一九一七年間，費茲傑羅就讀於普林斯頓大學，他開始嘗試撰寫短篇小說、詩、戲劇、書評。另外，費茲傑羅也為學校劇團三角社(Triangle Club)撰寫抒情詩。同時，他也在學校認識了日後成為詩人的約翰•皮耶•畢許、評論家兼作家的艾德蒙•威爾森，並和這些未來的名人建立終生的友誼。費茲傑羅閱讀的範圍相當廣泛，從王爾德到馬肯濟，蕭伯納到威爾斯。費茲傑羅在普林斯頓求學時，社交生活和學術生活皆十分活躍，但在一九一六年時因學業成績不良而被退學。他雖於隔年復學，卻因一次世界大戰爆發而沒有完成普林斯頓大學的學業。

費茲傑羅於一九一七年被徵召入伍，但從未被派遣到海外作戰。他在南方軍事基地駐紮時認識並愛上了年方十八的賽爾妲。在一九二〇年出版《塵世樂園》（This Side of Paradise）一夕成名後終於抱得美人歸。兩人婚後放縱於狂飲和宴會中的奢華生活堪稱為爵士年代的典型代表，但經濟和健康的過度耗損最終也使兩人從功成名就走上悲劇性的失敗結局。

「爵士年代」象徵著戰後年輕人對上一個世代及戰爭的反動思潮，並將他們對現實生活的不安與惶恐寄託在追逐華麗的享樂生活中。費茲傑羅的首部長篇小說《塵世樂園》(This Side of Paradise,1920)便是首部描述生長在爵士年代年輕人的作品，也是最具個人傳記色彩的一部。此書檢視了第一次世界大戰後青年的生活及道德，主角為一名富有魅力的普林斯頓大學學生，在這瘋狂的年代下成長，歷經了閃閃發光、無趣和幻滅的人生。

《美麗與毀滅》（The Beautiful and Damned, 1922）為費茲傑羅的第二部長篇小說，同樣延續爵士年代的主題，講述一對富有的夫婦一味追求物質，生活糜爛，而終致毀滅。結構和文筆較第一部作品進步，風格更為純熟、統一，背景也更具說服力，被美國文藝評論家愛德蒙·威爾遜（Edmund Wilson）評為「更勝《塵世樂園》」。

世人公認的傑作，且受到海明威大加讚揚的《大亨小傳》(The Great Gatsby, 1925)則是以複雜、緊密的敘事結構，和明確的二元對立主題勝出。內容是關於一位神祕的傑·蓋茲比(Jay Gatsby)為了追求愛情和自我實現，不惜付出毀滅性代價的故事。其中為了贏得美人心而努力致富的情節與作者本身的遭遇頗為雷同，而白手起家的美國夢，則可說是美國社會的縮影。

《夜未央》(Tender is the Night, 1934)描寫一名前途無限的年輕精神科醫師狄克·丹弗與其妻子妮可（亦為他的病人之一）之間的人生起伏。創作此書時，作者在精神上正遭遇極大的痛苦，他的婚姻因妻子的精神分裂和自己自大學時期以來的酗酒毛病而岌岌可危，賽爾妲入住瑞士的療養院更加重了他的經濟重擔，讓他必須舉債度日，並仰賴為《星期六晚郵》（Saturday Evening Post）等雜誌撰寫短篇故事來維持生計。此書展現出複雜的心理層次，而狄克與妮可之間猶如寄生般的依存模式明顯像極了費茲傑羅與賽爾妲間的婚姻。

此外，稿酬優渥，讓作者得以維持奢華生活的短篇故事雖令作者不屑一顧，但這些商業作品中確實也有不少膾炙人口的不朽作品，而且也可視為作者長篇著作的雛形。例如在費茲傑羅的第一部短篇小說集《新潮女郎與哲學家》（Flappers and Philosophers, 1920）中，《冰宮》（收錄於《班傑明的奇幻旅程》）和《柏妮絲剪頭髮》（收錄於《班傑明的奇幻旅程》）便是其中的佳作。而在第二部的短篇小說集《爵士年代的故事》(Tales of the Jazz Age, 1922)中，則以科幻故事《大如麗池飯店的鑽石》（收錄於《班傑明的奇幻旅程》）和以戰時紐約為背景的《幻夢的殘片》為勝選。在第三部短篇小說集《憂鬱青年》（All The Sad Young Men, 1926）中，最受歡迎的是《冬之夢》（收錄於《班傑明的奇幻旅程》）、《赦免》（收錄於《班傑明的奇幻旅程》）和《富家男孩》（The Rich Boy）三篇故事。

本書所收錄的幾篇短篇故事《水果軟糖》、《駱駝的背脊》、《幻夢的殘片》、《陶瓷與桃紅》、《齊普賽街的塔昆幻夜》、《噢，紅髮女巫！》、《殘火》、《艾奇先生》和《傑米娜》均出自《爵士年代的故事》。

《水果軟糖》的故事發生在美國南方，講述一名如「水果軟糖」一般的男人和前衛富家女南西之間擦出的火花。本篇由作者與身為南部姑娘的妻子合力完成，女主角南西的性格與賽爾妲頗有相似之處，而事實上，在作者的許多作品中常可見到賽爾妲的影子，例如

《大亨小傳》中的女主角黛西便是一例。

《駱駝的背脊》則是關於一名出色的年輕人在求婚遭拒後，異想天開地想以最奇特的裝扮在化妝舞會中驚豔全場，結果卻以滑稽的駱駝裝鬧出了許多笑話。本篇是作者花最少時間完成、最不受作者喜愛，但卻也令作者在寫作過程中獲得不少趣味的短篇故事。

《幻夢的殘片》則以戰後頒布禁酒令的美國為背景，描寫了戰後人們的瘋狂與盲從，年輕男女為了追求愛情而不顧一切，但卻又因現實的殘酷而被打回原形。友情、愛情皆因金錢而變質，令人不勝唏噓。

《陶瓷與桃紅》是一篇有趣的短篇戲劇作品。姐妹之間的浴缸之爭，以及妹妹茱莉與姐姐情人間機智且妙趣橫生的對話，都令人不禁莞爾一笑。

《齊普賽街的塔昆幻夜》和《噢，紅髮女巫！》則屬奇幻類作品。前者以緊張刺激的鞋子追逐戰展開故事，並帶出血腥殘酷的事實，在讀者心中產生一股難以置信的衝擊後，又巧妙地在最後將故事引導到令人啼笑皆非的結局，給筆者一種像是在坐雲霄飛車般的感受。後者也是作者將讀者玩弄於股掌間，使現實和幻想之間的界線變得模糊的趣味之作。任性、總是不顧世人眼光而做出種種驚人之舉的紅髮女孩究竟是何方神聖？她是梅林腦中美麗的幻想，還是……

在《殘火》中，年輕有為的劇作家與美麗女演員之間的金童玉女組合閃耀得令人睜不開眼，但「劇烈」的幸福反倒映襯出他人的不幸，而這樣璀璨的幸福是否真能直到永遠？

還是不如用一把火將時間停留在幸福的那一瞬間……

《艾奇先生》亦為短篇的戲劇作品，表達出爵士年代孩子對父母的反叛，新世代企圖推翻舊世代，而朝享樂及追求自我的道路大步邁進。

《傑米娜》則描繪山間女孩純樸的愛情故事，兩人真摯的情感連敵對的世仇都不免為之動容。

或許由於費茲傑羅一生始終為經濟問題所困，他的作品大多探討金錢和權力對人的影響，書中也常可見到年輕小夥子為了追求愛慕的富家女而賣力追求財富的主題。人因夢想而偉大，但當人的初衷受到金錢的腐化而變得不單純時，所追求的幸福與快樂或許也只是幻影而已，很容易隨著現實的殘酷而幻滅。從費茲傑羅的作品中，除了可見到作者對爵士年代的美國社會充滿想像力的剖析與洞察外，也探討了美國人在追求名利時所面臨的道德困境。費茲傑羅以他的浪漫情懷與悲觀主義，用爵士樂譜出了他富有內涵和深度的文學作品，希望藉由本書的各短篇作品能讓讀者更了解費茲傑羅的爵士文學，也試著為自己平凡的生活注入一點小小的爵士情懷。

CONTENTS

水果軟糖

The Jelly Bean

1

金・鮑威爾是個水果軟糖般的男人。儘管我希望能把他塑造成一個吸引人的角色，但是我覺得，如果在這一點上欺騙各位的話，那是很不誠實的舉動。金是一個本性難移，徹頭徹尾，百分之九十九點七五純度的水果軟糖；他一直都是在水果軟糖的季節中懶散地長大的——沿著賓州和馬里蘭州的分界往下走，在盛產水果軟糖的土地上，每一個季節都是水果軟糖的季節。

現在，如果你稱呼一個曼斐斯人「水果軟糖」，他相當有可能從他臀部的口袋裡抽出一條堅韌的長繩，把你吊在距離最近的電線桿上。如果你稱呼一個紐奧良人「水果軟糖」，他也許會露齒而笑，然後問你那個正帶著你女朋友去參加狂歡節舞會的傢伙是誰。這塊以水果軟糖為其特產。誕育了我們接下來要講的這段歷史的主人翁的土地，正是位在曼斐斯和紐奧良之間的某個地方——一座有四萬人的小城市；這座城市在南喬治亞昏昏欲睡了四千年，只有當睡眠偶爾被打擾的時候，才會半夢半醒，嘀嘀咕咕地訴說著有關於一場發生在某個時間，某個地點，早在很久以前就已被其他所有人遺忘的戰爭的種種事情。

金是一個水果軟糖般的男人。我再一次提筆寫下這點，是因為它給人一種很歡樂的感覺——有點像是小妖精故事的開頭似的——，好像金是一個相當不錯的人。不知怎麼地，它總讓我腦海中一想到金的時候就會浮起一個畫面：一個有著圓潤而食慾旺盛的臉孔，在他的帽子上，總是茂盛的長著各式各樣的蔬菜和綠葉的男人；不過，實際上，金卻是個身材瘦長，總是彎著腰站在撞球桌前的男人。在無法清楚分辨的北方人眼裡，他也許會被歸類為跟街角流浪漢同一類型的人物。「水果軟糖」是一個在還沒解體的南方邦聯中十分普遍的稱呼，用來形容那種一生懶散，其生命歷程可以用「懶惰」這個動詞以第一人稱單數進行的變化形式——**我正在偷懶，我已經偷懶過了，我將要偷懶**——來完全涵蓋的人。

金誕生於小城的一個青翠街角，一棟白色的房子裡。它的大門正面有四根飽經風吹日晒的柱子，後院的格子圍籬，在野花盛開，充滿陽光的草地上投影出交錯縱橫的圖案，讓人看了之後，心情不禁感到愉悅起來。最早的時候，住在這棟房子裡的人曾經擁有過隔壁、隔壁的隔壁，以及隔壁的隔壁的隔壁的土地，但是由於那實在是太過久遠之前的事了，以致於甚至是金的爸爸也很少記起它。事實上，正因為他幾乎從來沒有認真想過這件事情，所以當他在一場鬥毆中受了槍傷，瀕臨死亡的時候，他甚至也忘了把這件事告訴當時只有他的幼子——當時才五歲，正悲傷、震驚不已的金。在這之後，這棟白色房子變成了一間寄宿住宅，由一個來自梅崗城，不苟言笑，被金稱呼為「瑪米阿姨」的女人來管理；金打從心底對這個女人感到厭惡。

當金十五歲的時候，他進了中學；他總是頂著一頭蓬亂的黑髮，對於學校裡的女孩子感到十分畏懼。他痛恨他的家，住在那裡的四個婦人和一個老頭，總是一個夏天又一個夏天地，延續著無止盡的喋喋不休；她們討論的內容，不是有關於飽威爾家過去曾經有過多大的土地，就是接下來花園裡將會綻放哪一種花朵，日復一日，一成不變。有時候學校裡小女孩們的父母們來到城鎮，當他們回憶起金的母親，並且想像著金和他母親幾乎一模一樣的黑眼睛和頭髮的時候，總是會邀請他參加派對；但是，派對總是會讓他覺得羞怯，比較起來，他寧可躲在提利家的車庫裡，坐在斷裂的車軸上面丟骰子，或者是用根長麥桿不停的摳著自己的牙齒。為了掙錢，他接了些奇怪的工作，不過真正的原因是，接了這些工作的話，他就可以不用去參加派對了。在他參加的第三次派對上，年輕的瑪裘莉・海特，在他耳朵所能聽見的極限距離內，謹慎地低聲對他說：他看起來像是那種有時會扛著雜貨到她們家的年輕送貨員。因此，比起學習兩步舞或者波爾卡舞，金更寧願花時間去學習如何隨心所欲的讓骰子丟出自己想要的點數，或者是聆聽那些五十多年前發生在週邊鄉鎮上，刺激的槍戰傳奇。

很快地，金變成了十八歲。就在他十八歲這年，戰爭爆發了；他應徵入伍，成為了一名水兵，在查爾斯頓的海軍基地擦了一整年的銅管樂器。然後，由於情勢的變化，他前往北方，並且在布魯克林的海軍基地裡，又擦了一年的銅管樂器。

當戰爭結束後，他回到了家鄉。那年，他二十一歲，身上經常穿著件太短又太緊的褲子。他的鈕扣鞋子既長又窄，領帶的顏色是讓人聯想起恐怖的陰謀似的，極度鮮豔的粉紅與紫色；除此之外，他還有一雙暗淡無光的藍色眼睛，看上去像極了一片曝晒在太陽下太久，褪了色的老衣料。

在一個四月黃昏的暮色裡，當輕柔的暮靄緩緩沿著棉花田流動，越過悶熱的城鎮時，金・鮑威爾朦朧的身影正斜倚在一片木板籬笆上，吹著口哨，凝望著在傑克森街的燈火上空，緩緩浮現的月亮的輪廓。此刻，他的心思正為了一個從一小時間開始就吸引住他注意力的問題而不斷運轉著：原來是，這個水果軟糖又接到派對的邀請了。

打從所有男生都還在討厭女生的那段歲月開始，克拉克・達洛和金在學校裡就已經是同窗好友了。但是，當金的社交渴望在車庫油膩的空氣中消逝的同時，克拉克卻輪番地戀愛、失戀、進大學，耽於飲酒，又戒了酒，並且——一言以蔽之——，成了整個小鎮的最佳情人之一。然而，儘管感情不是很深，但十分肯定的是，克拉克和金還是保持著相當的友誼。那個下午，克拉克的老福特在正站在人行道上的金的身邊停了下來；接著，就在晴朗的天空下，克拉克當面邀請金去參加一場在鄉村俱樂部舉辦的派對。比起克拉克出於一時衝動而這樣做，同樣因為一時衝動而接下這份邀請的金，就顯得更令人驚訝了。金也許是在一種無意識的倦怠，和一種半驚嚇下突如其來的冒險衝勁支配下才這樣做的；不過現在，他倒是十分冷靜地，仔細思考著這個問題。

他開始唱起歌，在人行道的石頭地磚上漫不經心地敲擊起節拍，直到它隨著他低沉嘶啞的音調不斷上下搖晃著：

「來自我可愛的家鄉，水果軟糖小鎮的一個微笑，
那裡住著珍妮，水果軟糖的皇后。
她愛著她的骰子，珍惜它們，
沒有任何骰子難得倒她。」

他忽然中斷了他的歌聲，接著一顛一簸，動作很大地在人行道上狂奔了起來。

「該死的！」他有點大聲地嘟囔著。他們——那個歷史悠久的社交團體的成員——都會在那裡；如果按照那棟很久以前已經賣掉的白色房子，以及壁爐架上那張沾滿了灰的官員肖像所代表的權利，金早就應該屬於那個團體的一員了。可問題是，那群人都是在關係有點密切的情況下一起長大的，就像是女孩子的裙子一吋一吋漸漸變長，或是男孩子的褲子長度明顯地落到腳踝一樣的自然而親密。對那個講究姓氏，以及消逝的純純的愛的社交群體而言，金只是一個局外人——一個陪公子小姐練舞的貧窮白人而已。裡面大部份的男生都認識他，不過都是以帶著優越感的眼光在看待他；除此以外，他也曾經和裡面的三、四個女生有過點頭之交。這就是全部了。

當暮靄在月亮高掛的藍色天幕下變得逐漸濃重之際，金走過了熱鬧而充滿歡樂氣氛的小鎮，向傑克森大街的方向走去。商店正在拉下大門，下班的店員如潮水般，緩緩地流過

回家的路途，讓人感覺彷彿正置身於慢速的旋轉木馬中，如夢似幻地轉動著一般。在遠遠的地方，沿著一條擠滿了形形色色的攤販，色彩繽紛的小巷鋪展開來的露天市集，正為這個夜晚奏著由種種不同旋律混雜而成的奇妙音樂——這當中有汽笛風琴演奏的亞洲舞曲，奇人異事展覽門口傳來的憂鬱號角聲，也有由手風琴演奏出的，讓人精神為之一振的「回到田納西老家」的曲調。

水果軟糖在一家商店前停住了腳步，買了一件衣領；然後，他悠閒地沿著街道，向「山姆蘇打水」的方向漫步而去。在那裡，他看見店門前一如平常的夏日傍晚般停著三、四輛車，而矮小的黑人店員們正忙碌地來回奔波，準備著蘇打水與檸檬水。

「哈囉，金。」

從他的手肘後面傳來一個聲音——喬・艾文坐在一輛汽車上，身旁坐的是瑪莉蓮・韋德；在後座，南西・拉瑪正與另外一個陌生的男生坐在一起。

水果軟糖迅速地碰了碰帽緣，表示致意。

「嗨——」然後，在一陣幾乎無法察覺的停頓之後——「你們一切都好嗎？」

說罷，他繼續往前走，朝向那間倉庫漫步走去——他在那裡的樓上有個房間可以安身。他那句「你們一切都好嗎」是對南西・拉瑪說的；他已經有十五年不曾跟她說過話了。

南西有一張如同令人懷念的吻般輕柔的小嘴，一雙朦朧的眼眸，以及從她出生在布達佩斯的母親遺傳而來的，一頭深藍色的秀髮。金經常在街上跟她擦肩而過；她像個小男生一樣，走路的時候總是會把自己的手插在口袋裡。金從跟她形影不離的莎莉・卡洛爾・胡珀那裡得知，從亞特蘭大到紐奧良，南西一路留下的盡是心碎的痕跡。

短暫的念頭在腦海中一閃而逝；有那麼一瞬間，金竟然希望起自己會跳舞。然後，他笑了笑，當他抵達車庫門前的時候，他又開始對著自己輕聲唱起了歌：

「她的果醬蛋糕會揪緊你的心，
她有著明亮的棕色大眼睛，
她就是皇后，水果軟糖的皇后——
住在水果軟糖城鎮上的，我可愛的珍妮。」

2

九點半的時候，金和克拉克在「山姆蘇打水」的門前見面了；然後，他們搭著克拉克的福特車，一起動身前往鄉村俱樂部。「金，」當他們在散發著茉莉花香的夜晚中疾馳而過時，克拉克漫不經心地問道，「你都是靠什麼來維持生計的？」

水果軟糖停頓了一下，思索著。

「呃，」最後，他開口說道：「我在提利的車庫裡有個房間。下午他在修車的時候，我會幫他一點忙，然後他會讓我自由使用他的車。有時候我會開一輛他的計程車出去，然後照著他的指示去載一些客人。我一般時候大概就是靠這樣子餬口的。」

「就這樣？」

「呃，如果某一天有很多工作時——通常是星期六，我也會幫忙他一整天；除了這些以外，我還有一種不常提及的主要收入來源。也許你不記得了，在這個鎮上賭雙骰的人當中，我大概可以稱得上冠軍。他們現在都只讓我從杯子裡隨機拿骰子出來賭了，因為只要我抓到了某對骰子的感覺，它們就只會為我而滾動了。」

克拉克欣賞地咧著嘴笑了。

「說也奇怪，我從來沒有學過怎樣去安排它們的走向，好讓它們隨著我心裡所想而轉動。我真希望你有一天也能和南西•拉瑪賭一把，然後把她身上所有的錢都贏光。她總是會和男生們賭錢，然後輸掉比她老爸給她的零用錢更多的錢。就我所知的情況是，她上個月才賣掉一對不錯的耳環來還債。」

水果軟糖語帶含糊地說道。

「那棟艾姆街的白色房子還是屬於你的嗎？」

金搖了搖頭。

「早賣掉了。雖然它看起來不是在這個城市的好地段，不過倒是賣了個相當不錯的價錢。律師勸我把錢投資到自由債券上面。但是錢在瑪米阿姨手上，如果真的這樣做，她絕不會默不吭聲的；所以到最後，所有的利潤都拿去維持她在『大農場療養院』的經營了。」

「嗯。」

「我把我一個鄉下的老叔叔送了過去，不過我很懷疑，如果我稍微仔細考慮過的話，我還會不會把我的親戚送到那兒去。那是個不錯的農場，但是沒有足夠的黑人來為它工作。老叔叔要我過去幫他的忙，但是我不認為我會把很多寶貴的時間花在那邊。那地方真是太該死的荒涼了——」；話說到一半，金忽然停了下來。「克拉克，我想要告訴你，我很高興你願意邀請我出遊，但是如果你在這裡把車停下來，讓我自己回城鎮去的話，我想我會更高興的。」

「真是胡說八道！」克拉克哼了一聲。「出來玩一下對你真的有好處的。再說，你也不需要跳舞——只要到那邊，站在舞廳裡面，跟大家握握手就行了。」

「等一下，」金有點不安地驚呼，「你不打算將我介紹給任何女孩，也不打算把我留下來，好讓我能夠跟她們跳舞嗎？」

克拉克笑了。

「因為，」金有點絕望地繼續說，「如果你不肯發誓你不會這樣做的話，那我想我還是現在馬上下車，用我這兩條還算健康的腿把我自己帶回傑克森大街算了。」

經過一番爭論之後，他們兩人同意，金可以在不受女生打擾的情況下，坐在角落裡一張清靜的長沙發上看舞廳裡精彩的演出；這樣的話，當克拉克不想跳舞的時候，就可以隨時加入他這邊。

於是，到了十點鐘的時候，只見水果軟糖交叉著兩腿，謹慎地將雙臂環抱在胸前，一會兒漫不經心地看著房子裡的事物，一會兒又帶著客氣的冷漠，注視著翩翩起舞的人們。在無法抵抗地自慚形穢，與對所有在面前不斷環繞著的一切的極度好奇之間，他的心不斷被撕扯著。他看見女孩子們一個接一個的從更衣室裡走出來，一邊伸展著肢體，把自己打扮得像是閃閃發亮的鳥兒般，一邊還不時越過她們灑滿香粉的肩頭，對身邊的女伴露出微笑；她們向四周投以迅速的一瞥，將整個房間，同時也將房間裡對她們進場的反應盡收眼底——然後，就像鳥兒一般，在她們等待已久的護花使者穩健的臂膀上停歇，築巢。有著一頭金髮與慵懶眼眸的莎莉．卡洛爾．胡珀，穿著一身她最喜歡的粉紅色服裝出現在眾人面前，看上去就像朵正要綻放的玫瑰般地閃閃發光。瑪裘莉．海特，瑪莉蓮．韋德，哈莉葉．凱莉……所有今晚他徘徊在傑克森大街時曾經見過的女孩，現在都在頭頂的燈光下旋繞著，散發著光芒，全身彷彿都染上了優美的色彩，就像是身上有著粉紅、藍、紅、金等各種顏色，剛從商店裡面出來，油彩還未乾的搪瓷娃娃般的奇妙而不可思議。

金已經坐在那裡半小時了，克拉克的「友善拜訪」讓他完全快樂不起來；他每次來「友善拜訪」的時候都會丟下一句，「哈囉，老小子，你今天的戀愛進展如何啊？」，然後還不忘記拍一下他的膝蓋……到現在，已經有一打的男人跟他說過話，或是在他身邊短暫停留，但是他知道，他們每個人其實都對他的出現感到很驚訝，而他也想像著，是否有一兩個人甚至會對於他的到來感到些許的憤怒。但是就在十點半的那一刻，他的困窘與侷促忽然離他而去了；一種幾乎快要讓他窒息的吸引力，正不由自主地牽引著他的一切——南西・拉瑪從更衣室中出現了。

她穿著一件由黃色蟬翼紗織成，有著整整一百個褶角的衣服；她的裙子上有三層褶邊，背後還有一個大蝴蝶結；從她的身上，黑色與黃色的磷光正不斷向四周隱隱散發著。看見這一幕，水果軟糖的雙眼睜得大大地，往自己喉嚨裡吞了一口口水。南西就這樣一直站在門邊，直到她的舞伴匆匆忙忙的趕來。金理解到，自己只是個陌生人，一個下午曾經在喬・艾文的車上與她相遇過的陌生人。他看見她兩手叉腰，用低低的聲音說著話，然後笑了起來。她的舞伴也笑了；這時，金體會到了一種猛烈的劇痛，那是一種不尋常的新種類的痛。一些光線從那對伴侶之間透了出來；那是一道美麗的光，來自於不久之前曾經溫暖過他的那顆太陽。水果軟糖忽然覺得，自己就像身處陰影之中的一株雜草。

一會兒之後，克拉克走到他身邊，眼中閃動著灼熱的光亮。

「嗨，老小子，」他有點缺乏新意地大喊，「你今晚的進展如何啊？」

金回答：「我的進展如何，完全可想而知。」

「跟我來，」克拉克用命令的語氣說，「我弄到了一樣可以讓今晚變得很刺激的玩意兒。」

金笨拙地跟著他穿越舞池，走上樓梯來到了一間更衣室；從那裡面，金拿出了一個燒瓶，裡面裝著無名的黃色液體。

「上好的老玉米酒。」

薑汁啤酒放在一個托盤之中；像「上好老玉米酒」這樣的烈性飲料，得用蘇打水以外的方法來加以偽裝才行。（註）

「喂，小子，」克拉克上氣不接下氣地大聲說道，「南西・拉瑪看起來漂亮嗎？」

金點點頭。

「她的確很漂亮，」他同意地說。

「她今晚的妝扮可說是完美到了極點，」克拉克繼續說，「注意到跟在她身邊的那個傢伙了嗎？」

「那個大傢伙？穿白褲子的？」

「對。呃，他是來自薩凡那的歐登・梅里特，他的父親老梅里特創立了梅里特安全刮鬍刀。那傢伙正為她痴迷不已呢——他已經跟在她屁股後面，追求她一整年了。」

註：美國自一九二〇至一九三三年間實施禁酒令，販賣烈酒是違法的。

「她是一個狂野的小妞，」克拉克又繼續說，「但是我喜歡她。所有人也都一樣。不過，她確實是經常從事一些瘋狂的把戲。雖然通常她都能夠全身而退，但是還是不免因為自己的某些作為，把自己的聲譽搞到遍體鱗傷就是了。」

「是這樣嗎？」金將他的杯子遞了過去。「真是好玉米酒。」

「還不賴啦！呃，言歸正傳，她的確是個狂野的女孩。舉例來說，她可是很喜歡賭骰子的，小子！除了骰子之外，她也很喜歡威士忌蘇打——我還答應了她，等下要帶給她一瓶呢！」

「她喜歡那個——呃，梅里特嗎？」

「天殺的，要是我知道就好了！所有在這間房子裡最好的女孩，最後似乎都會和某些傢伙結婚，然後嫁到不知道什麼地方去！」

他又倒給自己一杯酒，然後小心翼翼地把瓶子用軟木瓶塞塞好。

「聽好，金，我要去跳舞了；如果你能夠不去跳舞，幫我把這瓶酒好好地藏在你屁股下面的話，那我會感激不盡的。如果有人注意到我喝了幾杯的話，他一定會過來問我是怎麼回事；然後，在我察覺之前，我的酒就全空了，而某個慷我的慨的傢伙卻開心得不得了。」

所以，南西·拉瑪快要結婚了。這位小鎮公認的美女，將會變成那個穿著白色褲子的人的私產——而這一切，都是因為「白褲子」的老爸製造了比他的鄰居更好的刮鬍刀的緣故；當他們走下樓梯的時候，金的腦海裡浮起了這個令人沮喪的想法。在他的生命中，這是他第一次感受到一種朦朧的、浪漫的思慕之情。在他的想像中，一幅關於她的畫面開始成形——南西像男孩一樣，快活地沿著大街走著，宛如收取奉獻般地，從虔誠的水果攤老闆手中接過一個橘子；用帶著迷醉人心的神秘氣息付了帳，她在「山姆蘇打水」店前，被一群護花使者簇擁著，最後，以一種勝利的姿態，在明亮而充滿歡唱聲的午後之中驅車離去。

水果軟糖走上長廊，朝向一個夾在照映在草地上的月光與舞廳燈火通明的大門之間，陰暗無人的角落走去。他在那裡找到了一張椅子，點了一根煙，然後讓自己的思緒如同平常一般，緩緩漂流在不經思考的幻想之中。然而此刻，在夜色與從敞開的大門中飄散出來，由潮溼的粉撲、低胸晚禮服的衣褶以及數以千計的蒸餾香水結合而成的灼熱氣味的共同作用之下，這種幻想卻變得極富感官刺激了起來。因為長號的嘈雜而模糊不清的音樂，此刻也變得灼熱而朦朧起來，間或還夾雜著由無數皮鞋與便鞋在地板上所磨擦出的，一種倦怠的弦外之音。

忽然間，一個黯淡的身影，遮蔽了從大門透出的方塊狀黃色光影。一個女孩走出了更衣室，站在距離長廊十呎不到的地方。金聽見那女孩罵了一聲低低的「該死」，然後她轉過身，看見了他。那是南西・拉瑪。

金站了起來。

「妳好嗎？」

「你好——」她停頓了一下，有點遲疑，然後走近了一些：「噢，你是——你是金・鮑威爾。」

他輕輕地鞠了個躬，努力地想著該說些什麼話才好。

「你想，」她很快地開口說，「我指的是——你知道有什麼辦法可以對付口香糖嗎？」

「什麼？」

「我的鞋子被口香糖黏住了。不知道是哪個該死的王八蛋把口香糖丟在地板上，然後理所當然的，我就踩了上去啦！」

金有點不合時機地臉紅了起來。

「你知道怎樣把它去掉嗎？」她有點暴躁地詢問著。「我試過用刀子刮掉它；我還試過了更衣室裡面每一種該死的玩意兒。我也試過肥皂和水——我甚至連香水都試了；我還試著把我的粉刷插進那玩意裡面，結果把它也給弄壞了。」

金帶著點焦慮不安，思索著南西的問題。

「呃——我想也許可以用汽油——」

他的話才剛脫口而出，南西馬上抓著他的手，拉著他跑過低矮的走廊，越過一個花圃，朝著高爾夫球場的第一洞前面，停在月光下的一排車子飛奔而去。

「給我弄點汽油來，」她上氣不接下氣地命令著金。

「什麼？」

「當然是用來解決這口香糖啦！我非得把它拿掉不可。我總不可能黏著口香糖跳舞吧？」

金順從地轉過身面對車子，然後開始用一種獲得渴望已久的報酬般的目光審視著它們。不要說是汽油了，就算是她現在開口要他弄一個汽缸，他都會想辦法將它扳下來。

「嘿，」經過一會兒的探尋之後，他開口問，「這裡有一台滿簡單能弄到汽油的車。妳有手帕嗎？」

「它在樓上的時候已經整個弄溼了——我拿它去沾肥皂水了。」

金費力地在自己的口袋中探索著。

「我不敢相信，我竟然連條手帕也沒有。」

「真該死！對了，我們可以轉開它，然後讓它流到地面上就行了。」

他轉動了油管的閥門；油開始滴落下來。

「再多一點！」

他將它轉得更開一些。原本是緩慢滴落下來的油變成了流淌而下，在地上形成了一灘閃動著光亮的油漬；在它不停震顫的表面上，倒映著一打同樣顫抖著的月光。

「噢，」她滿意地嘆了一口氣，「就這樣將它全部放出來吧！接下來唯一要做的事，就只剩下在裡面踩一踩而已了。」

不顧一切地，他把閥門完全轉開；原本只是一小灘的油漬迅速擴大，變成了一條小河，向四面八方流淌而去。

「這樣很好。我挺喜歡這種事情的。」撩起她的裙子，南西優雅地踏了進去。

「我想，這下一定能夠把它給弄掉了。」她喃喃自語著。

金笑了。

「還有很多其他的車呢。」

南西優雅地從汽油當中踏了出來，開始在汽車踏腳板上，從鞋邊到鞋底不斷磨擦著她的便鞋。水果軟糖再也克制不住自己；帶著爆發出來的笑聲，他笑得彎下了腰；一會兒之後，連南西自己也跟著他大笑了起來。

「你是跟著克拉克·達洛一起到這裡來的，對吧？」當他們走回長廊時，她對金問道。

「沒錯。」

「你知道他現在在哪裡嗎？」

「我想，大概是在跳舞吧。」

「見鬼了！他答應我要給我一瓶威士忌蘇打的。」

「那個，」金說道，「我猜他已經準備好了。我從他手上拿到了一瓶酒；現在它就在我的口袋裡。」

她對他報以一個洋溢著喜悅的微笑。

「不過我想也許妳需要的是一些薑汁啤酒。」他補充說道。

「不用了。就這瓶就好。」

「妳確定？」

她輕蔑地笑了起來。

「看我的吧！男人能夠喝什麼，我就能喝什麼！我們坐下來吧。」

南西坐在一張桌子邊上，金則是挑了靠近她身邊的一張柳條椅子，一屁股坐了下來。

拔出了瓶塞，她將酒瓶放到唇邊，深深地啜了一口。金饒有興趣的看著她。

「妳喜歡它嗎？」

南西屏著氣，搖了搖頭。

「不，但是我喜歡它帶給我的感覺。我想大部份人都是這個樣子。」

金同意她的說法。

「我爸爸也很喜歡它；它讓他無法自拔。」

「典型的美國人，」南西嚴肅地說，「不知道怎樣飲酒。」

「怎麼說？」聽了南西的話，金顯得有點驚愕。

「事實上，」她毫不在意地繼續說著，「他們根本不知道怎樣把每件事做到最好。在我的人生中最令我感到遺憾的一件事，就是我不是生在英國。」

「英國？」

「對。這是我生命中唯一一件會讓我遺憾自己不曾做過的事。」

「妳喜歡英國嗎？」

「對，非常喜歡。我從來沒有親身去過那兒，但是我曾經遇過很多跟著軍隊到這裡來的英國人，好比說牛津和劍橋的大學生──你知道的，那就像我們這裡的西瓦尼南方大學，或是喬治亞大學一樣──。除此之外，當然，我也讀了很多英國的小說。」

金感到十分有趣而驚奇。

「你聽說過戴安娜・麥納斯（註）女士嗎？」她認真地問道。

不，金從沒聽說過她。

「嗯，她是我最想成為的那種人。你知道的，她像我一樣有著深色的頭髮，又像罪惡一樣的狂野。她可是個曾經騎馬踏上天主教、基督教還是什麼教堂的台階上的女孩；從那以後，所有的小說家都讓他們筆下的女主角跟著這樣做了。」

金禮貌地點點頭；南西說的話實在是超乎他的理解之外。

註：戴安娜・麥納斯，二十世紀初期英國著名的社交名媛、演員，女政治家。

「把酒瓶給我，」南西建議，「我要再去弄些酒過來。一點點酒不會帶來太多麻煩的。」

「你看看，」又喝了一口酒之後，南西屏住呼吸，繼續說道：「在那個地方的人們都很有格調，可是在這裡，沒有半個有格調的人。我指的是，這邊的男生都不是真的懂得妝扮或是令人激賞的美好事物的價值，你明白我的意思嗎？」

「我想是這樣——我指的是，我想他們不懂。」金低聲說著。

「因此，我想要把這樣的事物完全地展現出來；畢竟，我真的是這鎮上唯一有格調的女孩了。」

她伸了個懶腰，伸長了手臂，心情愉悅地打了個呵欠。

「真是美好的夜晚。」

「的確如此。」金點頭同意。

「好想要有一艘船，」南西像沉浸在夢幻之中一般地說著，「好想航行在銀色的湖面上，就像航行在泰晤士河上一樣。我會一邊航行，一邊享用香檳和魚子醬三明治。在我的船上載著八個人。然後，會有一個男生從船上跳下來逗我們開心；再後來，他會溺水而死，就像戴安娜．麥納斯女士曾經遇到過的一個男生一樣。」南西又補充說道，「我不是說他故意要溺死自己來取悅她啦。他只是跳下船，想讓大家笑笑而已。」

「當他溺死的時候，我想他們恐怕笑不出來了吧。」

「噢，我猜想他們還是會有一點笑意的，」她承認，「至少，我想戴安娜是笑得出來的。我猜，她非常地冷酷無情——就像我一樣。」

「妳很冷酷無情嗎？」

「跟釘子差不多鐵石心腸。」她又打了個呵欠，補上一句：「再從瓶子裡倒一點點酒給我。」

金有些猶豫，但是南西挑釁地伸出了她的手，「不要用小女孩的方式待我。」她警告著他，「我跟你曾經見過的任何女孩都不同。」她又想了一下，說：「不過，也許你是對的。你有著——在你的肩膀上，有著一顆老舊的頭腦。」

她一躍而起，朝著門的方向移動。水果軟糖也隨之起身。

「再見，」她禮貌地說道，「再見。謝謝你，水果軟糖。」

然後，她踏進了屋內，將睜大眼睛的金獨自留在了長廊上。

3

午夜十二點，一列披著斗蓬的身影從女子更衣室中魚貫而出，每個身影旁邊，都陪伴著一個西裝畢挺的護花使者，看上去就像是方塊舞排列整齊的舞者一般。帶著睏倦而愉悅的笑聲，人潮流過了大門，流入了門外的黑暗之中——在那裡，汽車正一邊噴著蒸汽一邊倒車，人群則是三三兩兩呼朋引伴，在噴水池下聚成一團。

金從自己一直坐著的角落裡起身，開始尋找克拉克的蹤影。他們上一次相遇是在十一點；然後克拉克又離開去跳舞了。金一邊找尋克拉克，一邊漫步走過一個過去曾經是酒吧，不過現在已經改成提供蘇打飲料的地方。那個房間裡杳無人煙，除了一個正在櫃台後面打著盹，睡眼惺忪的黑人，以及兩個正在一張桌子前面懶懶散散地擲著骰子的男生之外，就再也沒有別人了。就在金將要離開的時候，他看見克拉克走了過來；就在同時，克拉克也看見了他。

「嗨，金，」他用命令的口吻說道，「過來跟我們一起喝這瓶酒。我想它已經沒剩多少了，但是應該還夠這邊所有人喝一口的。」

南西、那個從沙凡那來的男人、瑪莉蓮・韋德，還有喬・艾文，正懶洋洋地倚著門口談笑；南西注意到了金的目光，對他幽默地眨了眨眼。

他們慢慢移到了一張桌子旁邊，圍著它各自坐了下來，然後等著侍者送薑汁啤酒上來。金有點侷促不安，不由得將他的目光投向已經和隔壁桌的兩個男生玩起了賭骰子遊戲的南西。

「把他們帶過來這邊，」克拉克提議。

喬有點不安地環顧四周。

「我們不該吸引太多人才是。這是違反俱樂部規則的。」

「旁邊沒有什麼人了，」克拉克堅持的說，「除了泰勒先生之外——他正像個瘋子一樣樓上樓下到處跑，想找出到底是誰把他車子裡的所有汽油全給漏光了。」

克拉克的話在眾人當中引起一陣笑聲。

「我賭一百萬，南西又用了什麼東西來對付她的鞋了。當她在附近的時候，你最好別把車停在那邊。」

「噢，南西，泰勒先生正在找妳呢！」

南西的臉頰正因為遊戲帶來的刺激感而灼灼發熱。「我已經有兩個星期沒見到他那輛愚蠢可笑的小車了。」

金感覺到一陣突然的沉默。他轉過頭，看著一個正站在門邊，不確定年紀多大的人影。

克拉克的聲音打破了這種困窘的氣氛。

「你要加入我們嗎，泰勒先生？」

「謝了。」

散發著不友善的態度，泰勒先生找了張椅子坐了下來。「我想我必須加入你們。我必須等到他們弄到些汽油給我才行——某個傢伙對我的車子開了個玩笑。」

他的眼睛瞇了起來，迅速地掃視著身旁一個又一個的人影。金懷疑，他在門邊是不是聽到了什麼——然後現在正在試著回想他們剛剛講話的內容……

「我今晚手風真順，」南西像唱歌般地說著，「這一輪我贏了五毛錢。」

「去妳的！」泰勒突然怒氣沖沖地大吼。

「噢，泰勒先生，我不知道你也玩骰子呢！」南西欣喜地發現泰勒在她旁邊坐了下來，還馬上丟下錢蓋過了她的賭金。由於南西今天晚上拒絕了對面的男生好幾次比較直接的求愛，所以她們幾個人賭到現在，已經開始很明顯地討厭起彼此了。

「很好，寶貝，聽媽媽的話。只要丟一個小小的七就好了。」

南西開始對著骰子低聲細語。她大膽而隱密地揮舞起著手臂，將骰子搖得喀喀作響，然後，一把將它們擲向桌上。

「哦——哦！我猜對了！現在，大家再把錢拿出來吧！」

當她的帳上又增加了五塊錢之後，大家發現泰勒已經成了可悲的大輸家。整場賭局完全就看她一個人表演；當每一次成功之後，金總會看見在勝利中隱藏的一絲不安，浮現在她的臉上。她每一擲都是贏兩倍——這樣的幸運幾乎不可能一直持續下去。「我看，還是適可而止比較好吧。」他膽怯地警告著她。

「噢，但是看這局，」她輕聲低語著。骰子現在的點數是八點；她開始呼喚起她想要的數字。

「小愛達，這次我們要回南方了喔。」（註）

來自戴卡托的愛達滾過了桌面。南西脹紅了臉，有點歇斯底里了起來，但是她的幸運還在持續之中。

她一次又一次地舉起了裝骰子的罐子，不管旁人怎樣死命勸阻都不理。泰勒的手指不斷地敲擊著桌面，但是他仍然坐在原地不動。

然後，當南西試著丟出一個十點時，她失去了對骰子的控制權。泰勒像渴望已久似地一把抓住它們；他靜默地擲著骰子，在這刺激的靜默之中唯一剩下的聲音，只有骰子一個接著一個滾過桌面的撞擊聲。

現在，南西又一次拿回了擲骰權，但是她的幸運已經被打破了。一小時過去了。骰子在兩方之間來回易手。泰勒已經一次，又一次，再一次地掌控了它。他們兩人甚至已經到了最後關頭——南西輸掉了她最後的五塊錢。

「你願意接下我開的支票，」南西很迅速地說，「五十美元，然後我們再來賭個輸贏

註：「來自戴卡托的愛達」，是一首老歌的開頭。

如何？」她的聲音中帶著些許的不穩，而當她碰觸到錢的時候，她的手顫抖著。

克拉克和喬・艾文交換了一個猶疑而擔心的眼神。泰勒再一次搖起了骰子；他接下了南西的支票。

「何不再多簽一張？」她狂亂地說。「不管是要哪裡的哪家銀行來付——，付這筆錢，都沒問題的。」

金心知肚明，這是她先前喝掉的那瓶「上好老玉米酒」——也就是他給她的那一瓶——在作祟。他希望自己有膽量出面干預——不管怎麼說，一個這種年紀，這種身份地位的女孩，都不太可能有兩個銀行帳戶的。當時鐘的時針指向二的時候，他終於再也抑制不住自己了。

「也許我——妳可以讓我為妳擲骰嗎？」金向南西提議；他低沉而慵懶的聲音，聽起來像是帶著些許的緊張。

忽然間，帶著睏倦與疲憊的神色，南西將骰子生氣的扔在他面前。

「很好——老小子！就像戴安娜・麥納斯女士說的，『擲骰子吧，水果軟糖！』——我的好運已經離我而去了。」

「泰勒先生，」金毫不在意地說，「我們就拿那三張支票裡面的一張代替現金，來當做擲骰的賭注吧。」

半小時後，南西搖搖擺擺地走向前，輕拍他的肩膀：

「你一定是偷走了我的運氣。」她洋洋得意地點了點頭。

金一把將最後一張支票掃到了自己眼前；他把這張支票和其他兩張擺在一起，將它們撕成了五顏六色的碎屑，然後把這些碎屑全部灑落到地板上。旁邊有某個人開始哼起了歌，而南西則是提起了她的腳，向後踢著自己的椅子以示應和。

「親愛的先生女士們，」她大聲宣布，「女士們——別懷疑，我指的就是妳，瑪莉蓮。我想要告訴全世界說：金・鮑威爾先生，本市眾所周知的『水果軟糖』，乃是以下這條偉大規律——『在骰子上很幸運，在愛情上必然不幸』的例外。他不只在骰子上很幸運，而且事實上，我……，我也愛他。各位親愛的先生女士們，南西・拉瑪，跟其他女孩一樣，經常被《前鋒報》評為青年社群中最受歡迎的成員之一，著名的深色頭髮美女，她在此希望宣布——希望宣布，呃，各位先生——」南西說到一半，腳下忽然一個踉蹌；克拉克連忙攙扶住她，幫她恢復了平衡。

「這是我的錯誤，」她笑著說，「她——以最謙卑的——最謙卑的態度，期望——呃——我們能夠歡迎水果軟糖……金・鮑威爾，水果軟糖之王，與我們一起共飲。」

經過幾分鐘之後，當金手裡握著帽子，在那個跟南西找尋著汽油的時候同樣陰暗的長廊角落裡等待著克拉克的時候，她突然出現在他的身邊。

「水果軟糖，」她說，「你在這裡嗎，水果軟糖？我想——」她的身子微微搖擺著，彷彿置身於魔幻的夢境中一般；「——我想，為了那件事，你值得我給你一個最甜蜜的吻，水果軟糖。」

一瞬間，她的雙臂環繞上了他的頸子——接著，她的唇印上了他的唇。

「我在這世上一向是狂野不羈的，水果軟糖；但是，你讓我產生了改變。」

說罷，她離開了金的身邊，走過長廊，來到蟋蟀爭鳴的草地上。金看見梅里特走出了前門，憤怒地對她說了一些話——他看見她笑了，然後，轉過身去，帶著刻意閃避的目光，走向他的車。瑪莉蓮和喬尾隨在後，用睏盹的歌聲唱著「爵士佳人」的曲調。

克拉克步出大門，和金肩並肩地走著。「我猜，一切都相當不錯吧。」他打了個呵欠。「梅里特的心情可是壞透了。他鐵定會跟南西分開的。」

沿著高爾夫球場的東邊，如灰色薄毯般的霧氣，在夜色的腳下悄悄地瀰漫開來。當引擎開始暖機的時候，在車上的那群人開始唱起了合唱曲。

「大家晚安，」克拉克大喊。

「晚安，克拉克。」

「晚安。」

「晚安，水果軟糖。」

接下去是一陣停頓；然後，一個輕柔，愉悅的聲音傳了過來：

在迸發出來的歌聲中，車子絕塵而去。田地裡，一隻公雞越過了馬路，追逐著落單的寒鴉；在牠們的後面，一個下班的黑人侍者關上了長廊的燈，金和克拉克則是朝向他們的福特車漫步而去。他們的鞋子在砂石車道上，發出嘎扎嘎扎的尖銳響聲。

「好傢伙！」克拉克輕嘆了一聲，「你是怎麼能把骰子控制成那樣子的！」

夜幕仍然十分黑暗，以致於克拉克看不見金瘦削的臉頰正微微地發紅著——當然，他也不會知道，其實它是為了某種莫名的羞赧而微微發紅的。

4

在提利的車庫上面，有一個陰暗的房間。那個房間成天迴蕩著樓下車子隆隆作響和噴氣的聲音，以及當黑人洗車工轉開水管清洗著停在外面的車子時，一邊唱出的歌聲。那是一間陰鬱的四方形房間，中間被一張床和一張破爛不堪的桌子所隔斷；在桌子上攤著五、六本書——喬・米勒的《通往阿肯色的慢車》；一本版本古老，上面用陳舊的筆跡寫滿了註解的《露西爾》；哈羅德・貝爾・萊特的《世界之眼》，以及一本古老的英國國教會祈禱書，裡面的空白頁寫著「艾麗絲・鮑威爾」的名字，以及「一八三一」的年份。

當水果軟糖走進車庫，扭開他房裡那盞孤零零的電燈時，東方灰濛濛的天空，已經變成了深沉而鮮豔的藍色。他啪的一聲又關上了燈，走向窗前，將他的手肘擱在窗檽邊，凝望著顏色越來越濃烈的清晨。隨著自己心中情感的覺醒，金首先感受到的是一種空虛的感覺，一種存在於他極度灰暗的生命中，隱隱約約的苦痛。一道突然浮現的牆圍繞著他，拘束著他的行動；那是一道十分清晰，真實可見的牆，就像是他空洞的房間四周的白色牆壁一般。隨著他對這面牆的體悟，所有在他的生活中曾經有過的浪漫情節、漫不經心、無憂無慮的淺薄，以及生命中一切神奇而慷慨的恩賜，都漸漸地黯淡了下去。水果軟糖漫步在傑克森大街上，嘴裡哼著懶洋洋的歌，對大街小巷的店鋪和攤位如數家珍，肚子裡裝滿了簡單的問候語和狹隘的小聰明，有時候會為了時間的流逝而悲傷，但有時卻也只是為了悲傷而悲傷——那樣的水果軟糖忽然消失了。這個特殊的名字代表的是一種譴責，與一個無足輕重的人。隨著如洪水般淹沒自己的深刻洞察，金了解到，梅里特必然很鄙視他；甚至南西在草地上的吻，喚起的也不是他的嫉妒心，而只是一種對南西的如此自貶身價產生的輕蔑。至於就梅里特自己這方面來說，這個水果軟糖使用了一種在車庫裡學來的骯髒騙術，將南西操控在掌中。他成了南西在道德方面的洗衣店；名譽受玷污的成了他自己。

當灰色的天空變成了藍色，明亮的光線充滿了整個房間的時候，他越過了他的床鋪，將自己的身體用力拋上了床，雙手狠狠地緊抓著床緣不放。

「我愛她，」他大聲吶喊著，「老天啊！」

當他說出這句話的時候，在他心中的某樣東西崩潰了，就好像是哽在喉嚨裡的硬物融化掉了一般。空氣清新了起來，在黎明中變得光彩奪目；他轉過自己的臉，在窗櫺邊開始痛苦的啜泣了起來。

在陽光晴朗的午後三點鐘，正一邊發出惱人的軋軋聲，一邊沿著傑克森大街前進的克拉克・達洛，被站在人行道上，手指插在背心口袋裡的水果軟糖給攔了下來。

「嗨！」讓自己的福特在路邊做了個驚人的急停，克拉克大喊道，「剛起床嗎？」

水果軟糖搖了搖他的頭。

「我根本睡不著。我感覺到一種焦躁不安，所以今天早上，我在郊外走了很長的一段路。一直到現在，我才走回鎮上。」

「你應該好好想想會讓你感到焦躁的原因。曾經有一整天，我都有那樣的感覺——」

「我正在考慮離開城鎮。」像是被自己的想法給吸引住似地，水果軟糖繼續說：「我考慮要前往那座農場，幫忙丹叔叔分擔一些工作。我想，自己已經浪蕩太久了。」

克拉克靜默不語，而水果軟糖又繼續說：

「我想，我也許會在瑪米阿姨死後把我的錢繼續投資在那座農場，並且做出一些有建設性的成果出來。所有我的家人最初都是從那裡起步的；那裡有一片很大的土地。」

克拉克好奇地看著他。

「真是有意思，」他說，「你所表現出來的樣子，似乎同樣打動了我。」

水果軟糖有點遲疑。

「我不知道，」他慢慢地開口，「某些東西有關——有關昨天晚上那個女孩跟我講到的一位女士，名叫戴安娜・麥納斯——一位英國女士，讓我產生了這樣的想法！」他讓自己的身體再靠近一點，用古怪的眼神注視著克拉克，「我曾經有過一個家庭。」他大膽地說著。

克拉克點點頭。

「我知道。」

「我是家族當中最糟糕的一個人，」水果軟糖繼續說著；他的聲音微微的高揚了起來，「我是個沒有價值的無用之物。他們用『軟糖』這個名字來稱呼我——意思是我就像它一樣軟弱、搖擺不定。當我的親人們在路上跟我擦肩而過，都會別過頭去的時候，我在人們的眼中根本什麼都不是。」

克拉克再一次沉默了。

「所以，今天我要穿越，要離開這個城鎮。當我再回來時，我會變得像一個紳士。」

克拉克掏出了他的手帕，擦了擦他有點溼氣的臉孔。

「我猜，你不是唯一一個被它所震撼到的人，」他陰沉地承認，「就像她們平常所做的事情一樣，所有這種牽扯到女孩子的事都會很快平息的。太糟了，但是每個人都必須朝這個方向看待它才是。」

「你的意思是，」金驚訝地問道，「所有一切都洩露了嗎？」

「洩露？他們究竟要怎樣讓它保持秘密，我還真想不到呢。今天晚上，它就會寫在白紙黑字上面公布出來了；拉馬醫生總得想辦法保持他的名聲的。」

金將他的手放在車門邊；他修長的手指緊緊扣著車子的金屬。

「你的意思是，泰勒先生檢查了那些支票嗎？」

這次輪到克拉克感到驚訝了。

「你還不知道發生了什麼事嗎？」

金驚訝的眼神說明了一切。

「呃，」克拉克有點戲劇性地宣布說，「那四個人喝了另一瓶玉米酒，喝得醉醺醺的，然後他們決定要讓這個小鎮震驚一下——所以今天早上七點，南西和那個梅里特在洛克維爾結婚了。」

水果軟糖的手指緊扣著的金屬車門上，出現了一道細微的刻痕。

「結婚？」

「千真萬確。南西清醒過來之後衝回了鎮上，大哭大鬧還害怕得要命——她宣稱，這一切都是一個錯誤。一開始，拉馬醫生快要氣瘋了，而且幾乎要殺了梅里特，可是到最後他們決定要想辦法平息這件事，而南西和梅里特也已經搭兩點三十分的火車前往薩凡納了。」

金閉上眼睛，竭盡全力克制住突如其來的反胃感。

「那實在太糟了，」克拉克充滿哲理似地說道，「我不是指那場婚禮——我想那婚禮應該很不錯，雖然我沒有想到南西該死的會看上那傢伙。但是對一個那樣的好女孩來說，以那種方式傷害她的家庭，實在是一種罪過。」

水果軟糖放開了車子，轉過身去。再次地，某種東西正在充滿他的內心，那是某種無可言喻，但是幾乎就像化學變化一般的東西。

「你要去哪裡？」克拉克問道。

水果軟糖轉過頭，目光呆滯地看著他的肩膀。

「回家，」他喃喃自語著。「我已經走得太長了；現在我覺得有點不舒服。」

「噢。」

＊＊＊

午後三點炙熱的街道，到了四點變得更加的悶熱；四月的塵土，似乎讓陽光也深陷其中；當陽光再次發散出來時，給人的感覺就像是一場從古到今，在漫長的午後永遠上演不盡的笑話。但是到了四點半，最初一層的寂靜落入了街頭，涼蓬與枝葉繁盛的大樹的影子，也逐漸地伸展了開來。在這種炎熱中，沒有什麼事情是有意義的。所有生命都迎著風，在彷彿讓一切事物都變得毫無意義的炙熱中，等待著那一絲宛若愛撫著疲憊的前額的女性雙手般輕柔的涼意。行過喬治亞，你會有一種感覺——也許不是那麼清晰——，這是南方人最偉大的智慧。所以，過了一會兒之後，水果軟糖走進了傑克森大街上的一家撞球房；在那裡，他很確信能夠找到一群友善的人，到時，他們將會告訴他所有那些古老的笑話——那些他已經知道的笑話。

駱駝的背脊

The Camel's Back

1

當讀者疲憊不堪的明眸短暫而迅速地掠過上面的標題時，必然會認為它只是一個隱喻而已。關於杯子、嘴唇、壞便士（討厭鬼）和新掃帚（新上任者）的故事，很少真的和杯子、嘴唇、便士或掃帚有關。但這個故事是例外——它所要描述的題材，確實是與真正存在的、看得見的、跟實物一樣大小的駱駝背脊之間有著密切的關連。

在敘述這個故事時，我想我們應該先從駱駝的脖子開始，然後朝著尾巴邁進。首先，請讓我為各位介紹派瑞·帕克斯特先生。他是位律師，今年二十八歲，是個土生土長的托利多人。派瑞擁有一口好牙和哈佛文憑，頭髮總是梳成中分髮型。也許，各位之前已經在克里夫蘭、波特蘭、聖保羅、印第安納波里斯、堪薩斯城等地見過他的身影了。紐約的貝克兄弟公司總會利用他們半年一次的西部旅行期間的空檔，向他提供一些免費衣物；而蒙莫朗西公司則是每三個月會派一名年輕人飛快地趕過來，好檢查他鞋子上的小孔數目是否正確。他現在有一輛家用敞篷車，如果活得夠久的話，將來還會擁有一輛法國敞篷跑車；若是中國製坦克蔚為時尚的話，他毫無疑問地也一定會擁有一台。他就像是針對年輕人所做的廣告裡所描述的一樣，總會在自己晒成夕陽般膚色的胸口上搽上油膏；而每隔一年，他就會來到東岸參加他的同學會。

接著，請讓我再為各位介紹他的情人。她的名字叫貝蒂・梅第爾，是那種只要出現在電影當中，必定會大受歡迎的女孩。她的父親每個月會給她三百美元打扮。她有著茶色的眼睛和頭髮，對五彩繽紛的羽毛有著狂熱的迷戀。說到這裡，我想我也應該順便介紹一下她的父親希瑞斯・梅第爾。儘管他從外表看起來跟一般人一樣有血有肉，但說也奇怪的是，他卻是托利多眾所周知的「鋁人」。不過，當他和兩、三名「鐵人」以及「白松人」一起坐在他的俱樂部窗邊的時候，他們倒是看起來或多或少和你我非常相似——如果你懂我的意思的話。

這時，在一九一九年托利多的聖誕假期這段時間當中，如果僅是計算由那些有頭有臉的人所舉辦的活動的話，那麼一共有四十一場晚餐派對、十六場舞會和六場午宴，是不分男女皆可參加的；除此以外還有十二場茶會、四場僅限男性參與的社交晚會、兩場婚禮，以及十三場橋牌聚會。正是這一切的累積效應，促使了派瑞・帕克斯特在十二月的第二十九天做出了一個重要的決定。

梅第爾家女兒的心意，始終在想嫁給他與不想嫁給他之間搖擺不定。因為她覺得現在的生活讓她非常快樂，所以一直不願意踏出這決定性的一步。同時，他們自從私訂終身以來，就不斷地拖延著接下去的發展，這點也讓人覺得，這段感情似乎隨時都有可能因為它本身的壓力而突然結束。一名叫做華博頓的矮小男子對這一切了然於心；他勸告派瑞，要在她面前展現出男人的氣魄。他應該要領一張結婚證書，然後前往梅第爾家，告訴她「她必須現在就嫁給她，否則就永遠取消婚約。」於是，他現身了；帶著他的心意、他的結婚證書，以及他的最後通牒，出現在貝蒂的面前。不到五分鐘，他們就陷入了激烈的爭執之中，還在光天化日之下爆發了幾次零星的肢體衝突，就如同所有冗長拖沓的戰爭或婚約將要落幕時總會發生的事情一樣。

這次的尖銳衝突，只不過是諸多導致相愛的這兩人關係降至冰點、彼此冷眼相看，並且認為這一切都是場錯誤的可怕差錯之一而已。通常，在這樣的衝突過後，他們會充滿活力地熱情擁吻，並向對方保證，這一切都是自己的錯：「告訴我，這一切都是我的錯！告訴我，這是我的錯！我要聽你這麼說！」

然而，當和解一直懸而未決，當兩人在某種程度上一再拖延，以便在它來臨時，能夠更加縱慾而激情地享受那個時刻之際，他們永遠都會被貝蒂饒舌的阿姨打來找她的那通一講就是二十分鐘的電話給硬生生地打斷。這一次，當貝蒂講完第十八分鐘的電話，正要開始第十九分鐘的時候，派瑞・帕克斯特在驕傲、懷疑和受損的尊嚴驅使之下，穿上了他的毛皮長外套，拿起了他淺棕色的軟帽，然後昂首闊步地走出了梅第爾家的大門。

「一切都結束了。」當派瑞試著讓自己的舊車往前推進一檔的時候，他斷斷續續地低聲咕噥著。「一切都結束了——假如我必須忍受妳整整一個小時的話，該死的！」他一邊嘀咕，一邊將排檔桿用力往後拉到底；由於停靠在外面的時間有點久，所以整輛車子感覺起來相當的寒冷。

他將車往市區的方向駛去——更確切的說，他其實只是沿著雪地上一道朝著市區方向前進的車轍不斷行駛而已。他無精打采地低坐在他的座椅中，心情沮喪到了極點，就連自己究竟要前往何處，也無心思索。

當派瑞到達克拉倫登飯店前面時，有個叫做貝利的無賴在人行道上向他打著招呼。貝利有著一口大牙；他就住在這家飯店裡，而且從來沒有墜入愛河過。

「派瑞，」當車子在路邊停下，停靠在這名無賴身邊時，他輕聲說道，「我有六夸脫你所嚐過最該死的無氣泡香檳酒。三分之一是你的，派瑞——如果你願意上樓幫我跟馬丁・梅西喝掉它的話。」

「貝利，」派瑞表情緊繃地說，「我要喝掉你的香檳。我要將它一滴不剩地全部喝光；我才不管它是否會害死我。」

「閉嘴，你這傻子！」這名無賴輕柔地說道。「他們才不會在香檳裡放甲醇呢。我手上的這玩意兒證明了這世界有六千年以上的歷史。它是如此古老，以致於連軟木塞都已經石化了；你必須要使出吃奶的力氣，才能將它拔出來。」

「帶我上樓。」派瑞暴躁地說。「假如這軟木塞能理解我的心意，那它也會為了我而放棄純粹的禁慾主義的。」

樓上的房間裡掛滿了一張張以小女孩吃蘋果、坐在鞦韆上、和狗說話為主題，純真無邪的旅館圖片。屋內其他的裝飾品，則是各式各樣的領帶，以及一個全身穿著粉紅色衣物的男人；當派瑞走進來時，這個粉紅色男人正閱讀著粉紅色的報紙（註），並全神貫注地看著上面穿著粉紅色緊身襯衣的仕女圖片。

「這吹的是什麼風，讓你非得穿越大街小巷來到這裡啊……」這名粉紅男子一邊說著，一邊以責難的眼神看著貝利和派瑞。

「哈囉，馬丁・梅西。」派瑞簡潔地說，「那瓶石器時代的香檳在哪？」

「這麼急幹嘛？還不到開始的時候，你懂嗎？這可是場派對呢！」

派瑞無趣地坐下，不以為然地看著所有的領帶。

只見貝利從容地打開了衣櫃門，然後拿出六個精美的瓶子。

「脫下那該死的毛皮外套吧！」馬丁・梅西對派瑞說。「還是說，你想要我們打開所有的窗子？」

「把香檳給我。」派瑞斬釘截鐵地說。

「今晚要一起去參加湯森家的馬戲團舞會嗎？」

「才不要！」

註：指《倫敦金融時報》，該報於一八九三年起使用粉紅色新聞紙印刷。

「之前已經有人先約過你了嗎？」

「嗯。」派瑞不置可否的回應著。

「那，為什麼不去？」

「噢，我已經厭倦派對了！」派瑞大聲喊叫著，「我受夠了！我已經參加過太多了，我厭倦了！」

「或許，你會想去參加霍華德塔特的派對？」

「不，我告訴你——我已經厭倦了。」

「嗯，好吧，」梅西帶著安慰的語氣說，「反正，塔特的派對只是讓大學的小鬼玩玩用的。」

「我告訴你——」

「我還以為你無論如何也會去參加其中一場派對的。我從報上得知，今年的聖誕假期，你還沒有錯過任何一場派對。」

「哼。」派瑞不高興地咕噥了一聲。

他不會再參加任何派對了。在他的腦海中，一段古老的警句悄然浮現：「他生命的那一扇門已經永遠，永遠地關上了。」現在，當一個男人說出「永遠、永遠地關上了」這樣的話語時，你可以相當篤定地認為，必定是有某個女人令他徹底心碎，才會讓他說出這樣的話。在此同時，另一個古老的觀念也出現在派瑞的心中，那就是「自殺是最為懦弱的行為。」做為一個高尚的人，一定會想到這個溫暖而振奮人心的觀念。想想看，如果自殺不是那麼懦弱的行為，那我們這個世界會失去多少優秀的人才！

一小時之後，時間來到了六點。派瑞已經喪失了一切和油膏廣告中年輕人的相似之處；現在的他，看起來就像是張恣意塗鴉的卡通畫的粗糙草圖。此刻，他們三人正在引吭高歌，演唱著貝利即興創作的歌曲：

「鈍哥派瑞，起居室裡的蛇，
他喝茶的方式聞名遐邇；
和它玩耍，與之嬉戲
默不作聲，小心翼翼
在他訓練有素的膝蓋上　攤開的餐巾間
保持平衡……」

「問題在於……」派瑞說道；他剛剛用貝利的梳子將自己的頭髮梳理出瀏海，並在頭上紮上一圈橙色的絲帶，好讓自己看起來符合凱撒大帝給人的印象。「你們兩個不會唱歌的傢伙根本就沒有半點狗屁用處。我很快就會唱走調，然後開始唱男高音，結果你們也跟著我開始唱男高音？」

「我可是天生的男高音。」梅西嚴肅地說，「只不過是聲音缺乏專業訓練罷了。我的阿姨過去可是常說我有天生的好嗓音呢！我是天生的好歌手。」

「歌手，歌手，人人都說自己是優秀的歌手……」正在講電話的貝利突然打岔說道。「不，不是那家餐館；我要晚餐的煮蛋！我的意思是，我要某個該死的店員給我送食物來——食物！我要……」

「凱撒大帝。」派瑞從鏡子前轉過身，大聲地宣布著。「有著鋼鐵般的意志和堅定決心的男人。」

「閉嘴！」貝利還在繼續對著電話大吼。「聽好，我是貝利先生，我要你送一頓豐盛的晚餐過來！用用你的腦袋下判斷！馬上過來！」

他握緊話筒，有點用力地將它掛上，然後帶著緊閉的雙唇與目光嚴肅的神情，走到他的梳妝台的下層抽屜前面，將它一把拉開。

「瞧！」他用命令的語氣說著。在他的手上，抓著一件用粉紅色條紋棉布織成，截短了的衣物。

「褲子耶，」他表情認真地大喊著。「瞧！」

這是一件粉紅色的寬上衣，有著紅色的領帶和大片外翻的領口。

「瞧！」他再說一遍。「這可是我為湯森馬戲團舞會準備的特製服裝呢！我扮演的是為大象送水的小男孩！」

派瑞不由自主地怦然心動。

「我要扮凱撒大帝！」在專心思考了一會兒之後，他大聲地宣布。

「我還以為你不去呢！」梅西說。

「我？我當然要去。就像你說的，我從不錯過任何一場派對。它可以增長我的膽量——就像芹菜一樣。」

「凱撒！」貝利嘲笑道。「你不能扮凱撒啦！他跟馬戲團無關。凱撒是莎士比亞劇裡的角色啦！你還是打扮成小丑吧！」

派瑞搖搖頭。

「不，就是凱撒。」

「凱撒？」

「沒錯。順便還要加上戰車。」

聽了派瑞的話，貝利的臉上流露出恍然大悟的光彩。

「沒錯，這真是個好主意！」

派瑞用徹底探尋的目光環顧整個房間。

「你借我一件睡衣和這條領帶。」最後他這樣說。貝利思索了一下之後，告訴他：

「嗯……我想，這樣不太好吧。」

「我敢保證，這就是我所需要的一切了。我要扮演的是個身為野蠻人的凱撒。假如我扮演凱撒，而凱撒是個野蠻人的話，那他們就不能驅逐我了。」

「不。」貝利緩慢地搖搖頭說，「你還是去跟賣戲服的買件衣服吧。就到諾拉克的店去。」

「我想它已經關門了。」

「那就把他挖起來啊！」

在經過五分鐘令人困惑的通話後，一個細小、疲倦的聲音設法說服了派瑞，讓他相信現在跟他對話的就是諾拉克先生本人；同時，因為湯森舞會的關係，他們還會一直營業到晚上八點。聽到他這樣說，派瑞胸口的那塊大石頭總算放了下來；他一口氣吃掉了好幾大塊的菲力牛排，還將他手頭最後一瓶香檳喝掉了三分之一。到了八點十五分，一個站在克拉倫登飯店前，戴著高禮帽的男人發現，派瑞正在試著發動他的敞篷車。

「整個結冰了。」派瑞明智地說。「寒冷將它凍住了。這該死的冷空氣。」

「凍結了，是嗎？」

「沒錯。冷空氣將它凍住了。」

「完全沒辦法發動嗎？」

「完全不行。就讓它在這裡一直待到夏天吧；某個熱情的八月天會融化它的。我想這樣再好不過了。」

「你要讓它就這樣停在這裡？」

「當然。就讓她待在這裡吧。讓熱情的賊將它偷走吧。幫我叫輛計程車。」

戴著高帽的男人召來了一輛計程車。

「先生，要到哪裡？」

「去諾拉克的店——就是賣戲服那傢伙那邊。」

2

諾拉克太太身材矮小，外貌看起來不很起眼；在一次大戰結束時，她曾經一度被劃歸到某個新興國家的國籍下，不過，由於歐洲政局的不安定，她從來都沒有辦法相當確定，自己究竟是屬於哪個國家。這間她和她丈夫每天勤勤儉儉經營著的店，店內的燈光總是昏暗而朦朧，裡面充斥著各式各樣的鎧甲和中國官員的服裝，以及從天花板上垂掛而下的巨大紙鳶。在模糊的背景中，好幾排面具正無神地瞪著訪客；玻璃製的箱子裡裝滿了皇冠和權杖、寶石和大件的三角胸衣、化妝用的各色油彩、假鬍子，以及各種顏色的假髮。

當派瑞緩緩走進店裡時，諾拉克太太正在收拾這辛苦的一天所留下的殘局，因此她的注意力全都集中在某個塞滿了粉紅絲襪的抽屜上。

「需要什麼嗎？」她憂鬱地詢問。

「我要凱撒和賓漢穿的服裝，就是那種戰車御者的戲服。」派瑞回答。

聽了他的話，諾拉克太太說：「我很抱歉，但每一件戰車御者的衣服老早就都已經租出去了。你是要穿去參加湯森馬戲團舞會的嗎？」

「是的。」

「抱歉。」她說，「但我不認為這和馬戲團有什麼關係。」

這還真是個障礙，派瑞心想。

「呃……」派瑞突然靈機一動說道，「如果妳能弄到一塊帆布的話，我或許可以把自己打扮成帳篷的樣子。」

「抱歉，不過我們沒有那樣的東西。你必須要去五金行。話說回來，我們倒是有一些不錯的南軍士兵的服裝。」

「不，不要士兵。」

「除此以外，我還有很帥氣的國王服裝。」

他還是搖了搖頭。

「有好幾位紳士……」她懷抱著希望繼續說道，「選擇了戴上大禮帽，穿上燕尾服，扮成馬戲團的演出指揮……不過我們的高帽都用完了。這樣吧，我可以幫你準備一些合適的假鬍子，讓你看起來就像是留著一口整齊的小鬍子一樣，如何？」

「我想要的是與眾不同的東西。」

「與眾不同……讓我想一想。嗯，我們有獅子的腦袋、鵝，還有駱駝……」

「駱駝？」這個主意完全擄獲了派瑞的想像力，猛烈地佔據了他的腦海。

「是的，但這需要兩個人扮演。」

「駱駝嗎……就是這個了！快讓我瞧瞧！」

諾拉克太太從派瑞休息的地方上面的棚架，將駱駝拿了下來。當第一眼看到它時，他覺得它似乎只是由一個憔悴蒼白，形容枯槁的腦袋，以及一個相當大的駝峰所構成的；但當它整個攤開來之後，他才發現它還有一個由厚棉布製成，看起來不太健康的深棕色身體。

「你看，它需要兩個人。」諾拉克太太一邊抓著這隻駱駝，一邊用明顯的讚賞語氣解釋著。「你可以讓你的朋友負責其中的一個部份。你再看看，它的褲子也是兩人份的；一條是給前面的人穿的，另一條則是給後面的人。前面的人可以透過裝在這裡的眼睛往外看出去，而後面的人只要彎腰跟在前面的人身後就行了。」

「穿上吧。」派瑞命令道。

諾拉克太太順從地將她宛虎若斑貓般的臉套進駱駝的頭裡，然後將它猛力地左右搖晃著。

派瑞看得出神。過了一陣子之後，他才問諾拉克太太：

「駱駝的叫聲是什麼樣子？」

「什麼？」諾拉克太太從頭套裡探出略顯髒污的臉問道。「噢，叫聲是嗎？呃……大概就是像驢一樣嘶嘶叫吧。」

「讓我照照鏡子看看。」

在一面寬鏡子前，派瑞試著將頭套進去，然後以鑒賞的眼光左右搖晃著。在朦朧的燈光下，效果顯然很令人滿意。駱駝的臉近看有一種憂鬱的氣息，上面點綴著許多大大小小的磨損與擦傷；此外，派瑞也不得不承認，它的外皮所呈現出來的樣子，的確和一般駱駝那種不修邊幅的邋遢特色頗為神似——事實上，它的確需要好好清理和熨平一下——不過，它確實非常與眾不同。它看起來很雄偉。就算只憑那憂鬱的臉部線條和潛藏在陰暗眼神下的飢渴神情，它也足以在任何聚會中受到眾人的矚目。

「你看，你必須要找到兩個人來穿它才行。」諾拉克太太再次說道。

派瑞嘗試著將駱駝的身體和腿聚攏，並將它們裹在自己身上；同時，他也將它的後腿像腰帶一樣地綁在自己的腰上。這樣的整體效果並不好，甚至還有點不敬的意味——就像是某幅中世紀的圖畫裡所畫的，一名修士在服侍撒旦的儀式中變身成野獸一樣。就算不這麼想，但就整體而言，這副打扮充其量也不過就是一頭臀部著地，坐在毯子上的駝背乳牛罷了。

「這樣什麼也不像。」派瑞沮喪地抗議。

「不。」諾拉克太太說，「就像我說的一樣，你需要兩個人。」

這時，一個念頭突然在派瑞腦海中一閃而過。

「妳今晚有約會嗎？」

「噢，我可能不行……」

「噢，來嘛，」派瑞鼓勵地說。「妳當然可以的！過來吧！就當是做場有益健康的運動，爬進這些後腿裡吧！」

他費力地找出後腿，然後討好地撐開了褲子開口的縫隙。不過，諾拉克太太似乎並不領情；她執拗地向後退了好幾步。

「噢，不……」

「來吧！如果妳想要的話，妳可以在前面。或者我們也可以丟銅板決定。」派瑞不死心地繼續勸說，「這值得妳一試。」

諾拉克太太抿緊了自己的雙唇。

「就請您到此為止吧！」最後，她毫不忸怩作態，直截了當地說。「過去，我從來沒有遇過任何一位紳士像您這麼任性胡鬧的。我先生他……」

「妳有先生？」派瑞打斷了她的話，詢問道：「他在哪裡？」

「他在家裡。」

「妳家的電話號碼是幾號？」

經過長時間的談判後，他獲得了諾拉克的電話號碼，並和那天稍早他曾聽過的那個細小而疲倦的聲音取得了聯繫。不過，儘管諾拉克先生放鬆了戒心，並被派瑞出色而順暢的邏輯搞得有些昏頭轉向，但他還是堅定地堅持著他的主張：他以莊重而堅決的態度表示，他拒絕幫帕克斯特先生扮演駱駝的後面部分。

在掛斷電話——或者更正確地說，被掛斷電話之後——，派瑞坐在一張三腳凳上，反覆不斷地思索著。他在腦海裡列舉出那些他可以撥打電話的朋友姓名，然後，當貝蒂・梅第爾的名字朦朧且悲哀地浮現在他腦海中時，他的心裡不禁感到一陣猶豫。這時，某種感性的念頭忽然油然而生；是的，他會去請求她的幫忙。縱使他們的戀愛關係已經結束，但她必定無法拒絕這個最後的請求。當然，這其實沒有什麼好請求的——不過是在社交義務上幫他維持短短一個晚上的面子而已。而且，如果她堅持，她可以扮演駱駝的前面部分，而他則會負責後面。他對自己的寬宏大量感到相當滿意。他的心裡甚至變得充滿了玫瑰色的夢想，幻想著在與全世界隔絕的駱駝裡，溫柔和解的場面……

「現在，你最好馬上做出決定。」

諾拉克太太布爾喬亞般小家子氣的聲音，打破了那些讓他感到飄飄然的幻想，也刺激著他立刻採取行動。他拿起電話，打到了梅第爾家。對方告訴他，貝蒂小姐出門了；她外出用餐去了。

然後，就在一切希望似乎都已破滅之際，駱駝的背脊奇妙地漫步到了這家店裡。他是個頭腦冷靜、衣衫破舊的男子，給人的整體感覺就是一副衰頹而墮落的樣子。他的便帽在他頭上壓得低低的，下頦無力地耷拉在胸前；在他的外套上，垂掛著他的鞋子。他看起來筋疲力竭，從頭到腳都很沮喪，那窮困潦倒的模樣，跟街上走著的救世軍形成了強烈的對比。他說，他是個計程車司機，有位紳士在克拉倫登飯店雇用了他。他接到指示在這家店的外面等待，不過他已經等了一段時間，因此他開始懷疑那位紳士會不會騙了他，自己從後門離開了——紳士們有時候會這樣做——，所以他就進來了。說罷，他疲倦地在三腳凳上坐了下來。

「你想要參加派對嗎？」派瑞嚴肅地詢問他。

「我必須工作。」計程車司機哀傷地回答。「我必須保住我的飯碗。」

「那是一個很棒的派對。」

「這也是一份很棒的工作。」

「來吧！」派瑞催促著。「你就行個好吧！瞧——它是多麼美啊！」他將駱駝舉起來，而計程車司機則是用嘲諷的目光看著它。

「哼！」計程車司機不置可否地哼了一聲。

無視於他的反應，派瑞繼續興奮地在布料的摺痕中東翻西找著。

「瞧！」他將一道挑選出來的摺痕舉到司機面前，熱情地大喊著，「這是你的部分。你甚至不必說話；你只需要走路，然後偶而坐下就行了。所有坐下的部份都由你來負責。想想看！我要一直站著，而你有時候能夠坐下來；我唯一能坐下的時刻，就是我們兩人都躺下的時候，而你能坐下的時候——噢，隨時都可以。你明白了嗎？」

「這到底是什麼東西？」男子懷疑地詢問著派瑞。「裹屍布嗎？」

「才不是呢！」派瑞憤怒地說。「這是一頭駱駝。」

「哼？」

接著，派瑞提及了一筆金額，於是兩人的對話脫離了哼哼不停的境地，並轉而呈現出幾分實際的味道。派瑞和計程車司機在鏡子前試穿駱駝裝。

「雖然你看不見，」派瑞一邊解釋，一邊不安地從眼孔中凝視著外面的景象，「但老實說，太棒了！老兄，你簡直太了不起了！我是說真的！」

男子從駝峰發出了一聲哼聲，表示自己收到了這有點令人懷疑的恭維。

「我是說真的，你看起來太棒了！」派瑞狂熱地重複了一遍自己的話。「稍微轉個圈看看。」

駱駝的後腿向前移，背脊高聳，隨時準備一躍而起，給人的感覺，就像是正在做著巨大的「貓與駱駝運動」一樣。（註）

「不對，再往旁邊移動一點。」

駱駝的臀部靈巧地脫離了關節；若是讓草裙舞舞者看到這副景象，想必會羨慕地不停

註：貓與駱駝運動，一種伸展操，做操時雙手撐地，雙膝跪地，背脊和頭向前伸展。

扭動身體吧。

「很棒，不是嗎？」派瑞把頭轉向諾拉克太太，尋求著她的認同。

「看起來是很可愛。」諾拉克太太贊同地說。

「我們就決定要它了。」派瑞說。

派瑞將打包好的駱駝服裝挾在手臂下，然後和計程車司機一同離開了這家店。

「去參加派對吧！」當他坐到後座時，他吩咐道。

「哪一場派對？」

「化裝舞會。」

「大概的位置在哪裡？」

這可問倒了派瑞。儘管他努力地試著回想，但在他眼前所看見的，卻只是所有聖誕假期間舉行過的派對名稱混亂飛舞著的景象。他想回過頭問諾拉克太太，但當他從窗外往店內張望時，卻只看到一片漆黑。諾拉克太太的身影已經變成了一個小小的黑點，漸漸消失在遠方覆滿積雪的街道盡頭。

「先開往住宅區，」派瑞自信滿滿地指揮著。「如果你看見派對，你就停車。不然，等我們到達那裡時，我再告訴你。」

說完，他再次陷入了朦朧的白日夢中，而且他的思緒再度飄向了貝蒂——他模模糊糊地想像著：他們發生了爭執，因為她拒絕扮演駱駝的背部和他去參加派對……直到計程車司機開門，並用手臂搖醒他時，他才從這個寒冷徹骨的瞌睡中掙脫出來。

「我們到了；或許吧。」

派瑞睡眼惺忪地向外張望。一座帶有條紋的涼蓬，從路邊朝著一座灰石築成的氣派宅邸延伸而去；從宅邸裡面，傳來了爵士樂華麗、低沉而帶著哀傷的鼓聲。他一眼就認出，那是霍華德・塔特的房子。

「當然。」他加重語氣說；「就是它了！塔特家今晚的派對。當然，大家都會來。」

「哎呀，」男人又看了一眼涼蓬後，不安地說。「你確定我到這裡來，不會被這些人嘲笑嗎？」

派瑞充滿威嚴地挺直了身子。

「沒有人會對你說什麼的；只要告訴他們你是我服裝的一部分就行了。」

對於自己是個「東西」而非「人類」的想像，似乎打消了男人的疑慮。

「好吧。」他不情不願地說。

派瑞大步走出涼蓬的遮蔽，然後開始攤開駱駝。

「我們走吧。」他如此命令著。

數分鐘後，有人目睹到一頭憂鬱、有著飢渴神情的駱駝，一邊從它的口中和高貴的駝峰頂端散發出陣陣的煙霧，一邊跨過了霍華德・塔特宅邸的門檻；沒有浪費太多時間在發出輕蔑的鼻息聲上，它穿過了震驚的僕人身邊，直接朝著通往舞廳的主要樓梯邁進。這頭野獸用一種介於不穩定的小碎步和驚惶奔跑之間，不停變換的特殊步伐行走著——如果要找出最貼切的形容詞的話，那麼，用「蹣跚」這個詞可說再適合不過了。這匹駱駝有著蹣跚的步伐，而當它向前行走的時候，看起來就像是個時而拉長，時而收縮的巨大手風琴。

3

所有住在托利多的人都知道，霍華德・塔特先生是城裡最令人敬畏的人。霍華德・塔特夫人在嫁入托利多的塔特家之前，原本是芝加哥的陶德家族成員，而陶德家族所產生最普遍的影響，就是讓有意識的簡樸開始成為美國貴族階級的標誌。在這方面，塔特家族可說是青出於藍；他們已經到了連在社交場合裡討論的話題都是豬隻與農產的程度，如果你覺得無趣，他們還會冷眼看你。比起晚宴上做為嘉賓的朋友，他們更寧願多放些心力在僕人身上；他們以默不吭聲的方式賺進了一大筆錢，同時在喪失了所有競爭意識的情況下，正朝著日益無趣的境地不斷邁進。

今晚的舞會是為了小梅莉森・塔特而舉辦的；雖然這場舞會的來賓包含了各種年齡層的人，不過下場跳舞的人大多數都是大學生——較年輕的已婚族群都跑到「四頭馬車俱樂部」樓上的湯森馬戲團舞會去了。

塔特夫人就站在舞廳裡頭，目光隨著梅莉森的身影不停流轉；每當她們眼神交會時，她的臉上總會流露出欣喜的笑容。在她身旁的則是兩名已屆中年的奉承者，她們正使勁地討論著梅莉森是個多麼完美無暇而又標緻的孩子。就在這時，塔特夫人最年幼的女兒忽然緊緊抓住了她的裙襬；只聽十一歲的艾蜜莉「哇！」地大叫一聲，然後就一頭鑽進了母親的懷抱之中。

「怎麼了，艾蜜莉，出了什麼事嗎？」

「媽媽……」艾蜜莉激動但流暢地說，「有個東西上樓了。」

「什麼？」

「有個東西上樓了，媽媽。我想它是一隻大狗，媽媽，不過它看起來又不像狗。」

「妳在說些什麼啊，艾蜜莉？」

奉承者憐憫地搖了搖頭。

「媽媽，它看起來像……像是一頭駱駝。」

塔特夫人笑了。

「妳只是看到了某個粗鄙老頭的影子罷了；親愛的，就是這樣而已。」

「不，我看到的才不是這樣呢！不，那是某個東西，媽媽——某個很大的東西。當時，我正要下樓看看是否來了更多的客人，結果這隻不知道是狗，還是其他的什麼東西正好要上樓來。有點好笑的是，媽媽，它看起來好像一瘸一拐似的。然後，它看著我，發出了某種咆哮聲；接著，它滑了一跤，摔到了樓梯平台上面，於是我就趁機逃跑了。」

塔特夫人臉上的笑容瞬間褪去。

「這孩子剛剛一定真的看見了什麼。」她說。

奉承者也贊同地表示，這孩子一定真的看見了什麼。就在這時，咫尺之遙的門外，突然傳來了清晰可聞的低沉腳步聲；聽見這聲音，三個女人幾乎是本能地步出了大門。

然後，當一個正在牆角打轉的深棕色身影出現在三人眼前時，她們不約而同地發出了震驚的喘息聲──一頭顯然相當龐大的野獸，正如飢如渴地睥睨著她們。

「哇！」塔特夫人大叫了起來。

「哇，哇，哇啊──！」另外兩位女士也齊聲大叫著。

駱駝突然弓起它的背，然後女士們的喘息聲瞬間變成了尖叫聲。

「噢……瞧！」

「那是什麼啊？」

舞蹈停止了；竊竊私語、亂成一團的舞客們，對於這名入侵者有著截然不同的印象。事實上，年輕人立刻懷疑它是在從事特技表演，是被雇用來為派對炒熱氣氛的職業演員，而穿著長褲的男孩們則是一邊用輕蔑的眼神看著它，一邊將手插在口袋裡閒晃，並打從心底感覺他們的智商正在受到這頭畜生的侮辱。不過，女孩們卻發出了小小的歡呼聲：

「是一隻駱駝！」

「哇噢，這真是太有意思了！」

駱駝猶疑不定地佇立著，輕輕地左右搖晃身體，然後帶著一種像是在審慎評估般的目光，走進了房間；接著，彷彿發覺自己做了個魯莽的決定似地，它轉過身子，並隨即從容步出了大門。

霍華德・塔特先生剛剛從位於樓下的圖書室走出來，在大廳裡和一位年輕人站著聊天，忽然間，他們聽見樓上叫嚷的聲音，以及幾乎是立刻尾隨而來，接連不斷的撞擊聲；緊接著，一頭龐大的棕色野獸突然出現在樓梯下方，似乎正趕著前往某處。

「這到底是什麼見鬼的玩意兒啊！」塔特先生震驚地說。

這頭野獸威嚴十足地加快了自己的腳步，同時裝出了一副極度漠不關心的神情，彷彿自己只是想起了一個重要的約會似地，開始踏著混亂的步伐走向前門——事實上，就在這個時候，它的前腳開始不經意地奔跑了起來。

「快瞧！」塔特先生用嚴厲的語氣喊著。「它往這裡來了！抓住它，巴特菲爾德，抓住它！」

站在塔特先生身旁的年輕人伸出雙臂，強制性地擒抱住駱駝的後方；而當發現無法再繼續移動時，駱駝的前端也跟著束手就擒，在有點焦慮的狀態下，認命地站在原地不動。這時，一群年輕人蜂湧下樓，而塔特先生正在對這頭野獸的真面目做著各式各樣的揣測，從聰明的竊賊到逃脫的精神病患不一而足。最後，他對年輕人下了道乾淨俐落的指令：

「抓好他！把他帶到這裡來；我們很快就會知道這是怎麼一回事。」

駱駝順從地被帶進了圖書室裡面；當鎖上門之後，塔特先生從從書桌抽屜裡拿出一把左輪手槍，並指示年輕人將那東西的頭套脫下來。接著，他鬆了一口氣，將手槍放回到它原本隱藏的位置。

「哎呀，派瑞・帕克斯特！」他詫異地驚呼出聲。

「我走錯派對了，塔特先生，」派瑞羞赧地說。「希望我沒有嚇到你。」

「喔，你害我們好緊張，派瑞！」他頓時明白了一切。「你是要去參加湯森馬戲團的舞會吧！」

「我想大概是這樣沒錯。」

「對了，帕克斯特先生，請容我介紹一下巴特菲爾德先生。」接著，塔特先生轉身面向派瑞說：「巴特菲爾德先生會在我們這邊待上一段日子。」

「我剛才有點糊塗，」派瑞喃喃說著，「真的非常抱歉。」

「你完全不用在意；在這世上，沒有比這個更理所當然的錯誤了。我也準備了一套小丑裝，而且我正準備等一下要躲進那裡面去。」他轉身對巴特菲爾德說，「我想，你最好改變一下自己的心意，跟我們一起前往那場舞會。」

不過，年輕人婉拒了塔特先生的邀請；他表示，自己應該要準備上床休息了。

「要喝一杯嗎，派瑞？」塔特先生提議著。

「謝謝，我要。」

「還有……哎呀，」塔特很快地又接著說，「我完全忘記你在這裡的——呃，朋友——了。」他指著駱駝的後面部分。「我無意冒犯；這是哪位我認識的人嗎？請他出來吧。」

「他不是我的朋友。」派瑞趕忙解釋道。「我剛剛雇用了他。」

「他喝酒嗎？」

「你喝酒嗎？」派瑞轉過身詢問，駱駝服裝在他身上扭成了像是麻花般的形狀。

從後方傳來了微弱的同意聲。

「他當然會喝！」塔特先生熱誠地說。「真正有用的駱駝就是要能夠大喝特喝，這樣才能連續支撐個三天。」

「不過，我得跟你說，」派瑞焦慮地說，「他穿得實在不夠體面，所以沒辦法出來。如果你把酒瓶給我，我可以傳到後面給他，然後他可以在裡面喝。」

像是被派瑞的提議所鼓舞似地，從駱駝布料的底下，傳來了清晰可聞的熱烈拍掌聲。當一名男管家帶著酒瓶、玻璃杯和虹吸管出現時，一瓶酒被傳到了後面；而後，那位沉默的夥伴所發出的聲音，就只剩下了不時傳出的長長吸酒聲。

他們就這樣渡過了愉快的一個小時。到了十點鐘時，塔特先生決定，他們最好現在就動身出發；於是，他穿上了他的小丑裝，而派瑞則重新戴上了駱駝的頭，然後，他們肩並肩地步行穿越了位於塔特宅邸和四頭馬車俱樂部間的一整片街區。

這時，馬戲團舞會正達到最高潮的階段。舞廳內部原本搭起了一個大型帳篷，而環繞著它的牆邊，則是建起了好幾排的攤位，裡面上演著各式各樣吸引人的馬戲餘興表演。不過現在，這些布置都已經清空了；舞廳的地板上，到處都擠滿了不停發出喊叫聲與笑聲，充滿青春活力，色彩繽紛的人群——小丑、留鬍子的女士、雜技演員、無鞍馬騎師、馬戲演出指揮、紋身者和戰車御者，全都齊聚一堂。由於湯森家下定決心要確保派對的成功，因此他們暗中從自己的宅邸裡帶來了大量的烈酒；這些烈酒，現在正恣意地四處流動著。一條綠色的緞帶沿著牆壁將舞廳完全圍住，上面附著連續的箭頭，以及為那些不熟悉門路的人所準備的，寫著「跟著綠線走！」的標誌。綠線向下通往酒吧，在那裡，純潘趣酒、上好的潘趣酒，以及普通的深綠色酒瓶，正等候著人們的造訪。

在吧檯上面的牆上，則有另外一道紅色波浪狀的箭頭，在它的下方，寫著這樣的標語：「現在跟著這個走！」

然而，即使是置身於奢華的服飾，以及人們所展現出的亢奮情緒之中，在那裡，駱駝的登場仍然引起了一陣騷動，而派瑞也立即被好奇、發笑的群眾給團團包圍了起來。駱駝站在大門口，以飢渴而憂鬱的眼神凝視著跳舞的人，而圍在它身邊的人們，正不斷嘗試著識破這頭野獸的真實身份……

然後，派瑞看見了貝蒂。她站在一個棚子前面，正在和一位打扮滑稽的警官談話。她的身上穿著一套埃及弄蛇人的服裝：她的茶色頭髮紮成了辮子，從黃銅做成的環間垂落；頭上那頂閃亮的東方式冠冕，更為她的形象增添了畫龍點睛的效果。她白皙的臉龐染上了溫暖的橄欖色光彩，而在她的手臂，以及背後裸露的半月形肌膚上纏繞著的，則是好幾條色彩豔麗，不時露出帶有劇毒的綠色獨眼的蛇。她的腳上穿著涼鞋，裙子則是一直開岔到了膝蓋，因此，當她走路時，人們就會瞥見畫在她赤裸腳踝上的其他小蛇。最後，環繞在她頸間的，是一條閃閃發亮的眼鏡蛇。整體而言，這是一套相當迷人的服裝——不過，在她經過時，這套服裝總會讓較為神經質的年長女性從她身旁退避三舍，而其他比較聒噪的女士們，則會大聲地批評它「有礙觀瞻」、「傷風敗俗」。

然而，從駱駝閃爍不定的眼睛中往外窺視的派瑞，卻只見到她容光煥發、生氣蓬勃，因為興奮而發光發熱的臉龐。她的肩膀與雙臂，展現著多變而饒富意味的姿態，這使得她不管身處在哪個團體，總會成為其中最引人注目的人物。他為她著迷，而這樣的迷戀在他的身上產生了重大的影響。隨著這一天當中所發生的種種事情再次清晰浮現在眼前，派瑞不禁勃然大怒；在此同時，一種不完全成形的，想將她帶離人群的念頭，驅使著他開始向她走去——或者更正確地說，讓他稍微拉長了身子，因為他忘了發出移動所必須的預備指令。

但就在此刻，變幻無常的命運女神在殘酷且諷刺地玩弄他一天後，決定為了他所提供的娛樂好好地獎賞他一下。命運女神讓弄蛇人的茶色眼睛轉向駱駝，並讓她一邊斜倚著身邊的男人，一邊問道：「那是誰？那隻駱駝？」

「我知道才有鬼了。」

但一名叫做華博頓的矮小男人，他無所不知，也覺得自己有必要大膽地發表意見：「它是和塔特先生一起進來的。我認為其中的某個部份很有可能是華倫・巴特菲爾德，他是位從紐約過來拜訪塔特家的建築師。」

某種事物開始在貝蒂・梅第爾的心中翻騰著——那是從古到今，鄉下女孩對於訪客一貫不變的興趣。

「噢。」在稍微停頓之後，她隨口應了一句。

當下一支舞結束時，貝蒂和她的舞伴停在了距離駱駝不到幾步的位置上。帶著不拘禮節的大膽——這正是這場晚會的基調——，她將手伸了過去，並輕柔地摩擦著駱駝的鼻子。

「哈囉，老駱駝。」

駱駝不安地搖晃著身子。

「你害怕我嗎？」貝蒂責備似地挑了挑眉毛說，「別害怕。你看，我是個弄蛇人，不過我也很了解駱駝。」

駱駝對著她深深一鞠躬；在場邊，開始有人明顯地討論起美女與野獸的話題。

這時，湯森夫人走到了這個團體旁邊。

「哎呀，巴特菲爾德先生。」她說，「我差點認不出你來。」

派瑞再度鞠躬，並在他的面具下愉悅地笑著。

「和你一起的人是誰？」她又問道。

「噢，湯森夫人，」派瑞說道；他的聲音被厚布包裹著，因此相當難以辨識，「他不是我的夥伴。他只是我服裝的一部分。」

湯森夫人笑了笑，然後便離開了。派瑞再度轉頭面向貝蒂。

「所以，」他思索著，「她所謂的『在乎我』不過是如此而已！就在我們最終決裂的這天，她開始和另一個男人調情——而且，還是一個完全陌生的男人。」

在一股衝動下，他用肩膀輕輕推了她一下，然後朝著大廳暗示性地搖搖頭，擺明了希望她離開她的舞伴來陪伴他。

「再見，羅斯。」她呼喚著她的舞伴。「這隻老駱駝需要我。那麼，我們要去哪裡呢，萬獸之王？」

這隻高貴的動物沒有回應，只是嚴肅地朝向側邊樓梯僻靜的角落大步邁進。

她在那裡坐下，而駱駝，在經歷由粗啞的命令聲和內部激烈的爭執聲所形成的一陣短暫混亂之後，也坐在了她的身旁——至於它的後腿，則是橫跨了兩個階梯，不舒服地伸展著。

「好吧，老傢伙。」貝蒂興高采烈地說，「你想如何進行我們愉快的派對？」

這位「老傢伙」表示，他喜歡心醉神迷地搖晃他的頭，然後用他的蹄開心地踢一下。

「這還是第一次，當我和男人私下會面時，旁邊還有貼身男僕跟著。」她指著後腿的部分說，「不管那到底是什麼。」

「噢，」派瑞含糊不清地說。「沒關係的；反正他既聾又瞎。」

「我以為，你會覺得自己比較像是殘障——即使你想好好地走路，也沒辦法做得到。」

駱駝悲哀地垂下頭。

「我希望你能夠對我說些話。」貝蒂甜美地繼續說。「說你喜歡我，駱駝。說你認為我很美。說你想要屬於一位漂亮的弄蛇人。」

駱駝表示，他很樂意這樣說。

「你要與我共舞嗎，駱駝？」

駱駝表示，他願意一試。

於是，貝蒂將之後的半個小時獻給了這頭駱駝。然後，她又花了至少半個小時在所有造訪的男士身上——就她而言，這樣的時間通常是綽綽有餘了。每當她靠近一位新人時，那些剛出社交圈的少女們就會立刻習慣性地四散開來，就像是在機關槍面前展開的密集縱隊一樣。而對派瑞・帕克斯特來說，他被賦予了獨一無二的特權，能夠在其他男士造訪他的愛人時，持續地看著她——換言之，他其實是在接受她的猛烈調情！

4

從舞廳主要入口傳來的聲音，打破了這個基礎薄弱的天堂；方塊舞馬上就要開始了。貝蒂和駱駝加入了人群，她棕色的手掌輕輕地搭在他的肩膀上，大膽地向他暗示著，她已經完全接納了他。

當他們加入已經在牆壁周圍的餐桌旁就座妥當的愛侶時，宛如騎在圓滾滾的小牛背上的明星無鞍馬騎師那般閃亮耀眼的湯森夫人，正和演出指揮一同站在場地正中央，監督著各項事前準備工作的進行。就在她對樂隊發出一個信號的時候，場邊的每個人同時站起身來，並開始跳舞。

「這真是太漂亮了！」貝蒂嘆息。「你認為你能夠盡可能地跳舞嗎？」

派瑞熱情地點點頭。他突然間感到活力充沛。畢竟，他現在是隱藏著身份在和他的情人說話——所以，他可以自命不凡地假裝出一副完全無視於這個世界的模樣。

就這樣，派瑞跳了場方塊舞。雖然我稱之為「跳舞」，但實際上，這場舞遠遠超越了最奔放的舞者所做過最狂野的夢。就在溫馴地將巨大的頭顱靠在舞伴的肩膀上，並用自己的雙腳做著徒勞無功的假動作的同時，派瑞還得忍受貝蒂將雙手擺在他無助的肩膀上，並將他在地板上不停地拉來拉去。至於他的後腳，則完全是用自己的另一套方式在跳舞；它先是用一隻腳單足跳著，然後又換到另一隻腳。由於它永遠無法確定舞蹈是否還在繼續，因此為了保險起見，不管什麼時候，只要音樂開始響起，它便馬上展開一系列的步伐。結果，所呈現出來的往往是這樣的景象：駱駝的前端悠閒站立，而後方卻活力十足的不停擺動著，就像是打算喚醒任何仁慈的觀察者，為之一掬同情的汗水似的。

他屢屢獲得眾人的寵愛。他先是與一位全身紮滿了稻草的高個子小姐跳舞，後者快活地宣佈她是一捆乾草，並羞怯地求他別吃她。

「我想吃；妳是如此地甜美。」駱駝殷勤地說。

每次當演出指揮高喊「男士們起身！」時，他便會拖著紙板做的燻肉香腸、鬍子女士的照片，或是任何偶然得到的小禮物，以笨重而兇猛的步伐走向貝蒂。有時候他會第一個到達她身邊，但普遍來說，他的衝刺不但不成功，還造成了激烈的內部糾紛。

「看在老天爺份上，」派瑞咬牙切齒，咆哮地說著，「打起精神來！如果你剛剛有把腳抬起來的話，我早就能抓住她了！」

「好吧，下次記得給我一點暗號！」

「我有，你這混蛋！」

「我在這裡他媽的看不到東西。」

「你只需要跟著我就好。跟你一起行走，就像拖著一大車的沙子轉圈一樣。」

「或許，你該自己到後面來試試看。」

「你閉嘴！如果讓這些人發現你在這個房間裡，他們會把你好好地痛揍一頓；然後，他們還會拿走你的計程車執照！」

對於自己竟然會如此輕易地說出這麼恐怖的威脅，就連派瑞本人也嚇了一跳。不過，這似乎對他的同伴產生了某種催眠作用，因為他只丟下一句「老天哪」，然後就又遁入了窘迫的沉默之中。

這時，演出指揮爬上了鋼琴頂端，然後靜靜地揮了揮手。

「頒獎！」他大喊。「大家靠過來！」

「對！頒獎！」

人群圍成的圈子不自然地搖擺著。一個稍有姿色的女孩鼓起勇氣，向前走去，而在一旁，鬍子女士正興奮得發抖，認為自己鐵定會以「本晚會最恐怖的人物」之姿奪得大獎。花了一下午的時間將紋身標記繪在身上的男人，正偷偷躲在人群邊緣；每當任何人告訴他「他一定會得到這個獎」時，便興奮得滿臉通紅。「各位參與本馬戲團演出的先生女士們，」演出指揮快活地宣佈著，「我相信各位都同意，今晚大家在這裡渡過了一段相當愉快的時光。現在，藉由授獎儀式，我們將榮耀授與應得之人。湯森夫人要我來負責頒發這些獎項。現在，表演同伴們，第一個獎項要頒給今晚穿著打扮最引人注目、最合宜……」這時，只聽鬍子女士認命地嘆了口氣，「……同時也最富創意的女士。」聽見這句話，那捆稻草豎起了她的耳朵。「現在，我確信這個決定一定會得到在場所有人士的一致同意。第一個獎的得獎者是──貝蒂・梅第爾小姐，迷人的埃及弄蛇人！」場中爆出了如雷的掌聲，大多是來自男性，而貝蒂・梅第爾小姐染成橄欖色的臉龐，則是浮現了漂亮的紅暈。她通過人群，來到舞台中央接受她的獎；演出指揮帶著柔和的目光，將一大束蘭花遞到了她的手上。

「緊接著，現在，」他繼續說道，同時環顧四周，「我要將另一項獎項頒發給今晚穿著最有趣，且最富創意的男士。這個獎項毫無疑問地應當頒發給一位特別的客人，一位只是偶然造訪此地，但我們都希望他能夠長久陪伴我們，並帶給我們歡樂的紳士──簡言之，我要將這個獎項，頒發給那位在這整個晚上，用他飢渴的外貌與出色的舞蹈，娛樂了我們所有人的高貴駱駝！」

他說到這裡，停頓了一下。這時，四周響起一陣熱烈的掌聲與喊叫聲，顯然這是個十分受歡迎的選擇。這個獎項──一大盒的雪茄──就放在駱駝的旁邊，因為就解剖學來看，他很顯然是沒辦法親自領取這個獎的。

「然後，現在，」演出指揮繼續說，「讓我們用笑鬧而愚蠢到不行的婚禮儀式來結束這場方塊舞吧！」

「而排在這偉大婚禮的行進隊列最前端的，將會是我們美麗的弄蛇人與高貴的駱駝！」

貝蒂興高采烈地向前跳躍，並將橄欖色的手臂纏繞在駱駝的頸子上；跟在他們身後的，則是一支由小男孩、小女孩、鄉巴佬、胖女士、瘦男人、吞劍人、婆羅洲野人以及無臂奇人所共同組成的隊伍。他們當中的大部份人都已經喝醉了；所有的人都表現得興奮而愉悅，並為了身旁不停流轉的光影與色彩，以及明明如此熟悉，但在奇異的假髮和濃妝豔抹下卻變得無比奇妙而陌生的臉龐感到眼花撩亂。

混雜著令人狂喜迷醉的薩克斯風與長號，婚禮隊伍充滿情慾的合弦，在一個褻瀆的切分音中畫下了句點——然後，隊列的行進開始了。

「你不開心嗎，駱駝？」當他們開步向前走時，貝蒂甜蜜地問道。「我們即將要結婚，而你今後將永遠屬於體貼的弄蛇人，這讓你感到不開心嗎？」

駱駝的前腳騰躍，表達出極度的欣喜。

「牧師！牧師！牧師在哪裡？」狂歡的人群中，傳出了此起彼落的喊叫聲。「誰要當牧師？」

就在這個時候，在「四頭馬車俱樂部」中擔任多年侍者的肥胖黑人尚波，從半開的食品儲藏室門中，不假思索地探出頭來。

「噢，尚波！」

「叫老尚波來。他是個好傢伙！」

「來吧，尚波。幫我們為一對新人主持婚禮如何？」

「好啊！」

話才說完，尚波就被四名喜劇演員給一把抓住了；他們剝下了他的圍裙，然後將他護送到舞會場地最前端，一座突起的高台上。在那裡，他原本的衣領被人從背後脫掉，並換成了看起來有神職人員感覺的新衣領。遊行隊伍從中間向兩旁分開，讓出了一條給新郎新娘行走的通道。

「各位女『樹』，各位先生，」尚波大聲地說，「『偶』帶了聖經，還有一切用得上的東西，我想，這樣應該『粉』夠了！」

說著，他從衣襟內的口袋掏出了一本不成形狀的聖經。

「不錯耶！尚波竟然帶著聖經！」

「他一定也帶著剃刀，我敢打賭！」

接著，在眾人的喝采聲中，弄蛇人與駱駝一同踏上了走道，來到尚波的面前。

「你的結婚證書在哪裡，駱駝？」

旁邊的一個男人戳了戳派瑞：

「隨便給他一張紙就萬事ＯＫ了啦！」

派瑞在他的口袋中胡亂地摸索著；最後，他找到了一張摺起來的紙，並將它從駱駝的口中推了出去。尚波上下顛倒地抓著這張紙，佯裝成認真的樣子審視著。

「嗯，這可真『樹』一張特別的駱駝證書啊。」尚波說道。「那麼，請準備好你的戒指，駱駝。」

在駱駝內部，派瑞轉過身，然後對他那狀況糟糕透頂的另一半說：

「看在老天爺份上，給我一個戒指！」

「我沒有啊。」一個疲倦的聲音向他表示抗議。

「你有。我看到了。」

「我不打算讓它離開我的手。」

「如果你不給我，我會殺了你。」

派瑞聽見對方倒抽了一口氣，然後感覺到一件由假鑽石和黃銅所組合而成的巨大事物塞進了他的手中。

再一次地，他被人從外頭輕推了一把。

「快說話啊！」

「我願意！」派瑞很快地大喊。

他聽見貝蒂以快活的語調回應了他的誓言；即使是在這樣的滑稽表演中，這個聲音仍然令他感到激動不已。

然後，他從駱駝外皮的一道裂縫間將假鑽石推了出去，讓它滑落到她的手指上，並跟著尚波一同低聲唸著那些古老而具有歷史意義的詞句。他希望永遠沒有人知道此事。一個念頭在他心裡浮現：既然塔特先生至今仍守口如瓶，那麼他就應該在不揭露自己真實身份的情況下悄悄離去。畢竟，派瑞是個高貴的年輕人，而今晚的作為很可能會損及他剛起步的法律事業。

「你可以擁抱新娘了！」

「脫下面具吧，駱駝，然後親吻她！」

當貝蒂笑嘻嘻地轉向他，並開始取下他的紙板面罩時，派瑞可以感覺到，自己的心正本能地怦怦狂跳著。他感覺，自己的自制力已經飛到了九霄雲外；他渴望用雙臂環抱住她，大聲宣布他的身份，然後親吻那僅有一步之遙的微笑雙唇。就在這時，突然間，環繞著他們的笑聲與掌聲全都消失了，整個大廳陷入一陣古怪的沉默之中。派瑞和貝蒂驚訝地抬起頭四下張望——剛剛，尚波「啊！」地大喊了一聲，語氣中充滿了震驚；聽見這突如其來的喊聲，所有人不約而同地將目光投向他。

「啊！」他再次發出了驚訝的聲音。他將駱駝的結婚證書轉了個方向；之前他為了製造效果，一直上下顛倒地拿著它，但此刻，他卻帶著煩惱的神情，聚精會神地仔細閱讀著紙上的一字一句。

「哎呀！」他大喊了起來；在瀰漫的沉默當中，他的話語清晰得讓房間裡的每個人都能聽得見。「這『樹』一張貨真價『叔』的結婚證書啊！」

「什麼？」

「啥？」

「你再說一次，尚波！」

「你確定你識字？」

尚波靜靜地向他們揮手示意，而當派瑞理解自己所犯下的錯誤後，他的血液開始在血管內沸騰起來。

「是的～各位先生！」尚波重複了一次自己的話。「這真的『樹』張貨真價『叔』的結婚證書，而且當事人的其中一方，正『樹』這位年輕小姐——貝蒂・梅『地』爾小姐，至於另一方，則是派瑞・帕『酷』斯特先生。」

眾人發出了一陣驚訝的喘息聲；然後，當所有人的視線都落在駱駝身上時，喘息聲很快變成了此起彼落的竊竊私語聲。貝蒂迅速地從駱駝的身邊閃開，茶色的眼眸中閃動著怒火。

「你，駱駝，你是派瑞・帕『酷』斯特先生嗎？」

派瑞沒有回答。人們紛紛擠到了他身邊，目不轉睛地瞪著他。他僵直地佇立著，整個人感到無比困窘；而當他注視著神色不善的尚波時，紙板做成的駱駝臉上，仍然是一副飢渴與諷刺的神色。

「你最『郝』解釋一下這是怎麼回事！」尚波緩慢地說，「這可『樹』件非常嚴重的事情。我在『蔗』家俱樂部以外的工作，恰好是在卡蘭第一浸信教會擔任牧師。以牧師的身份，我必須說：你們已經無可轉圜地、確實地成為夫妻了。」

5

接下來的場景將會在四頭馬車俱樂部中，年復一年地為人所津津樂道。矮胖的婦女們昏厥過去，「百分之百的美國人」不停咒罵，初出社交圈的少女們則是圓睜怒目，在迅速聚集而成又迅速散去的各個小團體中喋喋不休。一陣饒舌而充滿敵意，但卻很奇妙地帶著幾分壓抑感的嘈雜聲浪，在混亂的舞廳中嗡嗡作響。狂熱的年輕人發誓他們會殺了派瑞或尚波，或是他們自己還是其他有的沒有的人。這位浸信會牧師此時正被一群喜歡大聲抗議的業餘律師所圍攻，他們提出質詢、大加威脅、要求判例，並命令尚波取消此結合關係；不只如此，他們還用非常熱中的態度，想盡辦法要找出任何足以證明剛才發生的事情乃是預先安排的蛛絲馬跡。

在舞廳一角，湯森夫人正靜靜地靠在霍華德・塔特先生的肩上飲泣。塔特先生試著安慰她，但卻徒勞無功；結果，兩人只是輪流不斷，一次又一次地向對方說著：「都是我的錯！」而在俱樂部外面，覆滿大雪的走道上，「鋁人」希瑞斯・梅第爾先生，正在兩名肌肉結實的戰車御者之間緩慢地來回踱步，時而發出一連串粗俗下流的字句，時而又發狂般懇求他們行行好，讓他去幹掉尚波。他今晚滑稽地打扮成了婆羅洲野人，而現在，就連最嚴苛的舞台經理都會承認，要將這個角色扮演得比他更完美，簡直是不可能的。

在此同時，兩位當事人仍然是整個舞台真正的焦點。暴跳如雷的貝蒂・梅第爾——現在或許應該稱呼她貝蒂・帕克斯特了——？被一群姿色較為平庸的女孩子團團圍繞著（較漂亮的女孩都忙著談論她，以致於沒有時間將太多注意力放在她身上），而駱駝則是佇立在大廳的另一頭，除了他的頭套悲慘地懸掛在胸前以外，其他一切都原封不動。派瑞正誠摯而忙碌地，向一群憤怒而困惑的男人努力表明他的無辜。每隔幾分鐘，就在他看似要澄清事實之際，總有某個人會提起那張結婚證書，然後嚴密的審訊又會從頭開始。

而就在這時，一位名叫瑪莉安・克勞德，被眾人公認為托利多第二美女的女孩，藉著對貝蒂發表評論的機會，成功扭轉了整個局面的重點。

「沒關係，」她不乏惡意地說，「一切都會被淡忘的啦，親愛的。毫無疑問地，法院絕對會宣告這場婚姻無效的啦！」

貝蒂憤怒的淚水奇蹟似地在她眼中乾涸了。她緊閉雙唇，面無表情地注視著瑪莉安；接著，她站起身，驅散了兩旁的同情者，直接穿過房間，走到正以恐懼的眼神凝望著她的派瑞面前。靜默再一次地降臨在整個房間之中。

「你願意賞個臉，給我五分鐘時間談話嗎——還是說，這並不在你的計畫之中？」

他點點頭，張開的口中說不出隻字片語。

她冷淡地示意要他跟著她，然後便昂首闊步地離席走入大廳，朝向一間隱密的小紙牌遊戲間走去。

派瑞急忙地想跟上她，但卻因為後腿沒有動作而踩了個緊急煞車。

「你留在這裡！」他粗魯地下達命令。

「我沒有辦法。」從駝峰傳來一個埋怨的聲音。「除非你先出來，然後讓我出來。」

派瑞有點動搖，但他實在不能再忍受好奇的群眾更多的注目了。於是，他低聲發出了指令，然後駱駝便用它的四條腿，小心翼翼地走出了房間。

在紙牌室裡，貝蒂正等著他。

「很好，」她狂怒地開口說道，「你看看自己做了什麼好事！你和那瘋狂的證書！我早告訴過你，你不該拿出它的！」

「我親愛的女孩，我……」

「不要對我說什麼『親愛的女孩』！去對你真正的妻子說——如果在這種可恥的表演後，你還能找到妻子的話！還有，你不要試圖假裝這一切都是沒有安排過的！你知道，你給了那黑皮膚的服務生錢！你知道你有！你打算說你沒有試圖娶我嗎？」

「不……當然……」

「很好，你最好老實承認！你試圖要娶我，而現在，你打算怎麼做？你知道我父親快瘋了嗎？如果他想要殺了你的話，那是你活該！他會拿起他的手槍，然後把冷鍛的鋼鐵打到你的身體裡面的！就算這場婚……呃，這個……玩意兒……可以取消，它還是會讓我的後半生都蒙上陰影的！」

派瑞忍不住用溫柔的語氣，引述起她先前所說的話：「噢，駱駝，你不想屬於這位美麗的弄蛇人，做為你的……」

「閉嘴！」貝蒂大喊。

接著又是一陣靜寂。

「貝蒂。」最後，派瑞終於打破了沉默，「只有一個辦法可以真正解決我們的問題，那就是，妳嫁給我吧。」

「嫁給你！」

「沒錯。真的，這是唯一……」

「你閉嘴！我才不會嫁給你，除非……除非……」

「我知道。除非我是世上僅存的最後一名男人。但是，如果妳想要顧及妳的名譽的話……」

「名譽！」她喊道。「現在你可好了，會考慮到我的名譽！為什麼之前你沒有考慮到我的名譽，在你雇用那討厭的尚波去……去……」

派瑞絕望地揮動他的手。

「很好。一切就如妳所願。上帝為證，我在此宣布放棄所有的要求！」

「可是……」一個新的聲音忽然說。「我並沒有放棄呢。」

聽見這個聲音，派瑞和貝蒂都感到驚訝不已。貝蒂將手放在心口，

「看在老天爺份上，那是什麼？」

「是我。」駱駝的背脊說。

在轉瞬間，派瑞便脫下了駱駝的外皮；然後，一個散漫、跛腳，衣服潮溼地掛在身上，手裡還緊抓著一個幾乎已淨空的酒瓶的身影，大膽地出現在他們面前。

「噢！」貝蒂喊道。「你竟然帶了這樣的東西到這裡來嚇我！你明明告訴我，他——那可怕的人——是個聾子的！」

駱駝的背脊發出了滿足的嘆息聲，一屁股坐了下來。

「不要用這種方式談論我，女士。我什麼人也不是——我是妳的丈夫。」

「丈夫！」

貝蒂和派瑞同時喊叫出聲。

「噢，這是理所當然的。我跟那個傢伙一樣，都是妳的丈夫。牧師那老小子可沒有說只把妳嫁給駱駝的前端；他是把妳嫁給了整隻駱駝。再說，套在妳手指上的還是我的戒指呢！」

她輕呼一聲，然後從自己的手指上抓起戒指，激動地扔到地板上。

「這是怎麼回事？」派瑞茫然不知所措地問道。

「意思就是，就是你最好收買我，而且要好好地收買我。如果你不願意的話，那麼我就會跟你一樣，宣稱自己擁有和她結婚的權力！」

「那是重婚。」派瑞神色陰鬱地轉向貝蒂說。

然後，派瑞今晚最重要的時刻終於來臨了，這是他賭上自己所有命運的最後一次機會。他站起身，首先看著貝蒂；她正虛弱無力地坐著，因為這新的複雜情況而驚駭不已。然後，派瑞又轉過身，看著駱駝的背脊；他坐在椅子上，不停地左右擺動著身體，整個人看起來變幻莫測，而且深具威脅。

「很好。」派瑞緩緩地，對駱駝的背脊說道：「你可以擁有她。貝蒂，我要向你證明，就我個人而言，我們的婚姻完全是一場意外。我要徹底放棄要求妳做為我妻子的權利，然後將妳交給……交給這個妳戴著他戒指的人——妳合法的丈夫。」

當派瑞說完這句話的時候，四隻充滿驚嚇的眼睛齊齊望向了他。

「再見，貝蒂。」他停頓了一下，又斷斷續續地說，「當妳置身於新的幸福中時，也請別忘記我。我要搭早上的火車前往西部；希望妳偶爾會在內心想起我，貝蒂。」

瞥了他們最後一眼，他轉過身；當他的手觸及門把時，他將頭埋在自己的胸前。

「再見。」他重複了一次自己的話，然後扭開了門把。

但，就在派瑞話聲方歇之際，一個由蛇、絲綢和茶色頭髮所結合而成的身影，朝著他激動地飛奔而去：

「噢，派瑞，不要離開我！派瑞，派瑞，帶我一起走！」

她的眼淚濕漉漉地滴在他的頸子上。他平靜地將她擁入懷裡。

「我不在乎，」她喊道。「我愛你！如果你此刻能叫醒一位牧師，而且再來一次的話，我會和你一起去西部！」

駱駝的前面部份越過她的肩膀，看著駱駝的後面部份，然後他們交換了個特別微妙難解的眼色——一個唯有真正的駱駝方能理解的眼色。

幻夢的殘片

May Day

五朔節：歐洲傳統節日。每年的五月一日，人們會上街慶祝春天的到來並舉行慶典以祈求豐收，而通常，這種慶典總會伴隨著狂歡與喧鬧的各式活動——譯者曾經的奮戰已成過往，最後的勝利終於到來；歡慶的牌樓與標語，淹沒了這座屬於勝利者的城市，漫天灑落的白色、紅色與玫瑰色鮮花，更為它染上了一層格外繽紛與鮮豔的色彩。在整個漫長的春日裡，返鄉的士兵們在充滿喜悅而洪亮的銅管樂聲吹奏引領下，隨著鼓聲的伴奏，持續地踏著整齊的步伐走過城市的主要幹道；每當他們經過時，商人與店員總會暫時擱下眼前的爭吵與算計，爭先恐後的擠到窗前，扭過他們因為擁擠而有點發白的臉，認真地看著眼前走過的隊伍。

這座偉大的城市過去從來不曾有過如此壯觀的景象；戰爭的勝利，讓它的火車站中滿滿地湧入了大量的人潮；南方和西方的商人帶著他們的親人，成群結隊地前來品嘗所有甘美的饗宴，並親身參與城市裡所有奢侈的娛樂——在此同時，他們也為自己的妻子買下了過冬需要的毛皮大衣、有著金色網紋的手提包，用絲、銀與玫瑰色綢緞織成，五顏六色的便鞋，以及鑲了金絲的衣裳。

在勝利的人群之中，詩人與作家對即將到來的和平與繁榮是如此興高采烈與喧鬧地歌頌著，其結果就是越來越多揮金如土的人從各省蜂擁而至，暢飲著刺激的美酒；隨之而來的是，商人們賣掉他們手上的飾物與便鞋的速度也越來越快，直到他們大聲喊說想要更多的飾物與便鞋，好讓自己能夠多做幾筆生意，但卻已經兩手空空為止。某些商人甚至猛烈地揮動著雙手，無助地大叫著：

「哎呀！我的便鞋全賣光啦！……哎呀！連飾物也賣光啦！老天幫幫我吧，我現在不知道自己該怎麼辦才好啦！」

但是沒有一個人停下來聆聽他們大聲的叫喊，因為人們實在太過忙碌了——日復一日，士兵們快活地走過大街小巷，而所有人無不感到歡欣鼓舞，因為那些歸來的年輕男人是如此的純真與勇敢，還有著整齊的牙齒與紅潤的臉頰，而本地的年輕女孩，在臉蛋與體態上又是如此的純潔而美麗，讓人賞心悅目。

因此，在這段期間中，在這個偉大的城市發生了許許多多的冒險故事；以下我所記錄下來的，正是其中的某些——或者，也許只是某一件——故事……

1

在一九一九年五月一日的早上九點，一個年輕男人正跟比爾摩旅館的房間服務員攀談著。他問服務員：「請問，菲力普·迪恩先生是否有在這裡登記住宿？如果他在這裡的話，是否能請您幫忙轉個電話到迪恩先生的房間？」這個年輕男人穿著一身剪裁合身，但有點破舊的西裝。他的個子不高，身材瘦小，看起來英俊卻帶點憂鬱；在他的眼睛上緣，有著不尋常的長睫毛，而在長睫毛之下的，是帶點病容的藍色半圓形眼眸；和他臉上那種看起來像是持續不斷，微微發著燒似的，不自然的潮紅相映襯，那帶點病容的眼眸就更讓人印象深刻了。

迪恩先生正是下榻於這裡。年輕男人被領到了牆邊的一具電話機前，過了一秒鐘後，他的電話接通了；在樓上的某處，一個睡眼惺忪的聲音對著電話道了聲「哈囉」。

「迪恩先生？」——年輕男子用非常熱切的語氣說——「我是高登，高登・史特雷啊，菲爾！我現在就在樓下！我聽說你到了紐約，就有預感你一定會到這裡來！」

聽到他的話，原本睡眼惺忪的聲音漸漸地變得熱情了起來：「喔，是高迪啊！你這老小子，總是帶給我意外的驚喜！看在老天的份上，你趕快上來吧！」

幾分鐘後，穿著一件藍色絲綢睡衣的菲力浦・迪恩打開了他的房門，接著兩個人帶點侷促卻又興高采烈地，向彼此打了個招呼。他們兩人都是二十四歲左右，一次大戰之前從耶魯畢業；但是兩人間的相似之處也就僅止於此了。迪恩留著一頭金髮，臉色紅潤，在他的薄睡衣底下，隱藏著壯碩結實的軀體。從他身上散發出來的一切氣息，都給人一種合宜而閒適的感覺。他同時也是個笑口常開的人，當他笑的時候，就會露出他大而凸出的門牙。

「我正想去拜訪你呢！」迪恩熱情而大聲地說，「這次我請了兩個星期的假。不過，我正要去洗澡呢；你要不要進來稍坐一下，我馬上就好！」

目送著迪恩的身影消失在浴室，他的訪客不安地在房間內東張西望著；他陰鬱的目光，一會兒落到了位在牆腳的一只英國製的大旅行箱上，一會兒又落在一疊被眾多醒目領結與羊毛軟襪所覆蓋著、雜亂地披在椅子上的厚重絲綢襯衫上。

高登站起身，撿起了其中一件襯衫，稍稍的檢視了一下。那是一件用非常厚重的絲綢所織成，上面有著淡藍色條紋的黃襯衫——在房間裡，至少有將近一打這樣的衣服。高登不由自主地望了自己的袖口一眼——它們看起來有些陳舊，靠近邊緣的地方已經起了毛，還泛著模糊的灰斑。放下那件絲綢襯衫，他將自己外套的袖子不斷地使勁往下拉長，直到完全遮掩住那磨損的袖口為止。然後，他走到鏡子前，帶著無精打采、悶悶不樂的興味打量著自己的樣子。過去曾光鮮亮麗的領帶已然變得暗淡無光，上面還起了小小的摺痕，再也遮擋不住領子上參差不齊的扣眼。高登不帶樂趣地想著，三年前他大學四年級的時候，在班上票選「服裝最稱頭男人」的選舉中，可也是得過一些零星票數的呢……

此時，迪恩一邊使勁地擦亮自己的身體，一邊從浴室走了出來。

「昨晚我看到了一個你的老朋友，」他說，「我和她在大廳裡擦身而過，但是我不管怎樣都想不起她的名字……就是那個你在大四那年帶到紐海文去的女孩子。」

高登接口：

「艾迪絲・布拉汀？你說的是她嗎？」

「對，就是她！她長得還真是天殺地美麗。她仍然是個美麗的洋娃娃——你知道我的意思：就像是你一碰到她，就會將她弄髒一樣。」

迪恩沾沾自喜地對著鏡子環視著渾身發亮的自己，微微的笑了一下，不自覺地又露出了他的門牙。

「我想她至少有二十三歲了吧，」迪恩繼續說。

「到上個月還是二十二歲。」高登有點心不在焉地回應著。

「什麼？噢，原來是到上個月啊……那麼，我想她應該不會參加伽瑪兄弟會（註）的舞會了吧。你知道我們今天晚上在德莫尼克舞廳，有一場耶魯伽瑪兄弟會的舞會嗎？你最好過來一趟，高迪；一半以上以前紐海文的同學大概都會出席。我希望能邀請到你來參加。」

有點不情願地套上了一件新的內衣，迪恩點起一根雪茄，在敞開的窗邊坐了下來；在流瀉入房間裡的晨光下，他開始檢視起自己的小腿與膝蓋。

「坐下吧，高迪，」迪恩建議似地說著，「告訴我你曾經做過的一切，你現在正在做的一切，以及其他所有的每一件事情。」

註：影射美國最古老的大學兄弟會之一「艾普西隆兄弟會」(Psi Upsilon)。

毫無預警地，高登一下子垮在了床上；他仰天躺著，眼中盡是呆滯與無神。他的嘴巴習慣性的微微張開，臉上的神情宛如長眠不起的逝者一般，整個人看上去，突然變得十分無助而可憐。

「怎麼回事？」迪恩迅速地問著。

「噢，我的老天啊！」

「到底是怎麼回事？」

「這世上的所有事情都真天殺的該死，」高登悲慘地說著，「我已經快完全崩潰了，菲爾。我現在覺得筋疲力竭。」

「啊？」

「我說，我現在覺得筋疲力竭。」高登的聲音微微顫抖。

迪恩用評價似的藍色目光，更加靠近的打量著他。

「你確實看起來一副筋疲力竭的樣子。」

「我是這樣沒錯。我把每件事情都搞得該死的一團亂。」高登頓了一下說，「我想我最好還是從頭說起——我這樣做會煩擾到你嗎？」「一點也不會，請繼續吧。」迪恩嘴上雖然這樣說，但是他的語調中卻帶了點遲疑。這趟來東岸的旅程原本是計畫要好好渡個假的——但是，發現高登．史特雷處在麻煩之中，卻讓他的心情有點不太舒服。

「請繼續吧，」他又重複了一次，然後又壓低了聲音補上一句，「盡可能清楚扼要。」

「那個，」高登有點不平靜地開始述說：「我二月從法國回來，在家鄉哈里斯堡待了一個月，然後到紐約想找份工作。我找到了工作——在一家出口貿易公司。可是，他們昨天把我開除了。」

「開除你？」

「我快要講到重點了，菲爾。我想坦白地告訴你一切。遇到這種麻煩時，你是我唯一可以求助的人了。你不會介意我把一切都坦白地告訴你吧，菲爾？」

迪恩的表情變得更僵硬了，連正在按摩著膝蓋的動作也不自覺地馬虎了起來。他模糊地感覺到，自己正被不公平地強加了某種責任到頭上；他甚至不能確信，自己是不是想聆聽高登的告白。雖然說他從來不會因為發現高登・史特雷遭遇到小困難而感到驚訝，但是看到他現在的慘狀，迪恩還是打從心底對他產生了某種的排斥與麻木——儘管說，這確實激起了他的好奇心。

「請講。」

「事情是有關一個女孩。」

「嗯。」迪恩終於下定決心，不讓任何事情來破壞他的旅行。如果高登還要繼續這樣沮喪下去的話，那他就必須想辦法避開這傢伙。

「她的名字叫做珠兒・哈德森，」高登躺在床上，用憂傷的聲音繼續說，「她過去曾是那麼的『純潔』——我想，大概直到一年前都是如此。她是在紐約的一個貧窮家庭中長大的。她的家人都過世了，現在她和一位老姑母住在一起。你應該猜得到的；我跟她相遇是在那個大家開始成群結隊從法國回來的時候——那時，我所做的一切，盡是在歡迎新回來的同袍們，並且跟他們一起參加大大小小的派對。那是一切的開始，菲爾，當時，我只是很高興能遇見大家，然後也很高興大家能夠遇見我，就這樣子而已。」

「你應該要更敏銳一點。」

「我知道，」高登停頓了一下，然後繼續無精打彩的說著，「你也看得出來，我現在可說身無長物了；菲爾，我再也無法忍受這種持續不斷的不幸了！言歸正傳，然後，那個可惡的女孩出現了。她似乎曾經有那麼一小段時間是愛著我的；雖然我從來沒有打算就這樣陷下去，但我似乎總是會在某些地方跟她相遇。你可以想像的到，我的工作性質就是要為那些從事出口的人們效力的——當然，我也還是想走繪畫這條路；我想幫雜誌畫插畫，那會是一筆不小的收入。」

「為什麼你不這樣做呢？如果你真的想做好這件事的話，那就該全力以赴才對。」

迪恩帶著冷漠的禮貌質問高登。

「我稍微嘗試過了，但是我本身的基礎太糟糕了。我有天份，菲爾；我可以畫得很好——但是我卻不知道應該如何去畫。我應該去讀美術學校的，但是我付不起那個錢。呃，然後，一個星期前危機發生了。當我用盡了口袋裡的最後一塊錢時，那個女孩開始討厭我了。她想要錢；她告訴我，假如她拿不到錢，她就要讓我吃不了兜著走。」

「她會這樣做嗎？」

「恐怕她就是會這樣做。這是我失去工作的理由之一——她整天不停地打電話到辦公室來，那是壓垮駱駝的最後一根稻草。她還寫了一封信，威脅著要寄到我家裡去……噢，她完全抓住我的弱點了。現在，我還得再給她一些錢。」

接著是一陣尷尬的停頓。高登靜默地躺著，他的手緊緊抓住身體的兩側。

「我筋疲力竭了，」他繼續說道，聲音依然顫抖不已。

「我真的快要發瘋了，菲爾。如果沒有聽說你會來東岸的話，我想我早就已經自殺了。我希望，你能借我三百美元。」

迪恩原本一直按摩著自己赤裸腳踝的雙手，忽然間停了下來——從剛才一直在兩人之間流竄，古怪而不自然的氣氛，一下子變得緊繃了起來。

過了一秒鐘之後，高登繼續說：

「我已經想盡辦法從我家裡榨出錢來，直到我連開口要一個五分錢硬幣都感到羞恥的程度了。」

迪恩仍然一言不語。

「珠兒說，她至少要兩百美元。」

「跟她說，她要去哪撈錢都不干你事。」

「這話說起來簡單，但是她手上有兩、三封我喝醉酒時寫給她的信。不幸的是，她可一點也不像你可以想像到的所有那些軟弱的人。」

迪恩露出了一個厭惡的表情。

「我是絕不會容忍這種女人的。你早就應該離開她了。」

「我知道，」高登疲倦地承認。

「你應該要開始認真面對現實了。假如你沒有錢，你就應該去努力工作，然後遠離女人。」

「話說的簡單，」高登的眼睛瞇了起來，他搶先開口說道，

「在這個世界上，錢對你來說從來都不是難事。」

「我非常肯定事情不是這個樣子。天殺的，我花的每一分錢，家裡面都要一筆筆記帳！只是因為我手頭稍微有一點寬裕，我就必須付出更多的小心，以免自己亂花錢！」

他拉開了窗簾，讓更多的陽光湧進了整個房間。

「老天在上，我不是個一板正經的人。」他繼續謹慎地說，「我喜歡享樂——特別是在這樣的假期裡，我喜歡盡可能的尋歡作樂，但是你——你現在的樣子實在太嚇人了。我以前從沒聽你講過這種事。你看起來像是要破產了一樣——不管在道德上，或是在金錢上。」

「這兩者不是常常一起發生嗎？」

迪恩有點不耐煩的搖搖頭。

「在你身上經常有一種我不能理解的氣氛；那是種邪惡的感覺。」

「它是煩惱、貧窮與不眠之夜的氣氛，」高登有點挑釁意味地說著。

「我不知道。」

「噢，我承認我是很沮喪，對我自己感到心灰意冷。但是，我的老天啊，菲爾，一個星期的休息、一件新衣服，再加上一些現金，我就會像——像我以前的樣子。菲爾，我能夠用閃電一般的速度來畫畫，你知道的；但是有一大半的時間，我根本沒有錢買像樣的繪畫材料——再說，當我疲憊、沮喪和精疲力竭的時候，我也根本沒辦法畫畫。如果我有一點現金的話，我就能夠在幾個星期內一飛沖天，重新開始。」

「我怎麼知道你不會又把這些錢花到其他女人身上？」

「為什麼你又要觸痛我的傷口呢？」高登平靜地說道。

「我不是要觸痛你的傷口，我只是很討厭看到你這個樣子。」

「你會借我這筆錢吧，菲爾？」

「我不能立刻決定。畢竟這是很大的一筆錢，而且就我而言，我也是該死的感到十分為難。」

「假如你不能借我這筆錢的話，那對我來說將是個噩耗——我知道我總是牢騷滿腹，而且這是我自己的錯，但是——現在講這些也不能改變什麼了。」

「你打算何時還錢？」

這句話無疑是個令人振奮的訊息。高登思考著——最明智的方法，也許就是坦誠以對。

「當然，我可以向你承諾下個月就還錢，但是——我想還是約定三個月會比較好些。只要我開始賣掉畫，我馬上就還錢。」

「我怎麼知道你賣掉了畫沒有？」

迪恩的聲音中新生的嚴酷，像是讓人背脊發涼的猜疑一般淹沒了高登。他是否有可能拿不到這筆錢了？

「我想你應該或多或少對我有點信心吧。」

「我確實是如此——但是當看見你這個樣子以後，我開始動搖了。」

「你想想，如果我不是到山窮水盡的地步的話，我會這樣子來求你嗎？你認為這樣子做，我很開心嗎？」他打斷了迪恩的話，然後閉上嘴唇緘默不語；他覺得，自己最好是壓抑一下聲音中逐漸升高的憤怒。畢竟，他可是個懇求者。

「你似乎是把它設想得相當簡單，」迪恩也憤怒的回應道。「你把我放在一個困境之中：如果我不借你這筆錢，我就是個騙子——噢，是的，你就是這麼想的。讓我告訴你，拿出三百美元，對我來說可不是件這麼簡單的事情。我的收入並不那麼多，拿出這麼一份的話，我的收支就沒辦法平衡了。」

他離開了椅子，開始著裝，小心翼翼地挑起了搭配的衣服。高登伸長了他的手臂，緊抓著床鋪的邊緣，努力的抗衡著想要大喊的欲望。他的腦袋像是要裂開般地嗡嗡作響，他的嘴巴又乾又澀，同時，他可以感覺到自己血液中的熱度，全都分解成了像是從天花板上緩慢滴落的水滴一般，無可計數的規律數字。

迪恩細心的打好了領帶，梳好了眉毛，然後一板正經地從他的口中吐出了一片煙草。接著，他填滿了他的雪茄匣子，把空掉的煙盒全部丟到一個垃圾籃裡，再把雪茄匣子放進他的馬甲口袋之中。

「要吃早餐嗎？」他詢問高登。

「不；我什麼也吃不下。」

「喔，我們得一起出門，而且吃點早餐；至於錢的事情，稍後再來決定吧。我對這個問題很感冒──畢竟我來東岸是來渡假的。」

「我們一起到耶魯俱樂部去吧，」迪恩有點悶悶不樂地說著，然後又補上了一句隱隱帶著指責意味的話：「你已經放棄了自己的工作，卻沒有想過要抓住任何其他的東西。」

「如果我有一點錢，我想我就可以做很多事情了。」

「噢，看在老天的面子上，你能不能稍微停止提一下這個話題！我一點都不希望我的整段旅程因為這樣被弄的烏煙瘴氣！拿去，這裡有一些錢！」

他從錢包裡掏出了一張五塊錢的鈔票，把它塞到了高登的手中；他小心翼翼地將它對摺，然後塞進他的口袋裡。他的臉頰稍微增添了一點色彩，不再只是原來那種發燒似的潮紅色了。就在他們轉身準備出門之前的那一瞬間，他們的眼神交會了。在那一瞬間，他們兩人都察覺到，有什麼事情，讓高登迅速地壓低了他的目光；也就在那一瞬間，他們突然完全的沉默了下來，並且再明白不過地憎恨起對方。

2

第五大道與四十四街上，滿滿的都是中午擁擠的人潮。豐饒而快樂的太陽閃爍著稍縱即逝的金光，穿透了小商店厚重的櫥窗，照耀著網紋裝飾的手提包和錢包，以及灰色天鵝絨匣子上的串串珍珠；照耀著五顏六色，華麗而庸俗的羽毛扇；照耀著繡著金線與綢緞蕾絲的昂貴衣服；也照耀著裝潢設計師精心設計的展示間裡，糟糕的畫作和符合這個「美好時代」風格的家具。

年輕的女工們，三五成群地在櫥窗前閒逛著，從某些華麗燦爛的展示品——其中甚至還包括了一套橫躺在床上，很有家庭風味的男性睡衣——中，挑選為自己未來的閨房所準備的東西。她們站在珠寶店前，揀選著約會用的耳環，結婚戒指，與白金腕表；接著，她們繼續四處遊蕩，一邊檢視著羽毛扇子和歌劇斗篷，同時也一邊消化著中午剛吃下的三明治與聖代。

貫串整個人群的，是穿著軍服的男人們。包括在哈德遜河下錨的軍艦上下來的水手，以及師團標記從麻州到加州，林林總總不一的陸軍士兵，總是被人們用缺乏敬畏的目光注視著；他們也發現，除非他們排成漂亮的隊形招搖過市，否則這個偉大的城市其實是非常討厭士兵，並且對於背包與來福槍帶來的精神壓力感到很不舒服的。穿過這些混雜的人群，迪恩和高登漫步在街頭；前者對於最前衛、最華麗的男性展示品抱持著極為敏銳的興趣，後者卻時時提醒自己，他也經常是那些人群中的一員——疲憊，偶爾才能填飽肚子，過度工作，卻又浪費揮霍。對迪恩而言，奮鬥是有意義的，充滿朝氣，令人愉悅的；但對高登來說，奮鬥不過是一種陰鬱，無意義，且永無止盡的行為罷了。

在耶魯俱樂部裡，他們遇見了一群大學時代的同學；當同學們看見造訪的迪恩時，紛紛大聲喧嘩著向他表示問候之意。選了一張半圓形的長沙發和幾把大椅子，眾人各點了一杯威士忌蘇打。

高登發現，這種聚會中的對話不只讓人疲倦，而且沒完沒了。他們聚在一起吃了午餐，然後當午後時分到來時，又點了些烈酒來提振談興。今晚，他們都將參與伽瑪兄弟會的舞會——那絕對會是戰爭爆發以來最棒的一場派對。

「艾迪絲・布拉汀快來了，」某個人對高登說，「她過去不是你的老情人嗎？記得你們兩個都是從哈里斯堡來的吧？」

「嗯，」他嘗試著想轉移這個話題。「我偶爾會遇到她的哥哥。他是那種所謂社會主義的狂熱份子，偶爾會在紐約這裡散發些傳單或是其他什麼的。」

「不像他討人喜歡的妹妹，對吧？」說話者繼續熱心地提供著消息，「呃，她今晚會過來——跟一個叫做彼得・辛梅爾的學弟一起。」

高登今晚八點要和珠兒・哈德森見面——他說好了要給她一些錢的。不知道幾次，他焦慮的偷偷看著他手上的腕表；當他看表看到第四次時，迪恩起身並告訴大家，他得去利佛斯兄弟商店買些衣領與領帶，對高登而言，這簡直就像是如蒙大赦一般。但是他們才剛離開俱樂部，馬上又有另一群人加入了他們的行列，這讓高登感到非常的沮喪。迪恩現在心情非常愉悅，他滿心歡喜的期待著晚上的派對，整個人也微微變得喧鬧了起來。在利佛斯商店裡，他挑了一打領帶，每挑一條都要花上很長的時間徵詢其他人的意見。「你想窄邊領帶會重新流行嗎？」「真是倒霉，利佛斯商店竟然沒有更多的威爾斯・馬格斯頓衣領了？」「在也沒有像『康威頓』這麼好的衣領了」，迪恩喋喋不休地，說著諸如此類的話語……

高登忽然感到有點滑稽可笑。他想要馬上變得有錢；同時，在某個模糊的念頭作祟下，他現在也很渴望參加伽瑪兄弟會的舞會。他想見艾迪絲——自從前往法國的前夕，兩人在哈里斯堡鄉村俱樂部的一個浪漫夜晚中相會以來，他就再也沒有見過她了。過往的風流韻事俱已逝去，不是在戰爭的戰爭的動亂中被淹沒，就是在這三個月裡無休無止的芭蕾舞蹈中被遺忘殆盡；但是忽然無預警地，她的形影——那個有點尖刻、無憂無慮、總是沉浸於無關緊要的喋喋不休之中的形影——再次出現在他的眼前，無數的往事也隨之湧上心頭。在大學的那段期間，能讓他用超然不帶情感的讚美珍愛著的，也就是艾迪絲的臉了。他喜歡畫下她打高爾夫和游泳的樣子——環繞他的房間四周，總是有一打以上關於她的素描；縱使閉上雙眼，他也能清楚畫出她俏麗而引人注目的身影。

他們一行人在五點三十分離開了利佛斯商店，然後在人行道上逗留了一下。

「那麼，」迪恩親切地說，「該準備的都準備好了。現在，我想我該回旅館去，刮個鬍子，修個頭髮，順便按摩一下才是。」

「真是好主意，」另一個人開口說道，「我想我可以跟你一起去。」

聽到這句話，高登好像被當胸打了一拳似的。他使勁全力壓抑著自己，不讓自己轉過身對著那個傢伙，然後大吼一聲：「滾你個蛋，天殺的混蛋！」在絕望中，他懷疑迪恩是否還會跟他說話，還是會為了避免他談到錢的事情，就這樣把他晾在一邊……

他們魚貫走進了比爾摩旅館。此刻的比爾摩旅館，因為裡面充滿了女孩子而顯得生機蓬勃；大部份的女孩都是來自西部與南部，許多在城市裡地位高貴，初入社交圈的少女們聚在一起，只為了能在某個知名大學的知名兄弟會上翩翩起舞。但是在高登看來，她們只是沉浸在美夢中的一張張面孔而已。當迪恩突然跟其他人說聲抱歉，並走過來拉住高登的手臂，將他帶到一邊時，高登已經知道即將出現在他眼前的，不會是他想要的結果，但他還是竭盡全力，試著做出最後的懇求。

「高迪，」迪恩很迅速地說著，「我已經把一切的事情都仔細想過了；我決定，我不會借你這筆錢。我很想答應你的請求，但是我不覺得我應該這樣做——這將會讓我在這一整個月裡面都過得綁手綁腳的。」

高登有點呆滯地看著他，心裡好奇著：為什麼迪恩從沒注意過自己的門牙有多突出？

「我——我真的很抱歉，高登，」迪恩繼續說，「但事情就是這樣。」

他取出自己的錢包，小心翼翼地數了七十五美元的鈔票。

「這裡，」他一邊說著，一邊將它們拿出來，「這裡是七十五塊；這樣總共就湊成八十塊了。這是我所能給你的全部現金了，除此之外的金錢，我都得確實用在這趟旅程之中，不能用做其他用途了。」

高登無意識地舉起了他緊握的手，像是扳鉗子似地張開了它，然後再次地，將鈔票緊握在其中。

「那，舞會再見了，」迪恩繼續說，「我現在該去髮廊了。」

「再見。」高登用一種受傷而嘶啞的聲音說著。

「再見。」

迪恩一開始還微微笑著，但是似乎有什麼事情又改變了他的心意。他迅速地點了點頭，然後消失在人群之中。

但是高登仍然佇立在原地；他英俊的臉因為苦痛而扭曲著，手裡還緊緊握著那一捲鈔票。然後，在突然湧出的淚水造成的視線朦朧中，他笨拙地蹣跚前行，就這樣走下了比爾摩旅館的台階。

3

同一個夜晚大約九點左右，兩個「人類」走出了第六大道的一家便宜餐廳。這兩個「人」長相醜陋、營養不良，看上去除了最低限度的智商之外什麼都缺；他們甚至連半點能讓生活更快樂的肉體滿足都無法享有。不久前，他們還在某塊陌生土地上的某個骯髒城鎮中，過著飽受臭蟲所苦，飢寒交迫的日子。他們既貧窮，又孤單；他們出生時如浮木飄萍般被拋棄，死去時也會如浮木飄萍般被人棄若敝屣。他們身上穿著美國陸軍的軍服，在他們肩膀上掛著的，則是三天前剛在本地上岸的紐澤西義務役師團的徽記。

這兩人中比較高的那一個名叫卡洛爾・凱，這個名字暗示著，不管經過多少代的墮落而使血統變得稀薄，在他的血管中，也許還是流動著具有某種潛力的血液。（註）

然而，不管其他人再怎樣凝視著他長而優柔寡斷的臉孔，愚鈍而有點水汪汪的眼睛，以及高聳的顴骨，也無法從中發現任何讓人聯想到祖傳的優點，或是天生的足智多謀等事

註：凱家族，美國東岸著名的政治家族。

物。

他的同伴是個皮膚黝黑，有著羅圈腿，老鼠般的眼睛，以及被打斷的鷹鉤鼻的男人。他身上那種傲慢的氣息很明顯的是一種偽裝，是他從自己所身處的，充滿著吼叫與撕咬、粗野的虛張聲勢與相互威嚇的世界借來，用以自我保護的武器。他的名字是葛茲・羅斯。

離開那家便宜餐館，他們兩人一邊剔著牙一邊漫步在第六大道上，一個顯露出興味盎然的樣子，另一個卻是露出一副完全無動於衷的神情。

「接下來去哪兒？」羅斯問道。他的語調裡暗示著，就算凱說出要去南太平洋海島的話，他也不會感到驚訝。

「你說啊，我們是不是該試看看去設法弄些烈酒來呢？」這個時候還沒有禁酒令——事實上，禁酒令正是受到禁止販賣烈酒給士兵的立法所刺激而產生的。

羅斯馬上熱烈地表示同意。

「我有個好主意，」在想了一會兒之後，凱繼續說道，「我在這裡有個好兄弟。」

「在紐約？」

「是啊。他是一個老傢伙呢。」他的意思是，那位兄弟的年紀比他大得多，「他是一家有提供大麻煙的餐廳的侍者。」

「也許他會給我們幾杯酒也說不定。」

「我敢說，他絕對會的！」

「相信我，明天我絕對要把這身該死的制服給丟掉！我絕對不讓它再綁住我了，絕不！我得讓我自己換上一些比較正常的衣服！」凱有點口齒不清的說。

「這個嘛，也許我不會。」羅斯回答。

當他們計算著自己身上的錢，發現只剩不到五美元的時候，這個想法馬上就成了紙上畫餅，只是無傷大雅和聊慰人心的文字遊戲而已。不過，這卻似乎讓他們兩人感到很開心，特別是當他們一邊講一邊咯咯笑著，拿聖經故事裡高高在上的偉人開著玩笑，還不時夾雜著幾句一再重複的強調語，像是「好傢伙！」「你看你！」和「我就說會這樣嘛！」的時候，這種開心的感覺似乎就更強烈了。

他倆總愛夾雜著憤怒的鼻音大發議論，而構成這些議論的主要材料，都是延伸自他們這些年來賴以為生的機構——軍隊，公司或者救濟院，並指向他們在那些單位裡面的直屬上司。就這樣一直到了某個早晨，他們所批評的機構已經變成了「政府」，而直屬上司也變成了「上校」——也就在這個時候，兩人才帶著一絲隱約的不自在，悄悄的閉上了嘴，以免因為自己的大嘴巴而搞到被關下一次禁閉。他們感覺到自己的情緒游移不定、憤怒，還有些侷促不安。小心翼翼地將這些思緒隱藏起來，兩人一方面靠著假裝自己馬上就要離開軍隊來努力自我安慰，另一方面又互相保證，軍規將永遠不能再像現在這樣，拘束他們堅強而愛好自由的意志。然而，事實是，比起這種他們新發現、毋庸置疑的「自由」，他們在國內所感受到的，倒更在像牢籠裡一些。

突然間，凱加快了他的步伐。羅斯抬頭看著凱；跟隨著凱的目光，他發現在前面五十碼左右的街道處正聚集了一群人。凱咯咯笑著，開始朝著人群的方向跑去；羅斯也笑了，羅圈短腿輕快地邁開了步伐，緊緊跟在他的伙伴笨拙的大踏步之後。

當抵達人群的外圍時，他們立刻就變成了人群中不太起眼的一部份。這群人包括了一些衣衫襤褸，喝烈酒喝到有點爛醉的一般老百姓，以及來自各個師團，清醒程度不一的士兵；所有的人都圍繞著一個留著黑色長鬍子，身材矮小，正在不斷比手畫腳的猶太人。這個猶太人揮舞著他的手臂，滔滔不絕地發表著激動卻簡潔有力的長篇大論。凱和羅斯硬是擠進了人群靠近前排的地方，當猶太人的話語滲入他們共同的意識之中時，他們用尖銳而懷疑的眼光仔細打量著他。

「你們從這場戰爭中得到了什麼？」他狂熱地大喊著。「看吧，看看你們的四周吧！你們富有嗎？你們得到了很多錢嗎？——不；如果你還活著而且留住了兩條完好的腿，那你很幸運；假如你回到家，卻發現你的老婆沒有跟著某個花了錢買通關節，讓自己免於戰爭的傢伙跑了的話，那你也很幸運！這就是你們所擁有的幸運！除了摩根和洛克斐勒之外，到底還有誰從這場戰爭中得到了任何好處？」

在這時，矮個子猶太人的演說忽然被一記充滿敵意，對準他的長鬍子下巴揮來的拳頭給打斷了；他整個人四腳朝天，向後倒在了人行道上。

「天殺的布爾什維克！」剛剛揮出這一拳的，一個身材高大，看起來像極了鐵匠的士兵大喊著。發出了一陣吵嚷的贊同聲，人群靠得更緊密了。

猶太人蹣跚地爬了起來，馬上又被眼前迎面而來的半打拳頭給揍倒在地。這次他佇立在原地不動，呼吸沉重，血從他被打破的嘴唇裡外不斷的冒出來。

四處都是狂暴喧囂的聲音；羅斯和凱立刻發現，在一個戴著垂邊軟帽，身材瘦削的老百姓，以及剛才簡單扼要地結束了那場演說的那名肌肉結實的士兵帶頭下，他們正跟隨著混亂的人潮流過第六大街。人群不可思議的，正以令人畏懼的比例膨脹著；更多沒有明確表態的市民沿著人行道形成了一條人龍，不時的以高呼萬歲的方式給予他們道義上的支持。

「我們要去哪裡？」凱大聲吼叫著問最靠近自己的那個人。

他的鄰人指指最前面那個戴垂邊軟帽的人。

「那傢伙知道哪裡有很多『他們』！我們現在要去給『他們』一點顏色看看！」

「我們要去給『他們』一點顏色看看！」凱欣喜地對著羅斯低聲說著；羅斯聽了之後，馬上狂喜地將這句話對旁邊的另一個人複誦了一遍。

隊列席捲過第六大道，陸軍士兵與水兵從四面八方加入行列，偶爾也有高喊著「我們才剛離開軍隊」這種老套台詞的老百姓，像是趕著搶某種新成立的運動或是休閒俱樂部的入場券般地擠了進來。

接著，隊伍在一個十字路口忽然轉了彎，朝向第五大道前進；消息在人群中四處流竄著，據說他們是要前去阻止赤色份子在托利維爾廳舉行的一場會議。

「那是在哪裡？」

這問題很快在整個隊伍中傳了開來；過了一會兒之後，答案傳了回來。托利維爾廳在往第十街的方向。有另外一群士兵正要去阻止那場集會，而且他們現在已經在那裡了！

但是第十街聽起來就很遙遠；人群中立刻揚起一陣普遍的抱怨聲，接著隊伍裡一大半的人都自動散去了。在這當中就有羅斯和凱，他們放慢了速度，漫步在街頭，讓多餘的熱情隨風逐漸散去。

「我寧願喝幾杯烈酒，」當他們停下腳步，在一片「鼠輩」、「臨陣脫逃者」的叫喊聲中讓出一條路之後，凱站在人行道上這樣說。

「你老哥真的在這裡工作嗎？」羅斯擺了個定住不動的姿勢問道。

「他應該會在，」凱回答，「自從我離開賓州以來，我已經兩、三年沒見過他了。也許他晚上是不工作的；總之，沿著這條路走下去大概就對了。如果他沒跑掉的話，他鐵定會給我們些好康的玩意兒。」

經過幾分鐘的搜尋後，他們終於在街上發現了他們要找的目標——位在第五大道與百老匯交會處，一間鋪著劣質桌巾的餐廳。於是，凱走進去探問有關他老哥喬治的訊息，羅斯則仍然留在人行道上。

「他現在不在這裡工作了，」凱走出來說，「他現在是德莫尼克餐廳的侍者。」

羅斯明智地點點頭，好像他早已預料到會是這樣一般——對於有才幹的人偶爾改換工作這樣的事，實在不需要感到驚訝。他以前也認識一個侍者——當他們在等菜的時候，曾經有過一段漫長的對話，討論的內容是有關於侍者究竟是本薪賺得多，還是小費收入比較賺錢——，結果毫無疑問地，侍者所獲得小費的多寡，是由他所工作的餐廳社交格調的高低所決定的。一想到在德莫尼克餐廳享用晚餐的百萬富翁，在用過第一夸脫香檳之後隨手丟下一張五十美元鈔票的鮮明景象，凱和羅斯私底下都忍不住期盼著，自己也能當侍者就好了。事實上，凱瘦削的臉孔已經在偷偷盤算著，等下要問他老哥，能不能為他介紹一個侍者的工作……

「侍者還可以喝光那些傢伙留在瓶子裡的所有香檳，」羅斯別有意味地暗示著，接著又補上一句自己的感想：「真是好傢伙！」

在他們抵達德莫尼克餐廳時，大約是晚上十點半左右。他們很驚訝地看見，在餐廳的門前停了一排計程車的長龍，一輛接著一輛；接著，在身著晚禮服，年輕挺拔的紳士一對一的陪伴之下，散發著令人驚豔的氣質，不戴帽子的年輕淑女們，逐一走進了餐廳當中。

「看起來是一場派對，」羅斯帶點敬畏地說著。「也許我們最好不要進去。你老哥應該會很忙。」

「不，他不會的；這種場面對他來說，不過是小兒科罷了。」

在經過一番遲疑之後，他們走進了一個在他們眼裡看起來最樸素的門；接著，他們發現自己正有點焦慮地站在一間小餐廳的一個不顯眼的角落裡，於是馬上又陷入了遲疑不決的境地中。他們脫下了自己的軍帽，將它們握在手上，感覺自己像是被一片陰暗的烏雲籠罩著一般；兩人目不轉睛，看著在房間一角的一個門「砰」的一聲打開了，裡面走出一個動作快如流星的侍者；那侍者像閃電般迅捷地橫過了整個房間，然後又馬上消失在另一側的另一個門後。

在侍者這樣閃電般地通過他們眼前三次之後，這兩個探訪者終於鼓起了所有的勇氣，叫住了一名侍者。侍者轉過頭，有點狐疑地看著這兩個人，然後用輕柔，宛如貓一般的步伐接近他們，就像是隨時都準備好要掉頭離開一樣。

「那個，」還是凱先開口，「那個，你認識我哥嗎？他是這裡的侍者。」

「他的名字叫做喬治•凱。」羅斯在一旁補充道。

是的，這位侍者認識喬治•凱。「我想他在樓上。」他這樣說，「在主舞廳那裡有個舞會正在進行。我會告訴他這件事的。」

十分鐘過後，喬治•凱出現了；帶著極度的懷疑，他向他的弟弟打了個招呼。在他腦海裡自然浮現的第一個念頭是，「這傢伙一定是來要錢的」。

喬治身材高大，下顎的線條有點軟弱，但是他與他弟弟的相似之處也就僅止於此了。這個侍者的眼神並不愚鈍，而是閃動著機敏的光芒；他的舉止溫文爾雅，中規中矩，還帶有一點優越感。他們有點拘泥的交換了一下彼此的狀況。喬治已婚，有三個小孩；他似乎對卡洛爾在海外軍隊中服役的消息很感興趣，但是並沒有因此而被他所打動，這讓卡洛爾感到很失望。

「喬治，」把所有的優雅和禮儀全都拋在腦後，他的弟弟說：「我們想要一些酒，可是他們連一瓶也不賣給我們。你可以給我們一些酒嗎？」

喬治沉思了一下，

「當然。也許我能辦得到。不過，大概要半小時。」

「沒問題，」卡洛爾點頭同意，「我們可以等。」

這時，羅斯找了張舒適的椅子想坐下來，卻被憤怒的喬治一把拉住，大聲的斥責：

「嘿！你給我注意一點！這裡不能坐！這個房間的一切都是為了十二點的宴會所布置的。」

「我又不會弄壞它，」羅斯有點憤憤不平地說。「再說，我身上也沒長蝨子。」

「別太介意，」喬治嚴峻地說，「如果侍者領班看見我在這裡聊天的話，他會對我大發雷霆的。」

「噢。」

他們兩個完全能夠理解「侍者領班」這個詞代表的意義；他們焦慮地撥弄著自己在海外戴著的軍帽，等待著喬治繼續他的話。

「我跟你們說，」停頓了一下之後，喬治說，「我知道有個地方可以讓你們等候。跟我來！」

他們跟著他走出一扇遠處的門，穿過一間無人的食品儲藏室，爬上一段黑暗而迂迴的樓梯，最後進入了一個到處堆滿了木桶和一疊疊的硬毛刷，而且裡面只有一個昏黃的小電燈泡提供照明的小房間。在拿出了兩塊美金，並承諾自己將在半小時後帶著一夸脫威士忌回來之後，喬治就把他們兩人丟在那個房間裡，自己走掉了。

「我敢打賭，喬治現在一定正在賺大錢。」凱坐了下來，有點陰鬱地說。

羅斯點點頭，吐了一口口水：

「我也打賭，他一定是這樣子沒錯。」

「他剛剛提到的舞會是怎麼一回事？」

「很多大學的傢伙。耶魯大學。」

他們兩人看著對方，鄭重地點了點頭。

「你想，那群士兵現在會在哪裡呢？」

「我不知道。我只知道，我真是走了天殺的好長一段路。」

「我也是。別想再叫我走那麼長的路了。」

十分鐘後，焦燥不安的情緒主宰了他們兩人。

「我想去看看外面怎麼樣了。」羅斯一邊說著，一邊小心地走向另外一扇門。

那是一扇裝飾著綠色毛呢的旋轉門。羅斯小心地，將它推開一個小縫。

「看見什麼了嗎？」

做為回答，羅斯的呼吸聲陡然急劇了起來。

「該死的！我敢說這裡有一些烈酒！」

「烈酒？」

凱湊到了羅斯身邊，熱切的往門縫裡張望。

「我敢對全世界發誓，那絕對是烈酒。」在全神貫注地看了好一陣子之後，凱這樣說。

那是一個有他們現在待的房間兩倍大的房間，而在裡面的，是一道閃閃動人，由醇酒組成的饗宴。在兩張鋪著白桌巾的桌子上，擺放著由各式各樣酒瓶築成的長牆；威士忌，琴酒，白蘭地，苦艾酒，還有柳橙汁，至於那一排虹吸管，和兩個大號的潘趣酒（註）空酒碗，就更不在話下了。這個房間裡，現在連一個人也沒有。

「大概是為那些正要開始舞會的傢伙準備的吧。」凱低聲說，「聽見小提琴的聲音了嗎？呃，伙伴，我並不介意跳一支舞。」

他們輕輕關上了門，然後交換了一個會心的眼神——這時候，沒有什麼必要再去弄清楚對方的想法了。

註：一種用水果、酒、蜂蜜、香料等所共同調配而誠的低濃度酒精飲料。

「我想動手從那些酒裡面拿個兩、三瓶出來。」羅斯加重了語氣說。

「我也是。」

「你想我們會被發現嗎?」羅斯又問。

凱思索著,

「也許我們最好等到他們開始喝酒之後再動手。他們現在把所有的酒都擺得好好的,而且他們也知道裡面到底有多少酒。」

為了這一點,他們爭辯了好幾分鐘。羅斯強烈主張現在就動手從裡面拿一瓶酒出來,然後在任何人走進房間之前把它藏到他的大衣下;可是,凱卻認為必須謹慎一點。他擔心他也許會給自己的哥哥添麻煩。假如他們能夠等到某些酒開瓶的話,要從中拿走一瓶就容易得多了,而且每個人都會認為是那些大學的傢伙拿走的。

當他們仍然致力於爭辯時,喬治・凱只對他們哼了一聲,就急急忙忙的穿越了這個房間,接著經過有綠色掛氈的門,又消失無蹤了。一分鐘後,他們聽見幾聲軟木塞「波」地打開的聲音,然後是搖晃冰塊與液體飛濺的聲音。喬治正在調潘趣酒。

這兩個士兵交換了個齜牙咧嘴的欣喜笑容。

「好傢伙!」羅斯低聲說。

喬治再次出現了。

「保持低調,小子們,」他很快地說,「五分鐘以後,我會把你們想要的東西給你們。」

說罷，他又消失在他出現的那扇門後面。

當他的腳步聲一消失在階梯遠端，羅斯在小心的張望之後，一個箭步衝進了那個令人欣喜的房間中；當他再出來時，手上抱著一瓶酒。

「看嘛，就像我說的一樣，」他說話的樣子，就好像他們好像已經幸福洋溢地在品嘗第一口美酒一樣。「等到他過來，我們就問他我們能不能光是待在這裡，喝他為我們帶來的酒——就這樣。我們會告訴他，我們不會跑到別的地方去喝酒——就這樣。然後在那個房間沒有人的時候，我們就可以偷偷潛進去，然後塞一瓶酒到我們的大衣下。我想這些酒足以供應我們過兩、三天了——就這樣，沒問題吧？」

「當然，」凱熱情地附和著羅斯，「真是好樣的！還有，假如我們想的話，我們還可以在任何我們想要的時候，把它賣給其他士兵。」

沉浸在這個快樂的念頭中，他們兩人一下子安靜了下來。然後，凱伸出手，解開了他的軍用大衣的衣領。

「這裡好熱，不是嗎？」

羅斯發自內心地表示認同，

「熱得像地獄一樣。」

4

當她走出更衣室，穿過位於中央，向大廳敞開的接待室時，她的餘怒仍然未消——她憤怒的原因，其實不單單只是因為發生在她身上的這件事情，畢竟，以她的社交經驗來說，這只不過是件司空見慣的事情罷了；她生氣的原因是，這件事情竟然發生在這個特別的夜晚。她不想再多責怪自己了。就如她過去經常使用的手段一般，此刻，她裝出了一副將尊嚴與沉默的同情調和得恰到好處的樣子。她簡單而熟練地甩掉了他。

事情發生在他們的計程車正要離開比爾摩旅館的時候——那是位於不到半個街區遠的地方。他笨拙地舉起了他的右手——這時，她正在他的右邊——，然後試著用它緊緊環繞著她身上穿的那件毛皮剪裁的深紅色歌劇斗篷。照例來說，一個更懂禮貌的年輕男士應該要知道，當他要試圖擁抱一個年輕女士，卻還不知道對方是不是默許的時候，他首先應該要用遠邊的那一隻手去環抱她才對。至於抬起近邊的手去擁抱，這種愚笨的動作是應該要避免的。

他的第二個失禮的舉動是無意識犯下的。她花費了一整個下午在髮型設計師那裡；任何可能會對她的髮型造成破壞的想法，都是極端讓她厭惡的。可是很不幸的，彼得又觸犯了這一點——他的眉毛輕輕的碰了它一下。那是他第二個失禮之處——事實上，有這兩點就已經很夠了。

他開始低聲抱怨著。一開始聽到他的喃喃低語時，她馬上斷定，他除了是個就讀大學的男孩子以外，其他一無是處——艾迪絲二十二歲了；而且，不管怎麼說，隨著漸漸加快，相互結合的旋律，這場戰爭爆發以來第一次舉辦的舞會，也總是讓她想起另外一件事情——另一個舞會、另一個人，一個給她的感覺比總是哭喪著臉，不成熟又愛發呆的小孩子要好得多的男人。滿懷愛意地，艾迪絲・布拉汀沉浸在與高登・史特雷的回憶之中。

所以，她走出了德莫尼克餐廳的更衣室，然後在門口短暫停留了一陣子，用目光掃視著面前那群穿著黑西裝，像趾高氣昂的黑色飛蛾一樣，圍繞在台階前端不停飛舞的耶魯男生。從她離開的那個房間裡，飄出了濃郁的香氣；那是許多搽了香水，年輕美麗的少女，來來回回所留下的——一種由昂貴的香水，與猶如滿載的回憶一般脆弱易碎的香粉細末交織而成的香氣。這股飄散出來的香味和大廳中濃烈的雪茄氣味相結合，然後落到了台階上，滲入了正在舉行伽瑪兄弟會舞會的大廳之中。那是一種她十分熟悉的氣味，令人興奮，刺激，還帶著些許令人不安的甜蜜——那就是，上流舞會的氣味。

艾迪絲思量著自己現在的樣子。她裸露在外的手臂與肩頭，都撲上了乳白色的香粉。她知道，它們看起來非常輕柔；今晚，它們將會閃動著牛奶般的光澤，在黑暗的夜幕襯托下，留下清晰的剪影。她的髮型也做得很成功；她的淡紅色頭髮先是整個梳攏在一起，然後再刻意的擠壓出皺摺，最後形成了像是流暢的曲線一般，令人自豪的神奇髮型。她的嘴唇優雅地畫上了深深的胭脂紅色；她的眼中映出的虹彩，是纖細而易碎的藍色，看上去宛若瓷器娃娃的眼眸一般細緻。她是一個徹底的，無比細緻的，完美無暇的「美」的集合體；從複雜的髮型，到苗條的雙腿，在她身上，沒有一樣不足以用「美」來形容的。

或高或低的笑聲，便鞋的腳步聲，以及成雙成對的人們上下階梯的聲音，預示著今晚的歡宴即將到來；艾迪絲也開始思考著，在這場歡宴上，她該講些什麼才好。她會說出那套她已經講了好多年的語言——也就是她的標準台詞——，那是由流行的語彙、一點點新聞用語，以及大學的黑話串在一起形成的一套完整台詞，裡面帶了點漫不經心、帶了點挑逗，還帶了點多愁善感。但是，當她聽見一個坐在她身邊台階上的女孩所說的話時，她忽然有點僵住了：「妳認識的人連裡面的一半都不到，寶貝！」

在那片刻，艾迪絲笑了笑，讓自己的憤怒化為無形；閉上了雙眼，她做了個讓自己心情愉悅的深呼吸。她將手臂擱在自己的身體兩側，好讓它們能夠輕輕撫摸著光滑的緊身晚禮服，以及在禮服的覆蓋下，隱隱凸顯的美好身段。她從來沒有感覺自己的身體是如此柔軟，也從來沒有這樣欣賞過自己白皙的手臂。

「我的味道真是甜美，」她坦率地讚美著自己，接著又浮現了另一個念頭：「我是為了愛情而生的。」

她喜歡這句話的感覺，所以又再想了它一次；然後不可避免的，將它與她腦海中新生的，關於高登的狂野美夢連結在一起。兩個小時以前，她的想像已經向她揭露了她所不曾猜想到的渴望，那就是再次見到他；而在現在這個時刻，這種想像的糾結，似乎已經凌駕在整個舞會之上了。

儘管她有著無比標緻的美貌，但艾迪絲實際上是個陰沉，思考速度有點慢的女孩。曾經有短暫的一陣子，她也用過跟剛剛同樣程度的渴望去仔細思索那種將她哥哥轉變為社會主義者與和平主義者的、有點幼稚的理想主義。亨利•布拉汀曾經是康乃爾大學的經濟學講師，但現在已經離開了那裡，並且來到紐約，在激進週報的專欄上，宣揚著治療不可救藥的邪惡的最新良方。

艾迪絲沒有那麼不切實際；她只要能治療高登•史特雷，就很心滿意足了。高登有讓她忍不住想照料的軟弱氣質，也有讓她忍不住想保護的無助。她想要一個能長久交往下去的人，一個能長久愛她的人。她覺得有一點疲倦了；她想要結婚了。在一大疊的信，半打的畫，許許多多的回憶，以及這種厭倦的交互作用之下，她決定，當她下次見到高登的時候，就是改變他們之間關係的時候。她會說出某一件足以改變彼此關係的重要事情。一定會有這樣一個夜晚到來的。那是屬於她的夜晚；所有的夜晚，都是屬於她的夜晚。

然後，她的思緒被一個突然出現在她眼前，把頭壓得非常的低的大學生給打斷了。那個男生神情嚴肅，整個人看起來因為緊繃而顯得有點拘泥，臉上還露出了受傷的表情；那是她剛剛甩掉的男生，彼得・辛梅爾。他身材高大，個性風趣，戴著角質邊框的眼鏡，不時流露出一種古怪卻引人注意的氣氛。她忽然感覺很不喜歡他——也許是因為他沒有成功的吻到她吧。

「呃，」她先開了口，「你還在生我的氣嗎？」

「一點都不會。」

她走向前，牽起了他的手。

「我很抱歉，」她柔聲說著。「我不知道為什麼我會用那種方式表現我的怒氣。今晚因為某些奇怪的原因，我的情緒有點惡劣。我很抱歉。」

「沒關係，」他含糊地說，「我不介意。」

他帶點不悅地，感覺自己有些困窘。她真的是被他先前的失敗惹怒，所以才大發脾氣的嗎？

「那是一個錯誤，」她刻意地用同樣溫和的語調繼續說道。

幾分鐘之後，當特別請來的十二位搖擺著身體，悲歎著的爵士樂隊成員，對著擁擠的舞廳傾訴著：「倘若只留薩克斯風與我孤獨相隨，為何之後我倆又會相知相惜！」的歌詞時，他們兩人正在舞池裡隨波飄流。

這時，一個留著小鬍子的男人忽然插進來邀舞。（註）

「哈囉，」他有點指責意味地開口說，「妳好像不記得我了。」

「我只是想不起你的名字，」她輕聲說——「明明我是如此的熟悉你。」

「我遇到妳是在——」當另一位有著亮金色頭髮的男士也試著向艾迪絲邀舞時，小鬍子有些不悅地，刻意拉長了自己的語調。艾迪絲壓低聲音，用一貫的客套話安撫著這位陌生人：「非常謝謝你——我們稍後再一起跳舞吧。」

亮金色頭髮的男士熱情而猛烈地揮著雙手。在艾迪絲所熟識的人當中，他被歸類為眾多的「吉姆」當中的一個——至於姓的話，那是還是一個謎，記不得了。不過她倒是記得很清楚，這人在跳舞的時候有著很糟糕的節奏感；當他們開始跳一段之後，他才猛然發現，原來艾迪絲的舞步才是正確的。

「妳會在這裡待很久嗎？」他秘密地低聲說。

她將身體靠過來，仰望著他。

「兩個星期。」

註：美國的舞會中，男士可以突然插進來向跳舞中的女士邀舞。

「妳住在哪裡？」

「比爾摩。找個時間，打電話給我吧。」

「我正有此意，」他向她信誓旦旦地保證。「我會的。我們或許可以找個時間喝杯茶。」

「我很樂意——真的。」

此時，一位皮膚黝黑的男士帶著緊張兮兮的神色，也湊了過來向艾迪絲邀舞。

「妳不記得我了，對吧？」他有點陰鬱地說。

「事實上，我記得。你的名字是哈蘭。」

「不——對。是巴羅。」

「呃，不管怎麼講，我記得你的名字是兩個音節就對了。你就是那個在霍華・馬歇爾的派對上，彈四弦琴彈得很棒的男孩嘛！」

「我是有彈——但是並不——」

就在這時，一位有著突出門牙的男士走過來邀請艾迪絲共舞。在他的身上，艾迪絲聞到了威士忌散發出的淡淡氣息。她喜歡小酌幾杯之後的男人；他們更讓人愉悅，更有欣賞力，更懂得讚美——當然，也更容易搭上話。

「我的名字是迪恩，菲力浦・迪恩，」他快活地說著。「妳不記得我了，我知道，但是我以前曾經跟我大四時候的室友，高登・史特雷，一起造訪過紐海文。」

艾迪絲迅速地轉過頭看著他。

「事實上，我曾經跟他一起去過那邊兩次——一次是輕便舞鞋派對，另一次則是迎新班級舞會。」迪恩說道。

「當然，我想妳已經見過他了，」迪恩繼續漫不經心地說，「他今晚就在這兒。我一分鐘前才看到他。」

艾迪絲大吃一驚，但卻又打從心裡相當肯定地感覺到，他今晚一定會出現在這裡。

「噢，不，我還沒——」被擠到一邊的巴羅心有不甘的嚷嚷著。

這時，又有一個有著紅色頭髮的肥胖男士來向艾迪絲邀舞。

「哈囉，艾迪絲，」他開口說道。

「為什麼——跟那邊打招——」巴羅的嚷嚷聲依然持續著。

這時，艾迪絲忽然滑了一下，腳下的步伐有點微微的踉蹌。

「我很抱歉，親愛的，」她只是像機械似地，一再低聲說著同樣的話語。

她已經看見了高登——高登看起來顯得非常蒼白而無精打采，他斜倚在門廊邊，抽著煙，正在往舞廳裡面不停地張望著。艾迪絲可以清楚看見，他的臉瘦削而無血色，放在嘴唇前的手裡拿著一根雪茄，還不停地顫抖著。現在，艾迪絲一行人已經舞到相當接近他的地方了。

「——他們邀請了這麼多該死的閒雜人等，讓我們——」在她身邊，正在共舞的小個子男人喋喋不休地說著。

「你好，高登。」越過她的舞伴的肩頭，艾迪絲呼喚了這麼一句。

她的心臟猛烈而狂野的怦怦亂跳。

他深黑色的眼眸目不轉睛地看著她；然後，他朝著她的方向跨出了一步。她的舞伴將她的身子轉了過來——在她耳邊還不斷聽到他抱怨的聲音——

「但是大多數只有男人的舞會又太清淡了，而且早八百年就被遺棄了，所以——」

然後，一個低沉的聲音在她身邊響起。

「請問，我可以邀妳共舞嗎？」

她突然間發現，自己正在與高登共舞。他的一隻手臂環抱著她；她感覺到它像抽筋似地突然緊繃了起來；同時，她也感受著他的手指在她的背部逐漸伸展開來的觸感。她的手掌緊緊握著。她的手心緊緊握著一條在他的掌中被揉得起皺的，小小的蕾絲手帕。

「噢，高登……」她有點呼吸困難地開口說道。

「妳好，艾迪絲。」

她又滑了一下；為了保持平衡，她將自己的身體輕撲向前，直到她的臉頰貼著他的西裝外套的黑色料子為止。她愛他——她知道自己是愛他的——然後，當某種奇怪的不安感覺悄悄地在她心中蔓延開來時，她在一瞬間沉默了下來。一定有什麼地方不對勁，她心想。

突然間，她的心臟猛地絞痛了一下；當她明白到底哪裡出錯了的時候，她的胸口不禁翻騰了起來。他看起來可憐而受盡折磨，帶著一點醉意，還流露著悲慘的疲態。

「噢——」她不由自主地喊了出來。

他低下頭注視著她。她突然發現，他的眼睛裡充滿了血絲，而且正無法控制地滴溜溜轉動著。

「高登……」她低聲說，「我們找個地方坐下來好嗎？我想要坐一下。」

他們走近了舞池的中央，但是她看見在房間的對面，有兩個男人正朝向她走來，所以她停住了腳步，然後緊緊握住高登有氣無力的手，領著他衝過了擁擠的人群。她的雙唇緊閉，胭脂之下的臉色顯得有點蒼白，眼中盈滿了顫抖的淚水。

她在鋪著柔軟地毯的階梯上方找到了一塊地方坐了下來，接著，他也重重地坐在了她的身旁。

「呃，」高登搖搖擺擺地凝視著她，開口說：「我真的很高興能遇見妳，艾迪絲。」

她靜靜望著他，沒有一句回應。眼前所見的一切，對她所產生的影響是無法估量的。這幾年來，她曾經在各種場合看過無數酗酒的人，從形形色色的叔伯輩們到汽車司機，給她的感覺也從滑稽到輕蔑不一而足；但是現在，就在這裡，一種截然不同的新感受第一次擄獲了她——那是一種，無法用言語形容的恐怖。

「高登，」帶著責難的語氣，艾迪絲幾乎快要哭出來地說道：「你看起來像是快要發瘋了一樣。」

他點點頭，「我的確是遇上了麻煩，艾迪絲。」

「麻煩。」

「各式各樣的麻煩。說起來實在一言難盡，但是我真的快要崩潰了。我弄得一團糟，艾迪絲。」

高登的下唇鬆垮垮地無力下垂著；他似乎完全不敢直視艾迪絲。

「你可以——你可以，」她有點遲疑地說，「你可以把這些事情全都告訴我嗎，高登？你知道，我一直都很在意你的。」

她緊閉著雙唇——她本來打算說出某些更堅強的話的，但是到最後卻發現，自己無論如何都開不了口。

高登呆滯地搖了搖頭，「我不能告訴妳。妳是個好女孩。我不能向一個好女孩吐露這種故事。」

「真是胡說，」她輕蔑地說道。「我認為，用這種方式跟一個女孩子說『她是個好女孩』，這真是全然的侮辱。這不是讚美，是種批判。我想你真的喝醉了，高登。」

「謝謝妳。」他側著頭，憂鬱地說：「謝謝妳告訴我這點。」

「為什麼你喝成這樣？」

「因為我的處境是如此該死的可悲。」

「你認為，喝酒就能讓它變得更好嗎？」

「妳想做什麼——試著讓我洗心革面嗎？」

「不；我只是想試著幫你，高登。你可以告訴我發生了什麼事嗎？」

「我現在處在一場極糟糕的混亂之中。妳能幫上我最大的忙就是，假裝不認識我。」

「為什麼，高登？」

「我很抱歉自己邀了妳共舞——這對妳來說是很不公平的。妳是個純潔的女孩，不管從哪一方面來說都是如此。我想，我還是另外幫妳找一位舞伴吧。」

他笨拙地想起身離去；但是她伸出手，一把將他拉回台階上，坐在自己的身旁。

「瞧，高登。你太荒謬了。你刺傷了我。你表現的就像個——就像個瘋子一樣——」

「我承認。我是有點瘋了。我確實有某些地方不太對勁，艾迪絲。有某些東西已經離我遠去了；但，那跟妳並沒有什麼關係。」

「有關係。請告訴我。」

「就是那樣。我總是『不很正常』——和其他男孩有一點不同。在學校裡還沒什麼問題，但是現在一切都不對勁了。這四個月來，在我身體裡面的東西正在不斷崩潰，就像是洋裝上面的小鉤扣一樣，只要再有一、兩個鉤扣脫離，整個衣服就會完全散開。我就是這樣，正在一點一點地走向瘋狂。」

高登將自己的目光完全投向她，然後開始笑了起來；艾迪斯有點畏縮地，迴避著他的注視。

「到底是怎麼一回事？」

「沒什麼，只是我，」他又重複了一遍，「我正在走向瘋狂。這裡的一切，對我來說都像夢一樣——這德莫尼克的所有一切——」

當他說話時，艾迪斯發現他已經徹底改變了。他一點都不像以往的開朗、愉悅而無憂無慮——現在的他看起來了無生趣，沮喪整個壓垮了他。強烈的反感支配了她，隨之而來的，是一種微微的，出乎意料的厭煩感。他的聲音，就像是從無邊無際的虛空中發出來的一樣。

「艾迪絲，」他說，「我過去認為我是個熟練而靈巧的畫家。現在我才知道，我什麼都不是。我沒辦法畫畫了，艾迪絲。我不知道，為什麼我會告訴妳這件事。」

她心不在焉地點點頭。

「我沒辦法畫畫了，我沒辦法做任何事。我就像教堂中的老鼠一樣卑微。」他笑了，帶著苦澀的笑容，和逐漸激動起來的聲音。「我已經變成了一個天殺的乞丐，一個寄生在朋友身上的水蛭。我是一個失敗者，就像身處地獄一般的不幸。」

艾迪絲的厭惡又增加了幾分。這次她勉強地點了點頭，心裡卻等待著一個可以讓她先起身走人的暗示出現。

突然間，高登的眼中充滿了淚水。

「艾迪絲，」帶著明顯看得出是竭力控制下的神情，他轉向她說：「我無法用言語告訴妳，當我知道這世界上還有一個人在乎我時，對我來說有多麼重要的意義。」

他伸出手，輕輕拍著她的手，但她卻不由自主地將手抽了回來。

「這對妳來說是再好不過了。」他重複了一次自己的話。

「呃，」她一邊慢慢地說著，一邊目不轉睛地看著他。「任何人遇到久別的老朋友，總是會很開心的——但是我很抱歉看到你變成這樣，高登。」

當他們注視著彼此時，一陣短暫的沉默支配了彼此；同時，高登的眼中，再次燃起了一閃即逝的熱情。她站起身，注視著他，臉上面無表情。

「我們應該跳一支舞嗎？」她冷冷地提議著。

——愛情是脆弱的——她過去一直這樣相信著——但是，也許直到如今，仍有某些殘片會保留下來；那是過去曾經說過，至今仍徘徊在唇邊的那些愛的話語。至於新的情話，與從中感受到的溫柔，就留給下一個讓自己刻骨銘心的愛人來表達吧！

5

身為心愛的艾迪絲的護花使者，彼得・辛梅爾很不習慣被冷落的感覺；一旦被冷落，就會讓他覺得受傷與困窘，並且深深地以自己為恥。在兩個月之前一次偶然的機會中，他獲得了隨時可以投遞「特別信件」給艾迪絲・布拉汀的特殊權利，並且也很明白所謂這「特別信件」背後所隱含的意義與解釋——那就是向她投遞情書的權利；他曾經相信，自己的立足點已經相當穩固了，但現在……。彼得徒勞地找尋著一切的理由，他不明白：為什麼一個再簡單不過的吻，竟會遭到她以這種方式回應？

因此，當那個留著小鬍子的男人插隊進來向艾迪絲邀舞時，他走出了大廳，然後在腦海中編織了一段話，不斷地用這句話來說服自己。去掉絕大部份不重要的地方之後，這段話大概的意思是這樣的：

「呃，假如女孩子想要讓男孩子感到誤解與驚慌的話，她就會這樣子做的——然後，假如我就這樣很完美地，帶著怒火沖天的樣子掉頭離去的話，那鐵定會讓她覺得『真無聊，一點刺激都沒有』的。」

所以他走過了晚餐餐廳，然後走進一個緊鄰它的小房間，那是他在今晚稍早的時候發現的地方。那是一間擺了好幾個潘趣酒的大碗，旁邊還堆著許多酒瓶的房間。在擺滿酒瓶的桌子旁邊，他找了一張椅子，坐了下來。

當他喝下第二杯威士忌蘇打時，厭倦，嫌惡，單調無趣的時光，以及諸多混亂的事情，都隨著眼前閃爍著光亮的蜘蛛網，一起沉入了朦朧的背景之中。一切事物都變得安於本份，靜靜地躺在屬於自己的架子上；一天中的麻煩，也以整齊的形式妥善安頓好了自己的所在，然後順著他單純的希望，一個一個散去，離開，與消失。隨著煩惱的離去，一切都變得光鮮亮麗，瀰漫著象徵主義的氣氛。艾迪絲變成了一個輕浮的，無足輕重的女孩，她不再是讓他煩惱的根源，反而比較像是他嘲笑的對象。在他自己的夢中，她像個人偶一般地，被擺放在由他形塑出來的世界的地面上。

他自己變成了一個象徵性的尺度，一個代表禁欲的狂歡的符號，以及一個正在嬉戲著，光彩奪目的逐夢者。

然後，這種象徵主義的心境迅速褪了色；當他啜飲著第三杯威士忌蘇打時，他的想像讓位給了溫暖的光熱，接著，猶如仰著身子飄浮在快樂的大海之中般，彼得整個人陷入了狂喜與恍惚的境地之中。就在這時，他注意到身旁一扇有著綠色毛呢掛氈的門打開了一道兩英吋左右的細縫，從那道細縫中，一雙眼睛正熱切地看著他。

「嗯，」彼得平靜地低低說了一聲。

綠色的門關上了——然後又再次打開——這次的寬度大概只有半英吋不到。

「躲——貓——貓，」彼得又喃喃說道。

那扇門停住不動了，然後彼得察覺到一陣斷斷續續、還有點緊張的耳語聲。

「那邊有個傢伙。」

「他在做什麼？」

「他坐在椅子上，正朝這邊看著。」

「他最好識相一點退出去。我們還得再拿另外一瓶酒。」

當這些話滲透進他的意識之中時，彼得仔細聆聽著。

「現在，」他心想，「這是最值得注意的事情了。」

他覺得非常刺激。他覺得喜悅不已。他感到自己偶然介入了一件神秘的事情當中。精心假裝出一副毫不在意的樣子，彼得站了起來，環繞著桌子等待著機會——接著，他迅速轉過身，推開了那扇綠色的門，猛地將士兵羅斯一把抓住，拋進了自己所在的房間之中。

彼得鞠了個躬，

「你好嗎？」他問道。

士兵羅斯一腳跨前一腳在後，擺出一副要戰鬥，逃跑，或是妥協的樣子。

「你好嗎？」彼得再次禮貌地問。

「我——呃，很好。」

「我可以邀請你喝一杯嗎？」

士兵羅斯徹底的打量著他，懷疑這是不是一種諷刺。

「好的。」他最後終於開口了。

彼得指指身邊的一張桌子。

「坐下吧。」

「我有個朋友，」羅斯說，「我在那邊還有個朋友。」他指了指綠色的門。

「當然可以。我們去請他進來吧。」

彼得穿越了房間，打開了門，邀請士兵凱也加入他們之中；凱的臉上還掛著非常懷疑、猶疑不定，與充滿罪惡感的神色。椅子從房間裡被找了出來，接著，環繞著裝潘趣酒的大碗，三個人各自坐了下來。彼得給他們兩人每人倒了一杯威士忌蘇打，然後從他的煙匣裡各掏給他們兩人一支雪茄煙。帶著一點羞怯，兩人都接下了彼得的饋贈。

「現在，」彼得繼續輕鬆地問道，「我也許可以請問，為什麼像你們這樣的紳士會想要在那個房間——就我看來，那裡面裝滿了清潔用的刷子——裡消磨自己寶貴的休閒時光？並且，當人們正如火如荼地競爭著，想要在除了星期天之外的每一天生產出一萬七千把椅子的時候——」彼得忽然停頓了一下。羅斯和凱茫然地注視著他。「你們也許可以告訴我，」彼得又繼續說，「為什麼你們選擇將自己寄託在這些事物上，並汲汲盤算著，想把這些水從一個地方搬到另一個地方呢？」

這時，做為對話的另一方，羅斯嘀咕了幾聲。

「最後，」彼得結束了自己的話，「你們也許可以告訴我，為什麼當身處在這樣一棟到處掛滿了美麗燭台的建築物中的時候，你們卻寧願把整個夜晚的時光耗費在一盞微弱的電燈泡下呢？」

羅斯和凱面面相覷。他們笑了；他們不禁要捧腹大笑。他們發現當他們注視著彼此的時候，臉上很難不掛著笑容。但是他們不是跟著眼前這個男人一起大笑──他們是在嘲笑他。對他們而言，一個會這樣子說話的人，不是喝醉了語無倫次，就是發瘋了所以語無倫次。

「我猜，你們是耶魯的學生吧。」彼得說著，將自己杯中的威士忌蘇打一引而盡，然後又倒了一杯新的。

他們兩人又笑了。

「不──對。」

「是嗎？那我想，你們也許是我所知道的某個二流大學的學生，比如說雪菲爾科技學院之類的。」

「不──對。」

「嗯？那，就真是太糟糕了。毫無疑問的，你們是哈佛的傢伙，希望自己能隱姓埋名地躲在這裡──躲在這個如同紫羅蘭般蔚藍清澈的天堂之中，就像報紙上講的一樣。」

「不——對，」凱輕蔑地說，「我們只是在等某個人而已。」

「噢，」彼得驚呼了一聲，站起身為他們裝滿酒杯，「非常有意思。你們是和某位妓女有約，呃？」

他們兩人同時憤怒地否定了彼得的話。

「那也沒關係，」彼得安撫著他們兩人。「不用刻意辯解。妓女和世界上所有的女人一樣好。吉卜林不是說了，『任何女人和無論什麼賤女，說到底不是都是同樣的血肉之軀？』」（註）

「的確，」凱一邊說，一邊對羅斯粗鄙地眨了眨眼。

「以我的狀況為例，」彼得將杯中的酒一飲而盡，繼續說道，「我帶著一個被寵壞的女孩到這裡來。一個極度被寵壞的，我曾經見過最該死的女孩。她拒絕吻我；完全不管任何理由。故意誤導我，讓我認真的想著要吻妳，然後再痛打我一耙！把我拋棄了！現在的年輕人到底變成了什麼樣子啊？」

「聽起來，那還真是不幸，」凱說，「——實在是有夠糟糕的不幸。」

「真是好傢伙！」羅斯說。

註：吉卜林的原文應為「上校的女人和無論什麼賤女，說到底不都是同樣血肉之軀的姐妹嗎！」

「要再喝一杯嗎？」彼得問他們兩人。

「不久之前，我們還在打一場仗，」停頓了一下之後，凱說：「但是那個地方離我們太遙遠了。」

「一場仗？也只有這樣子做了！」彼得一邊說著，一邊搖搖擺擺地又坐了回去，「跟那些傢伙全面開戰吧！我也要加入軍隊的行列！」

「那是一場跟布爾什維克赤匪的戰爭。」

「就是這樣啊！」彼得熱情地大聲喊著。「這就是我說的啊！殺掉布爾什維克！消滅他們吧！」

「我們都是美國人，」羅斯的話語之中，隱含著一種堅決而大膽的愛國主義。

「對，」彼得說，「這個世界上最偉大的民族！我們都是美國人！」

他們又斟了另外一杯酒。

6

在午夜一點的時候，一個精挑細選的，甚至在這個專業交響樂團盛行的時代也顯得與眾不同的交響樂團，抵達了德莫尼克餐廳；接著，它的團員們有點傲慢地圍繞著鋼琴坐了下來，開始演奏為伽瑪兄弟會所提供的音樂曲目。他們是由一位著名的長笛演奏家所領導，這位演奏家在紐約可說無人不知無人不曉，原因是他不只能夠倒立演奏，還可以一邊用長笛演奏最新流行的爵士樂，一邊用肩膀跳狐步舞。在他表演的時候，舞廳的燈光熄滅了，只剩下舞台當中，照耀在長笛演奏家身上的聚光燈，以及一道四處流動，像萬花筒般不停地變幻著顏色的光束，在舞池中翩翩起舞的人們身上，灑落著搖曳不定的光影。

有如高貴的靈魂喝了幾杯後勁十足的威士忌蘇打之後灼灼發熱一般，艾迪絲已經讓自己舞入了只有初出社交圈的少女才慣有的，陳腐的白日夢境地之中。她的心思茫然地浮游在音樂的懷抱中；隨著似真似幻的影子，她的舞伴在色彩變幻的微光下一個換過一個；對她而言，現在的昏眩與迷醉，就像是自舞會開始以來，已經有數不盡的日子從身邊流逝一般。她已經和許多男人討論過了許多零星的話題；她已經被人親吻了一次，也接受了六次的示愛。在先前的夜晚中，有許多不同的大學男生曾經與她共舞，但是現在，就像所有更受歡迎的女生那樣，她也有了一群自己的護花使者——那就是說，至少有半打殷勤的男士選中了她，或者是正輪番周旋於與她與其他被選中的美女的石榴裙之間；他們按照順序，一成不變的一個接著一個向她邀舞。

有好幾次，她曾經想到高登——他已經坐在台階上，用手掌捂著頭很長一段時間了；他呆滯的目光定定的望著面前舞池中無數的閃光；他看起來非常沮喪，而且喝得很醉——但是每一次，艾迪絲都匆忙地移開了她的視線。所有的一切似乎都像是很久以前的事情；她的心智現在只剩下被動的回應，她的感覺遲緩，有如昏睡般沉眠不醒；只有她的腳還在不停舞著，聲音還在不停地用曖昧的情感開著玩笑。

但是艾迪絲還沒有疲倦到當彼得・辛梅爾帶著極端快樂的醉意接近她時，無法不從內心感到憤怒的程度。她倒抽了一口氣，定神注視著他。

「為什麼，彼得！」

「我有一點焦慮，艾迪絲。」

「為什麼，彼得，你是一個那麼討人喜歡的人，你是那樣的人啊！難道，你認為那樣做是錯誤的嗎——當你跟我在一起的時候？」

然後她不由自主的笑了，因為他正在用認真而多愁善感的表情看著她，不時還會浮起一抹傻傻的微笑。

「親愛的艾迪絲，」他認真地開口說道，「妳知道我愛妳，對吧？」

「你表達的非常清楚。」

「我愛妳——而且，我只希望妳能夠吻我。」他憂傷的補上了這句話。

他的侷促不安，他的害羞，此刻全都消逝無蹤。她是這個世界上最美麗的女孩，有著最美麗的眼睛，就像天上的星星一樣。他想要道歉——首先，為了自己擅自嘗試著親吻她；再來，是為了自己喝醉酒——但是，他又感到如此的沮喪，因為他想，她一定對他十分的惱火……

那位紅髮的肥胖男士又過來向她邀舞；他帶著容光煥發的微笑，注視著艾迪絲。

「你有帶任何人過來嗎？」她問道。

「沒有。」紅髮肥胖的男士是位不帶女伴的參加者。

「呃，如果你不介意的話——我不知道這是否會對你造成很大的困擾——今晚，你可以送我回家嗎？」（這種極度羞怯的神情，也是艾迪絲迷人魅力的一部份——她知道，那位紅髮肥胖的男士一定會立刻融化在爆發而出的喜悅之中的。）

「困擾？我的老天啊，怎麼會呢？我可是樂意至極呢！妳知道，我真是該死的非常樂意！」

「非常謝謝你！你真是太可愛了。」

她瞥了自己的腕錶一眼。現在時間是一點過三十分。同時，當她自言自語著「一點過三十分」的時候，在她的腦海裡忽然浮現了一個朦朦朧朧的念頭：她的哥哥亨利曾經在跟她共進午餐的時候告訴過她，他每個晚上都在自己報社的辦公室裡工作到午夜一點之後，所以現在……

艾迪絲突然轉身，面向她現在的這位舞伴。

「那個，德莫尼克餐廳是位在哪一條街上？」

「哪條街？噢，不用說，當然是第五大道啊！」

「我知道，我想問的是，它位在和哪條街的交叉點上？」

「哦——讓我想一下——它是位在四十四街和第五大道的路口。」

這個回答證明了她先前所想的事情：只要穿過這條街，在前面轉角轉彎，就可以找到亨利的辦公室。她立刻想到了，自己可以悄悄地過去一趟，讓他大吃一驚；她可以飄到他身邊，用她全新的深紅色歌劇斗蓬給他一個閃閃發亮的驚奇，然後「激勵他一下」。這確實是那種會讓艾迪絲沉迷的事情——一件超越常軌，瀟灑的舉動。這個念頭伸出了手，緊緊抓住了她的想像——在一瞬間的遲疑之後，她已經下了決心要這樣做。

「我的頭髮快要整個塌下來了，」她愉悅地對她的舞伴說：「你介意我稍微離開一下去固定它嗎？」

「一點也不會。」

「你真是個好人。」

幾分鐘之後，她摺疊好自己的深紅色歌劇斗蓬，輕快地走下了側邊的台階；她的臉頰因為自己小小的冒險，而泛著興奮的光芒。她走過兩個站在門邊的人——一個下顎線條有點軟弱的侍者，和另一個塗著厚重口紅，正在與他激烈爭辯的年輕女子——身邊，打開了往外的大門，然後，踏入了五月溫暖的夜幕之中。

7

那個在艾迪絲身後，抹著厚重口紅的年輕女子，對她投以一記短暫而尖銳的目光——然後，她又轉過身來，面對著那個下巴線條軟弱的侍者，並再次開始了她的爭執。

「你最好給我上去，告訴他我在這裡，」她充滿挑釁意味地說，「否則我就自己上去。」

「不，不行！」喬治嚴厲地說道。

年輕女孩露出了一個譏諷的微笑。

「噢，我不行，是嗎？好，讓我告訴你，我認識的大學生，還有認識我的大學生，比你一輩子看過的都還要多；而且，他們一定會很樂意帶我進派對的！」

「也許是這樣——」

「也許是這樣，」她打斷了他的話。「噢，對於像剛剛跑出去的那個女孩——天知道她跑哪去了——那樣的人來說，一切都沒問題；他們只要打個招呼，要進要出都隨他們高興；但是當我想要看一個朋友，像他們一樣要求行個方便時，擺出笨拙的演技，臉上一副像是寫著『給我一個甜甜圈』字眼的侍者卻站在這裡，把我擋在門外。」

「妳聽著，」凱兄弟當中的哥哥──喬治憤怒地說，「我不能丟掉我的工作。也許，你說的那個大學生根本不想見妳。」

「噢，他一定會想見我的。」

「暫時先不管這些，我怎麼能在所有人之中找到他？」

「噢，他一定在那裡，」她很有自信地斷言著，「你只要問問看任何人『高登・史特雷』這個名字，他們一定會馬上把他指給你看的。他們互相之間都是很熟的──那些大學的傢伙。」

她拿出了一個網紋提包，從裡面掏出了一張一美元鈔票，然後將它塞到喬治的手中。

「拿去，」她說，「這是我用來收買你的。你幫我找到他，把我的話傳到他那邊。你告訴他，如果他五分鐘之內還不到這裡來的話，我就自己殺進去。」

喬治有點悲哀地搖搖頭，稍微思考了一下這個問題，極度地猶豫不決，然後終於退了下去。

不到指定的時間，高登就出現在下樓的階梯了。他比這一晚稍早的時候喝得更醉，樣子也大為不同。似乎是烈酒的作用，讓現在的高登看起來像是籠罩在一層堅固的甲殼裡面一樣。他腳步沉重，走起路東倒西歪；當他講起話來的時候，幾乎沒有任何的條理可言。

「……嚯，珠兒，」高登混濁不清地說，「現在放馬過來，珠兒，我不會給妳那筆錢的。盡我的所能，絕對不給……」

「錢根本不是問題！」珠兒怒氣沖沖地說。「你已經十天沒接近我了！發生了什麼事？」

他慢慢的搖了搖頭。

「……情緒非常低落，珠兒。生病了。」

「如果你生病了，為什麼不告訴我？我根本不關心錢那種討厭的事情！如果不是你開始忽略我，我也不會開始一直用它來煩著你的！」

高登又搖了搖頭。

「……從不曾忽略妳。一點都不曾。」

「不曾！你已經三個星期沒接近我了，除非是你喝得爛醉，根本不知道自己在做什麼的時候，你才會親近我！」

「……生病了。珠兒。」他重複說著，將他的目光疲倦地投向她。

「你明明就好端端地在這裡，跟你那些社團的朋友玩得很開心！你告訴我你會在晚餐的時候跟我見面；你還說，你會帶些錢給我的！你甚至沒有想要花心思撥一通電話給我！」

「我不會給妳任何一毛錢的。」

「我不是說了，那根本沒關係嗎？我只是想要見你，但是你似乎寧願見你別的朋友也不願見我！」

他只能苦澀地否認。

「拿起你的帽子，然後跟我一起走，」她提議。高登遲疑著——接著，她突然走到他身邊，悄悄用她的手臂環繞他的頸子。

「跟我來，高登，」她在他耳邊低聲細語，「我們一起去達文瑞酒館，喝一杯，然後我們可以到我的公寓去。」

「我辦不到，珠兒……」

「你行的。」她熱情地說。

「我病得像條狗一樣！」

「喔，那麼，你就不應該留在這裡跳舞。」

當珠兒混雜著寬慰與絕望的目光環繞著他的時候，高登遲疑了；然後，她突然把他拉向她，接著將溫暖柔軟的唇吻上了他的唇。

「我知道了，」他重重地說，「我會去拿我的帽子。」

8

當艾迪絲走入晴朗蔚藍的五月夜幕之中時，她發現，第五大道此刻已是杳無人煙。大商店的櫥窗沉浸在黑暗之中；它們的大門彷彿戴上了鐵面具似地無聲矗立著，看起來就像是白日的繁華所留下的幽暗墓地一般。朝著四十二街方向閃動的微光走去，她看見了通宵營業的幾家餐館混雜在一起，有些模糊的燈火。在跨越第六大街的高架鐵路上，一團耀眼的火燄，咆哮著從火車站裡閃動著微光，往外平行延伸的鐵軌當中馳過，直奔入清澈的黑夜之中。然而，在四十四街上，仍然是一片極端的靜寂。

將斗蓬拉緊包裹住自己的身子，艾迪絲幾乎是狂奔著穿越了第五大街。當一個獨行的男人通過她身邊，用粗啞的聲音在她耳邊低聲說：「打算去哪兒啊，寶貝？」的時候，她開始焦慮不安了。在艾迪絲小時候的某個晚上，當她正穿著睡衣走在大街上時，突然，從一個神秘的大院子裡，一隻狗衝了出來，對著她猛烈地吠叫；此情此景，讓她不禁又想起了那個恐怖的夜晚。

過了一會兒之後，艾迪絲終於抵達了她的目的地，一棟位於四十四街，看起來頗有歲月痕跡的兩層樓房。當她看見二樓的窗戶邊透出一絲燈光時，心裡不禁由衷地感謝起了上蒼。由於透出的光線足夠明亮，因此她可以清楚的辨識出窗戶旁的招牌上寫的字——**紐約號聲報**。艾迪絲走進了黑暗的門廊之中；過了一會兒之後，她看見了位在屋子一角的樓梯。

然後，她發現自己置身於一個狹長、低矮的房間當中，裡面擺滿了許多的桌子，四周的牆壁上，則是掛滿了各式各樣有關報紙內容的檔案夾。現在，房裡只有兩個人而已；他們各自占住了房間的一個角落，兩個人都戴著綠色的遮陽帽，正就著一盞孤單的桌燈不斷奮筆疾書。

她站在門口，一瞬間有點猶疑不定；接著，那兩個人同時轉過身，這時她認出了她的哥哥。

「噢，艾迪絲！」他迅速地起身，帶點驚訝地走到她的身邊，然後摘下了他的遮陽帽。亨利是個高大瘦削，皮膚黝黑，有著深具洞察力的黑色眼眸，還戴著一副厚厚的眼鏡的男人；從他眼中放出的深邃目光，似乎總是注視著跟他講話的人的頭頂上方。

亨利伸出手，握住了艾迪絲的手臂，然後親了親她的臉頰。

「怎麼回事？」他用帶點警戒的聲音，重複了一遍自己的問題。

「我剛剛在德莫尼克餐廳參加一個舞會，亨利，」她興奮地說，「然後，我忍不住就想見見你。」

「我很高興妳想見我。」他的警戒態度很快的消逝無蹤，取而代之的是平常那種一副有點茫茫然的神情。「但是，妳不應該獨自一人在這麼深的夜裡外出，妳明白嗎？」

坐在房間另一個角落的那個男人一開始只是用好奇的眼光注視著他們，但是在亨利做了個手勢示意之後，他也靠了過來。他是一個身材寬鬆肥胖，眼中微微閃動著光芒的男人；當他脫下他的領帶與衣領時，給人一種像是星期天午後悠閒的中西部農夫般的印象。

「這是我妹妹，」亨利說，「她是順道過來看我的。」

「妳好嗎？」肥胖的男人微笑說道，「我的名字是巴托羅繆，布拉汀小姐。我想，妳哥哥大概很久以前就忘掉這個名字了。」

艾迪絲禮貌地笑了。

「呃，」他繼續說道，「我們的住處看起來的確不是很豪華，對吧？」

艾迪絲環視著這個房間。

「它們看起來似乎非常棒，」她回答，「你們都把炸彈藏在哪裡？」

「炸彈？」巴托羅繆重複了一遍艾迪絲的話，然後笑了起來。「真是非常有意思——炸彈啊！你聽到她說的話了嗎，亨利？她想要知道我們把炸彈藏在哪兒。噢，真是太有意思了！」

艾迪絲轉身走向一張空白的桌子，坐了下來，讓自己的腿在桌子的邊緣隨意地擺蕩著。她的哥哥找了張椅子，坐在她的身邊。

「呃，」亨利有點心不在焉地問，「這次旅行，妳覺得紐約怎樣？」

「還不賴。一直到星期天，我都會跟荷伊斯家的人住在比爾摩旅館。你明天可以跟我一起共進午餐嗎？」

他想了一下。

「我這一陣子格外的忙，」他拒絕了艾迪絲的提議，「而且我討厭跟一群女生湊在一起。」

「好吧，」她平靜地同意了。「那就只有我跟你一起共進午餐好了。」

「很好。」

「明天中午十二點，我打電話給你。」

巴托羅繆明顯有些焦慮地想回到自己的桌子前面繼續工作，但是他也很清楚地理解到，如果沒有說些道別用的輕鬆話題就自己離開的話，那是很失禮的。

「呃——」他有點笨拙地開口說道。

亨利與艾迪絲轉過頭看著他。

「呃，我……我們今天晚上稍早的時候經歷了一段非常刺激的時光。」

說罷，他和亨利交換了一個眼色。

「妳應該早點過來的，」像是有一點受到鼓舞似地，巴托羅繆繼續說道。「我們舉辦了一場定期的輕歌劇表演。」

「什麼？真的嗎？」

「一場情歌的演唱會，」亨利說道，「當我們開始表演的時候，有一大群的士兵聚在那邊的街道上，跟著我們的手勢大聲吼叫。」

「為什麼？」她詢問著亨利。

「沒什麼，就只是一群人而已，」亨利有點抽象地說，「所有的群眾聚在一起的時候都會大吼大叫的。幸好他們之中沒有人帶頭採取比較激烈的行動，否則他們可能會闖進這兒，把東西全都破壞掉也不一定。」

「的確如此。」巴托羅繆再次轉身對著艾迪絲說，「妳當時真的應該在這裡的。」

他似乎覺得這樣的告別暗示已經很足夠了，因為他說完之後，便唐突地轉過身去，回到了自己的桌子前面。

「那些士兵都是反社會主義者的嗎？」艾迪絲詢問著她的哥哥。「我的意思是，他們有用暴力和其他的手段攻擊你們嗎？」

亨利將他的遮陽帽戴回頭上，然後打了個呵欠。

「自人類降臨這個世界以來，已經過了很長的一段時間，」他若無其事地說，「但是我們之中的大部份人卻是越活越倒退的；那些士兵不知道他們自己想要什麼，也不知道他們所仇恨、所喜愛的究竟是什麼。他們總是慣於跟著大團體行動；同時，他們似乎也必須憑藉著這個樣子，才能展現自己的存在。於是，事情就這樣發生了——體現在對抗我們的行動上。今晚，在整個城市裡已經發生好幾場類似的暴動了。妳知道的，這就是五朔節。」

「這裡遭遇到的騷亂很嚴重嗎？」

「一點也不嚴重，」亨利輕蔑地說著。「九點鐘左右的時候，那群人裡面大約有二十五個人堵住了街道，然後開始在月亮下大聲吼叫。」

「噢——」艾迪絲改變了話題。「你很高興看到我嗎，亨利？」

「唔，那是當然的。」

「可是你心裡似乎不是這樣認為的。」

「我真的就是這樣認為的。」

「我想你會認為我是一個──呃，一個浪費成性的女孩；一個像穿花蝴蝶般，放蕩不羈的糟糕女孩。」

亨利笑了。

「一點也不會。妳本來就應該趁著年輕，快樂地渡過每一天的。為什麼妳會這樣想呢？難道妳認為，妳哥像是那種一板正經，嚴肅到不行的年輕小伙子嗎？」

「不是的──」她停頓了一下，「──但是有時候我會開始想，我所身處的群體，跟你所努力想達成的所有目的之間，有著多麼徹底的不同。這似乎是一種──嗯，矛盾，不是嗎？我身處在像這樣的一個群體之中，而你在這裡所致力要完成的事情，卻是要讓這種群體不能再繼續存在下去──如果你的理想實現的話。」

「我不會這樣看待這件事情。妳還年輕，所以妳只要照著妳被教養的方式，繼續走下去就好了。勇敢向前，好好的渡過每一天，好嗎？」

艾迪絲原本無所事事擺蕩著的雙腳停住了，說話的聲音也變得低迴了起來。

「我希望你能──你能夠回哈里斯堡，好好的過著快樂的日子。你真的確信，你是走在正確的道路上嗎……」

「妳現在穿的這雙長襪很漂亮，」亨利打斷了艾迪絲的話。「它們究竟是怎麼做出來的？」

「它們是刺繡的，」她一邊回答著，一邊往下瞥了一眼，「看起來很討人喜歡吧？」她抬起了她的裙襬下緣，以及毫無遮掩的，纖細的，包裹在絲綢中的小腿。「還是說，你不喜歡絲襪？」

亨利似乎有點惱怒，用他的黑色眼眸尖銳地俯視著她。

「妳是一定得讓我批評妳才會心滿意足是嗎，艾迪絲？」

「我並沒有……」

話說到一半，她忽然停了下來。巴托羅繆發出了一陣嘀咕聲；她轉過身，看見他已經離開了自己的桌子，並且正站在窗邊。

「發生了什麼事？」亨利問道。

「人群，」巴托羅繆回答著；然後他稍微停了一下，又繼續說：「他們所有的人。他們從第六大道過來了。」

「人群？」

肥胖男人的鼻子幾乎要貼到窗玻璃上了。

「那些士兵。我的老天啊！」他語氣強烈地說，「我想他們已經折回來了。」

艾迪絲跳下了桌子，跑到窗戶邊跟著巴托羅繆一起往外看。

「他們有一大群人！」她激動的大喊著，「快過來，亨利！」

亨利調整了一下他的遮陽帽，但是仍然坐在他的座位上。

「我們是不是關上燈會比較好一點？」巴托羅繆提議著。

「不。他們很快就會離開的。」

「他們不會的，」艾迪絲一邊說著，一邊從窗戶向外凝視。「他們甚至從沒想過要離開。有越來越多的傢伙過來了。看！那裡有一整群人，他們正在經過第六街的轉角。」

透過街燈黃色的光與深藍色的影子，她可以看見整個人行道上全都擠滿了人。他們大多數都穿著制服，有些很清醒，有些則是喝得爛醉如泥；此起彼落的喧囂聲與叫喊聲，從整個人群中鋪天蓋地的席捲而來。

亨利站起來走到窗戶邊，露出了他的身影；在辦公室燈光的映襯下，他整個人看起來就像是個修長的剪影一般。幾乎是立刻地，叫喊聲變成了規律的吼叫聲，接著就是各式各樣小型的「砲彈」憤怒的齊射；帶著稜角的煙草渣，香煙盒，甚至是硬幣，全都朝著窗戶砸了過來。當折疊式的拉門被人拉扯開來的時候，喧囂的聲音也開始飄進了樓梯這頭的辦公室中。

「他們來了！」巴托羅繆大喊。

艾迪絲焦慮地轉過身面向亨利。

「他們來了，亨利！」

在樓梯下方低矮的門廊中，他們的叫喊聲現在變得更加清晰可聞。

「——天殺的社會主義者！」

「職業德國人！德佬的同路人！」

「往前，上二樓！來吧！」

「我們要抓住這些小子——」

接下來的五分鐘就像是一場惡夢。艾迪絲意識到，喧囂的聲音就像是暴雨的烏雲一般，突然在她們三人身邊爆裂開來；耳邊傳來一陣由許多踏上樓梯的腳步聲結合而成的轟雷，這時，亨利抓住了她的手臂，把她一把拉回到辦公室的後面。然後，大門打開了，蜂湧而至的人群擠進了辦公室之中——他們不是領導者，只是偶然之下剛好站在前排的一群人。

「哈囉，小男孩！」

「這麼晚了還不睡啊！」

「你和你的女孩。你們都去死吧！」

她注意到，兩個喝得爛醉如泥，搖晃著虛浮不定腳步的士兵被擠到了人群的最前面——這兩個人當中的一個是個皮膚黝黑的小個子，另一個則有著高大的身材和線條軟弱的下巴。

亨利向前一步，抬起了他的手。

「朋友們！」他大喊道。

喧鬧聲一瞬間靜止了下來，空氣中只剩喃喃的低語聲，不時打斷這種異樣的靜寂。

「朋友們！」他再次大聲喊著，深邃的目光落在了群眾的頭頂上。「你們今晚搗毀了這裡，傷害到的將不會是別人，而是你們自己！我們看起來像有錢人嗎？我們看起來像德國人嗎？我以最光明磊落的態度請求你們……」

「閉嘴！」

「我要給你好看！」

「喂，那是你女朋友嗎，小男孩？」

一個剛才一直用力拍打著桌子，穿著老百姓衣服的男子，突然舉起了一份報紙。

「看這個！」他大喊，「他們想要德國人贏得這場戰爭！」

一股新從樓梯間湧入的人潮肩並肩的擠了進來；一瞬間，房間裡滿滿的都是人，所有的人緊緊包圍了這個背靠背站著，人數相形之下少得可憐的小團體。艾迪絲看見那個有著軟弱下巴的高個子士兵仍然站在前排，而那個矮小黝黑的傢伙則已經消失無蹤了。

她徐徐的往後退，站在接近敞開的窗戶邊的地方，這樣可以讓她呼吸到夜晚的涼風所帶來的新鮮空氣。

接著，房間內掀起了一場騷亂。她理解到士兵們正在蜂湧向前，也瞥見了肥胖的巴托羅繆正將一張椅子揮舞過頭——瞬間，燈火熄滅了；她感覺到來自穿著粗糙毛料的溫暖軀體的推擠，同時，她的耳中充滿了喊叫聲、踐踏聲以及粗重的呼吸聲。

艾迪絲閃過了一個不知道從哪裡出現的人影，只見那人一個踉蹌被推擠到了一邊，然後，伴隨著一聲驚駭的，不完整的，如同無數喧囂當中一記消逝的斷音般的喊叫聲，就這樣突然無助地消失在敞開的窗戶外面。藉著後面樓房流轉而來的些許微弱燈光，艾迪絲的眼中迅速掠過一個印象——那個墜落的人影，就是那個剛才見到的，有著軟弱下巴的高個子士兵。

她感覺到自己內心的憤怒正驚人地高漲著。她狂亂地揮舞著手臂，盲目地朝著腳步聲最密集的地方推擠過去。在耳邊，她聽見的盡是嘀咕聲、詛咒聲，以及模糊不清的揮拳毆擊聲。

「亨利！」她不斷狂亂地叫喊，「亨利！」

然後，大概幾分鐘之後，她忽然察覺到有其他的人影進入了房間之中。她聽見了一個低沉，強橫而有權威感的聲音；她看見了黃色的燈光掃過騷亂的每一個地方。叫喊聲變得零星起來；扭打的聲音一下子增加了，然後又漸漸平息了下來。

突然間，燈打亮了，房間裡滿滿站的都是警察，正拿著棍棒到處在打人。那個深沉的聲音隆隆地說道：

「過來這邊！給我過來這邊！你們這些傢伙，現在全都給我過來！」

接著他繼續大聲地說：

「閉上你們的鳥嘴，然後滾出去！現在就給我滾！」

此刻，房間有如一個巨大的臉盆般，空蕩蕩的。一個在角落緊緊扭打成一團的警察鬆開了對他的士兵敵手的擒抱，然後開始將那士兵硬推向門口。那個深沉的聲音依然持續著。艾迪絲現在才察覺到，這聲音是出自一位站在大門附近，脖頸結實的警長之口。

「現在就滾！沒有什麼好說的！已經有一個你們自己的士兵從後窗被擠了出去，還把自己給摔死了！」

「亨利！」艾迪絲呼喊著，「亨利！」

她狂亂地揮拳捶打著前面的人的背部；她掠過了另外的兩個人；她搏鬥著、喊叫著，終於衝出了一條通往一個正坐在一張桌子附近的地板上，非常蒼白的人影的道路。

「亨利，」她激動地呼喊著，「發生了什麼事？發生了什麼事？他們傷害你了嗎？」

他的眼睛緊閉著。他呻吟著，四處探望著，最後厭惡地說——

「他們弄斷了我的腿。我的天哪，那些白痴！」

「過來這邊！」警長仍然在大聲喊叫，「給我過來這邊！現在就滾過來！」

9

「柴爾德斯餐廳，五十九街。」不管是哪一天的早上八點鐘，和其他姐妹店相比，這家餐廳在諸如大理石桌子的寬度或者煎鍋的光亮程度之類的事情上，並沒有太大的不同。你總是可以看見一大群瞇著眼角打著瞌睡的窮苦人，正想盡辦法讓目光直視著眼前的餐點，好避免看見其他的窮苦人。但是，五十九街的這家柴爾德斯餐廳，和從奧勒岡州的波特蘭，到緬因州的波特蘭（註）的其他柴爾德斯餐廳之間有一個相當大的不同，那就是，它比任何其他的分店都要早營業四個小時。在它蒼白卻清潔的門牆之中，你會發現一個由合唱團的女團員、大學男生、初入社交圈的少女、浪子、娼妓所共同組成的，嘈雜紛亂的混合——一個代表了百老匯，甚至是第五大街最歡愉的一面的混合。

在五月二日的清晨，五十九街的柴爾德斯餐廳不尋常地坐滿了人，大理石的桌子幾乎快被一張張年輕女孩興奮的面孔給壓彎了。這些女孩子的父親都擁有自己的莊園；她們津津有味地吃著蕎麥蛋糕和炒蛋，表現出來的樣子，就算讓她們四個小時後再到這家餐廳來用餐一次，也絕對不可能再次重現。

除了少數幾個從一場午夜滑稽劇過來的合唱團女生之外，餐廳裡的所有人幾乎都是來自於伽瑪兄弟會在德莫尼克餐廳舉辦的舞會；那幾個女生坐在一張靠牆的桌子旁，滿心期盼著自己在演出之後，已經卸下了那有點厚重的化妝。人群中，有個像老鼠一般到處遊走，和四周的環境顯得格外突兀而不搭調的土褐色身影，正帶著疲倦而迷惘的好奇心，不斷看著身旁這些如穿花蝴蝶般的美女。不過，這個土褐色的身影只是個例外；這是五朔節

註：前者面對太平洋，後者則是瀕臨大西洋。

之後的清晨，歡慶的氣氛仍然瀰漫在空氣之中。

葛斯・羅斯的酒已經醒了，但是還是有點茫然；他就是那個被其他人歸類在「土褐色身影」之列的人。在那場騷亂後，他是怎樣把自己從四十四街帶到五十九街的，關於這一點，他只剩下模糊而不太完整的記憶而已。他目睹了卡洛爾・凱的屍體被抬上救護車載走，之後，他就跟著兩、三個士兵一起動身向上城走去。在四十四街和五十九街之間的某個地方，其他的士兵遇上了路邊的女人搭訕，接著就消失了。羅斯自己則是漫遊過哥倫布圓環，選定了燈光閃爍的柴爾德斯餐廳來填滿他對咖啡與甜甜圈的渴望。他走進去，然後坐了下來。

環繞著羅斯的身邊，愉悅而無甚意義的喋喋不休和高亢的笑聲不斷的流動著。一開始，他還不太能理解自己所遇到的狀況，但是經過五分鐘的迷惘後，他瞭解到這是某個歡樂的派對結束後的餘波。一個浮躁、歡鬧的年輕男子友善而親密地遊走在各張桌子之間，任意的跟人握手，偶爾還停下來開玩笑地閒聊幾句，直到高高舉著蛋糕與炒蛋的盤子，看來有些不爽的侍者悄悄的咒罵了他一下，把他撞到一邊為止。對於坐在一張最不顯眼，也比較不擁擠的桌子旁的羅斯來說，餐廳內的整個景象，就像是一場由美女與放縱的歡愉結合而成的，多采多姿的馬戲表演。

羅斯漸漸清醒過來了；又過了一陣子之後，一對男女背對著人群，斜斜地穿過他的面前坐了下來。在這個房間中，這對男女一點也不是那種會讓人感興趣的類型。男人喝得醉醺醺的。他穿著一件西裝外套，搭著一套亂糟糟的領帶與襯衫，襯衫上面因為濺滿了水和酒，看起來有點鼓鼓的。他的眼睛暗淡而充滿了血絲，正不自然地四下張望著；在他的雙唇之間，不時傳來短促的呼吸聲。

「他一定是剛剛經歷了一場狂歡！」羅斯心想。

他身旁的女人則是幾近完全的清醒著。她長得很漂亮，有著深黑色的眼眸，與因為發熱而顯得微微潮紅的臉色。帶著有如老鷹般的警覺，她一直用自己靈動的目光緊緊盯著她的伴侶。一次又一次地，她傾過身子，熱切地在他的耳邊輕聲細語，但他卻只是用力地甩開他的頭，或者是用殘暴、厭惡的眼色加以回應。

羅斯默默無言地仔細看著他們兩人好幾分鐘，直到那女人丟給他一個急躁而憤怒的目光為止。接著，他將他的目光轉移到了在那群歡鬧的舞會參加者裡面，最引人注目的兩個人身上。那兩個人正站在一圈拉長的桌子當中；令他感到驚訝的是，其中一個人就是那個曾經在德莫尼克餐廳中，用很可笑的方式招待過他的年輕人。帶著一點朦朧的感傷，間或也夾雜著一點畏懼，眼前的景象，讓他不禁又想起了凱。凱已經死了——從三十五呎高的空中掉下來，肢離破碎，就像是個爆裂開來的椰子一樣。

「他可真是個該死的好傢伙。」羅斯悲傷地想。「沒錯，他真是個該死的好傢伙。只是，他的運氣實在是糟糕透頂了。」

那兩個舞會參加者走到了羅斯所在的桌子與另一張桌子中間，用愉快而親密的態度，跟朋友與陌生人一視同仁的聊著天。突然間，羅斯看見兩人當中，那個有著金色頭髮和突出門牙的男人停下了腳步，心情不太平靜地打量著坐在他對面的那對男女，然後開始不以為然地，像波浪鼓般一直搖著他的頭。

那爛醉的男人用充滿血絲的眼睛注視著他。

「高迪，」有著突出門牙的舞會參加者輕聲說，「高迪。」

「你好。」那個穿著髒污襯衫的男人口齒不清地說著。

門牙突出的男人悲傷地向那對男女搖了搖他的手指頭，然後對那個女人冷冷地報以一個帶著譴責意味的眼神。

「我早告訴過你了吧，高迪？」

高登在他的座位上微微動了一下。

「去死吧！」他說。

迪恩仍然站在那裡，搖晃著他的手指頭。那女人開始憤怒了起來。

「你給我滾！」她猛烈地大喊。「你喝醉了，看看你自己是什麼德行！」

「他也一樣，」迪恩暗示性地說著；他停下了手指的動作，然後用手指指著高登。

這時，彼得・辛梅爾從容地走了過來。他的面容嚴肅，有如準備發表一場雄辯般地彎下腰來。

「各位，」他像是在處理小朋友之間的紛爭似地開口問道，「發生了什麼麻煩事情嗎？」

「你，把你的朋友帶開，」珠兒辛辣地說：「他打擾到我們了。」

「啥？」

「你給我聽好！」她尖聲說著，「我說，把你那個醉鬼朋友帶走！」

壓過了所有的喧嘩聲，珠兒高亢的聲音在餐廳裡不停迴響著；這時，一名侍者匆匆忙忙的跑了過來。

「拜託妳安靜一點！」

「這傢伙喝醉了，」她喊叫著，「他侮辱了我們！」

「啊——哈，高迪，」迪恩看來對這種指控很受用。「我早告訴過你了。」他轉頭面向侍者。「高迪是我的朋友。我一直試著幫助他，不是嗎，高迪？」

高登瞪著他。

「幫助我？該死的，才怪！」

珠兒突然起身，攙扶著高登的手臂，幫助他站穩腳步。

「跟我走吧，高迪！」她將身子傾向他，在他的耳邊壓低了聲音說道。「讓我們離開這裡。這傢伙該死的喝的爛醉透頂了。」

像是表示對珠兒的認同，高登努力驅策著自己的腳步，一步步地向著門口走去。一瞬間，珠兒轉過身，對著那個挑釁她們兩人的傢伙說：

「我太了解你了！」她兇猛地說，「好朋友，你？我不能再『同意』更多了！他把你的事都告訴我了！」

接著，她一把挽住了高登的手臂，兩人一同穿越了好奇的人群，付清了帳，就這樣頭也不回地揚長而去。

「請你們坐下，」當高登與珠兒離去之後，侍者對彼得說。

「什麼？坐下？」

「是的——坐下，不然就滾出去。」

彼得轉頭面向迪恩。

「來吧，」他向迪恩提議著，「讓我們扁這個侍者一頓。」

「好啊。」

他們逼近侍者，臉色變得十分嚴厲可怖；侍者一見到這種景象，連忙躲了起來。

彼得突然將手伸向他身旁桌上的一個盤子，從裡面掏起了一把洋芋泥，將它拋向天空。它畫出一道軟弱的拋物線，接著如雪花散落般，紛紛落到了附近的人的頭上。

「嘿！輕鬆一下吧！」彼得大喊。

「把他丟出去！」

「坐下，彼得！」

「阻止那個傢伙！」

彼得一邊笑著，一邊向著眾人鞠躬致意。

「各位先生，各位女士，感謝你們仁慈的讚美。如果有人願意再借我一些洋芋泥或是一頂高頂禮帽的話，我們將會繼續為各位表演這齣精彩的好戲。」

餐廳的警衛匆忙地趕了過來，對彼得說：

「你給我滾出去！」

「該死的，不！」

「他是我的朋友！」迪恩義憤填膺地站出來替彼得說話。

一群侍者聚集了過來。「把他轟出去！」

「……我想我們最好還是離開吧，彼得。」

經過一陣短暫的掙扎之後，他們兩人逐漸被推擠到大門的附近。

「我的帽子和外套還在這裡！」彼得大喊。

「很好，去找它們，然後快點給我滾！」

警衛放鬆了他緊抓著彼得的手；當他一鬆手，彼得就露出了一副極度狡詐的滑稽臉孔，一溜煙地繞過了另一張桌子。他爆出了嘲諷的笑聲，輕蔑地譏笑著那些氣得七竅生煙的侍者。

「我想我最好還是在這裡多待一陣子，」他大聲宣布著。

捉迷藏開始了。四個侍者繞到一邊，另外四個從另一邊包抄彼得。迪恩抓住了其中兩個侍者的外套，在對彼得的追捕重新開始之前，另一場爭鬥又開始了。最後，在弄翻了一個糖罐和好幾杯咖啡之後，迪恩終於被捆了起來，但是這時，一場全新的爭執又接著在收銀台爆發開來，原因是彼得試著想要買另一盤洋芋泥帶出餐廳，然後拿去丟警察。

但是，這場非常符合他的風格的退場騷亂，和另一樣吸引了餐廳內所有人欣賞的目光，還不斷發出不由自主地「噢——噢——噢！」的贊嘆聲的現象比起來，可以說是相形見絀了。

天空中，透明皎潔如碩大的玻璃圓盤般的月亮，已經變成了有如麥斯菲爾德·巴里希（註）筆下的月光一般的深藍——那是一種和窗玻璃融合成一片，宛若充斥在整個餐廳之中，無限的藍。黎明已經來到了哥倫布圓環；像是具有魔力般，令人屏息的黎明，映襯出不朽的哥倫布的巨大雕像深色的輪廓，然後，以一種神妙不可思議的方式，與屋內消逝的黃色燈光漸漸合而為一。

10

「來臨先生」（Mr. In）與「離去先生」（Mr. Out）不存在於戶口普查員的登記簿之中。

註：麥斯菲爾德·巴里希，美國畫家，作品中常以美麗清澈的藍色為表現基調。

如果你想試著從社交人名錄、誕生名簿、結婚名簿、死亡名單，或是雜貨店的客戶名冊上找尋他們的存在，那也只是徒勞無功而已。遺忘已經掩沒了他們；所有能夠證明他們曾經存在過的一切，都是朦朧而幽暗不明的，即使在法庭上，也無法做為呈堂證供。可是我根據最可靠的消息來源得知，確實存在一個短暫的時空，在那裡，來臨與離去兩位先生曾經生存，呼吸，回答他們的姓名，並散發出屬於他們自己鮮明的個性。

在他們短暫的一生當中，他們穿著自己出生地的衣服，走在一個偉大國家的偉大交通要道上；他們被嘲笑，被詛咒，被追逐，也被人躲避著。然後，他們消逝了，並且從此不復為人所聽聞。

當一輛敞篷計程車在五月清晨昏暗的微光中駛過百老匯的時候，他們已經隱隱約約地擁有了形體。在這輛車上，坐著來臨先生與離去先生的靈魂；他們帶著驚訝，討論著那道在轉眼間為哥倫布銅像背後的整片天空添上色彩的藍光，也帶著迷惘，討論著那些蒼白無助地掠過街頭，如同一疊灰色湖面上被吹起的白紙般的早起者們蒼老而灰暗的面孔。他們對所有的事情都意見一致，從柴爾德斯餐廳警衛的荒謬，到關於生命中重要事物的荒謬都是如此。當早晨在他們灼灼發熱的靈魂中甦醒的時候，他們會因為極度傷感的快樂而變得目眩神迷。確實，活著的快樂對他們來說是如此的新鮮與充滿活力，以致於他們覺得應該要大聲喊叫，來表現出自己心中的感受。

「唷——唷——唷！」彼得用雙手圍成了擴音器的形狀，大聲喊叫著——接著，迪恩也用一聲呼喊加入了他的行列，雖然無論從象徵或是從實際意義來說，這種呼喊所產生的「共鳴」，其實只是因為語音的極度模糊不清所產生出來的而已……

「唷呵——！耶！唷呵！唷——呵呵！」

在五十三街，他們從一輛上面載著一位留著整齊短髮的美女的公車旁邊呼嘯而過；在五十二街，一個掃街清潔工一邊狼狽閃躲著，一邊用悲傷痛苦的聲音對他們大吼道：「喂，你們到底是往哪個地方開車啊！」在五十街，在一條非常潔白的人行道上，一群走在一棟非常潔白的建築物前面的人們紛紛轉過頭注視著他們揚長而去的背影，嘴裡還不斷大聲怒罵著：

「趕派對啊，毛頭小夥子！」

在四十九街，彼得轉過身面向迪恩。「真是美好的早晨，」他瞇著自己貓頭鷹似的眼睛，嚴肅地說道。

「也許吧。」

「那，去用點早餐如何？」

迪恩同意了——接著又補充說道：

「用點早餐與烈酒。」

「早餐與烈酒，」彼得複述了一遍；他們兩人注視著彼此，點了點頭。「滿有道理的。」

然後，他們兩人爆出一陣響亮的笑聲。

「早餐與烈酒！噢，老天！」

「沒有這種玩意兒啦！」彼得大聲宣布著。

「他們不提供？沒關係。我們會強迫他們提供的。給他們壓力就對了。」

「給他們合理的壓力。」計程車突然橫切過百老滙，沿著一條交叉的道路行駛，然後停在第五大道上，一棟有如厚重的墳墓般的建築物前面。

「這是在做啥？」

計程車司機告訴他們，這裡是德莫尼克餐廳。

這讓他們兩人有點困惑。他們被迫得花上好幾分鐘來專心思考，因為如果他們在柴爾德斯那邊上車時有下過這樣的指示，那一定有它的理由在。

「也許是因為你們的外套。」計程車司機提醒道。

一定是這樣。彼得的西裝外套和帽子——他把它們丟在德莫尼克了。判斷事情必然是這樣之後，他們從計程車上下來，手挽手的朝著入口處晃了過去。

「嘿！」計程車司機喊著。

「啊？」

「你們最好先付錢給我。」

他們搖著頭，憤怒的拒絕了司機的要求。

「稍後再給，不是現在——我們命令你，在這裡等著！」

計程車司機拒絕了；他現在就要他的錢。經過一番使盡全力的自我克制之後，帶著一種人類特有的輕蔑的優越感，他們兩人付了錢。

在餐廳裡面，彼得徒勞無功地穿梭在昏暗，渺無人煙的衣帽間當中，找尋著他的外套和圓頂窄邊禮帽。

「被拿走了，我猜。一定有某個傢伙把它偷走了。」

「某個雪菲爾學院的二流學生。」

「完全有可能。」

「別在意，」迪恩高尚地說，「我會把我的外套和禮帽也留在這裡——然後，我們兩人的穿著就一樣了。」

當他脫下了他的外套和禮帽，把它們掛在架子上的時候，他遊移的目光停了下來；像是被磁力所吸引般，他定定地注視著衣帽間門上釘著的，兩塊巨大的方形厚紙板。左邊的紙板上用大大的黑體字寫著「入（In）」，右邊的紙板則像是在炫耀似地，同樣用大而有力的黑體字寫著「出（Out）」。

「看！」迪恩快樂地喊叫著——

彼得的目光望向他手指所指的方向。

「怎麼了？」

「看到那兩塊招牌了嗎？讓我們把它們拿下來。」

「好主意。」

「也許它們是非常罕見而且珍貴的招牌。也許能夠派上用場。」

彼得把左手邊的招牌從門上卸了下來，並且努力的用自己的身體遮蔽著它。不過，由於那塊招牌相當的大，因此這個任務顯得有點困難。這時，他的腦海裡忽然掠過一個念頭；帶著一種莊嚴的神秘氣氛，他轉過了身子，背對著迪恩。過了一會兒之後，他戲劇性地猛然轉過身來，伸展著他的手臂，向讚嘆不已的迪恩展現他的成果。他把那塊招牌嵌在他的馬甲上，完全遮蓋住了他的襯衫前襟——事實上，那個巨大的，用黑體字寫成的「入」字，幾乎已經完全印在他的襯衫上面了。

「呀呼！」迪恩歡呼著。「來臨先生。（Mr. In）」

一邊說著，他也把自己手上的招牌用同樣的方法插在胸前。

「離去先生（Mr. Out）！」他洋洋得意地宣布，「來臨先生遇上了離去先生。」

他們一邊搖擺雙手一邊往前走。笑聲再次淹沒了他們；他們歡樂地打著擺子，使勁搖晃著自己的身體。

「呀呼！」

「我們也許會吃掉像一大群羊那麼多的早餐。」

「那，我們去——去協和餐廳大吃一頓。」

他們兩人手挽著手，昂首闊步走出了大門，然後轉向四十四街的東邊，朝著協和餐廳走去。

當他們離開的時候，一個矮小、黝黑，臉色非常蒼白與疲倦，正無精打彩地沿著人行道漫步著的士兵，轉過頭看著他們。

他張開了口，像是要跟他們說些什麼，但是當他們轉過頭，用陌生而令人畏怯的目光瞧著他的時候，他卻只是默默的等待著，直到他們腳步不穩地，開始沿著大街一路往前走為止。接著，矮小的士兵跟了上去，在他們後面大約四十步的地方若即若離的尾隨著；他一邊對自己輕笑著，一邊用欣喜而期盼的語調，反覆地低聲說著：「好傢伙！」

在此同時，來臨和離去兩位先生正在交換著關於他們未來計畫的滑稽討論。

「我們想要烈酒；我們想要早餐。有其中一樣就一定要有另一樣！少掉任何一樣都不行！」

「我們兩樣都要！」

「兩樣都要！」

現在的天色十分的明亮，路上的行人紛紛用好奇的目光，注視著這一對搭檔。很明顯地，他們正在進行一場讓他們兩人感到極為快樂的討論；當偶爾爆發的笑意猛烈地擄獲了他們兩人的時候，他們總是會保持著緊握著手的姿勢，然後一起笑得彎下了腰。

當抵達協和餐廳的時候，他們一邊跟睡眼惺忪的守門人進行著稍嫌下流的對話，一邊有點辛苦的找到了旋轉門。然後，他們一路往前走，越過了大廳中為數不多，但看起來頗為驚訝的人們，昂首闊步地走進了餐廳。在那裡，一個有點困惑的侍者把他們帶到一張靠近偏僻角落的桌子前，讓他們坐了下來。他們有點無助地閱讀著菜單，用困惑而口齒不清的聲音交頭接耳討論起了上面的菜餚。

「我沒看見任何烈酒，」彼得用責難的語氣說著。

侍者聽見了他們的話，但是不太理解其中的意思。

「我再說一次好了，」彼得繼續用很有耐心的寬容語氣說道，「這兒似乎有件讓人無法理解且會感到相當不悅的事情，那就是，在你們的菜單上竟然沒有烈酒。」

「嘿！」迪恩充滿自信地說，「讓我來處理他。」他轉向侍者──「給我們──給我們──」他焦躁地掃視著菜單，「給我們一夸脫的香檳和一份──呃──火腿三明治。」

侍者懷疑地看著他們。

「拿過來！」來臨和離去先生異口同聲的大吼了起來。

侍者咳了一聲，退了下去。接下去是一段短暫的等待；就在等待的同時，在他們沒有注意到的情況下，侍者領班正小心翼翼地審視著他們的一舉一動。然後香檳送上來了；看見了這副景象，來臨與離去先生感到十分的歡欣鼓舞。

「想像一下，如果他們拒絕讓我們喝香檳配早餐的話──只是想像一下。」

他們兩人集中精神，在腦海中想像著關於這個恐怖的可能性的畫面；但是他們都覺得，擔心這種事情基本上只是純屬多餘。在他們腦海裡共同的想像當中，一個有人會想去拒絕另一個人喝香檳配早餐的世界，是不可能出現的。帶著一聲響亮的「波」聲，侍者拔開了軟木塞；來臨先生和離去先生的眼鏡上，頓時濺滿了白色與黃色的泡沫。

「祝健康，來臨先生。」

「你也是，離去先生。」

侍者退了下去；接著，幾分鐘過去了；香檳的瓶子也變得快要見底了。

「真──真令人難堪啊，」迪恩忽然說。

「什麼事情令人難堪？」

「就是那種他們竟會拒絕我們享用香檳早餐的念頭啊。」

「難堪？」彼得想了想，「是啊，就是這樣說──難堪。」

他們再次地爆發出一陣猛烈的笑聲，大聲吼叫，搖擺著身體，前俯後仰地搖晃著椅子，一再對彼此重複說著「難堪」這個字，一次又一次──每一次的重複，似乎都只會使得它顯得更加的荒謬。

經過更加熱鬧的幾分鐘後，他們決定再點另一夸脫香檳。被他們弄得焦頭爛額的侍者只好向他的直屬上司求救，結果這位謹慎的先生給了他一個很明確的命令：「不能再給他們更多香檳了。把他們的帳單拿過來。」

五分鐘過後，來臨與離去先生手挽著手離開了協和餐廳，昂首闊步地穿越了四十二街上用好奇的目光注視著他們的人群，然後經由范德別特大道，走向比爾摩旅館。在飯店裡，出於突然的搞怪心態，他們看準了時機，先是快步走幾步，然後再來個怪異的緊急煞車，挺直站在路的中間；他們就這樣用這種奇妙的走路方式，一路橫越了整個大廳。

到了餐廳，他們又重新表演了一次自己的把戲。斷斷續續、無法控制的笑聲，和一陣陣突如其來地，關於他們的政治、學校，以及開朗的態度所代表的傾向的討論，將他們兩人夾在中間，不知如何是好。他們的錶告訴他們，現在是早上九點鐘；同時，一個模糊的念頭在他們心中油然而生：他們正身處在一場值得紀念的派對上，做著某件他們將會永遠銘記在心的事情。他們花了很長的時間喝光了第二瓶酒。不管是他們之中的哪一個人開口，只要一提到「難堪」這個字，都會讓兩人忍不住猛烈的倒抽一口氣。此刻，餐廳的一切景物，都在迅速地旋轉與變幻之中；一道奇異的光線瀰漫在屋內，稀釋了這讓人感到無比沉重的氣氛。

他們付清了帳，走回了大廳之中。

就在這時，旅館的大門今天早上第一千次地旋轉了起來；一個臉色非常蒼白，穿著一件滿是皺摺的晚禮服，眼睛下方還掛著濃重黑眼圈的妙齡美女走了進來。在她身邊陪伴著她的，是一個平庸、肥胖，看上去很明顯不合格的護花使者。

在樓梯的頂端，這對男女遇上了來臨先生與離去先生。

「艾迪絲，」朝著她的方向愉悅地跨出一步，來臨先生俐落地鞠了一個躬，開口說道：「早安，親愛的。」

肥胖的男人帶著詢問的表情瞥了艾迪絲一眼，像是要徵詢她的許可，把眼前這個男人當場給攆出去似地。

「請原諒我的過度親密，」像是要表達反省之意般，彼得補上了這一句。「艾迪絲，早安。」

他抓住迪恩的手肘，催促著他站到前面來。

「見過來臨先生，艾迪絲。我最好的朋友。形影不離。來臨先生與離去先生。」

離去先生跨步向前並彎腰鞠躬致意；事實上，他的跨步是如此的猛，彎腰是如此的低，以致於他有點重心不穩，只好把自己的手輕輕地搭在艾迪絲的肩膀上來保持平衡。

「我是離去先生，艾迪絲，」他愉悅而口齒不清地說著，「來臨的離去先生。」

「一位來臨的離去者。」彼得驕傲地說。

但是艾迪絲筆直凝視的目光並沒有看著他們，而是從他們身邊掠過，然後注視著頭頂上的迴廊裡，無數斑駁的痕跡。她輕輕地對肥胖的男人點點頭；男人如同猛牛一般向前邁步，接著，以一個堅定而敏捷的姿勢，將來臨與離去先生各自擠到了走道的兩邊。跨過這條通道，男人與艾迪絲並肩走著。

但是在十步之遙的地方，艾迪絲再次停了下來——她停下了腳步，帶著困惑、迷惘而畏懼的神情，指著一個正注視著旅館中的人們——特別是來臨先生與離去先生的一舉一動——，身材矮小，膚色黝黑的士兵。

「那裡，」艾迪絲大喊，「看那裡！」

她的聲音陡然拔高了起來，變得有點刺耳，指著士兵的手指微微顫抖著。

「那裡有一個打斷了我哥哥腿的士兵！」

接下去就是一連串的驚嘆號；一個穿著常禮服外套的男人離開了他靠近桌子的位子，警覺地向前跑去；肥胖男人以閃電般的動作衝向了那個矮小黝黑的士兵；接著，大廳中的人們都向那個小團體圍攏過去，將他們擋在了來臨先生與離去先生的視線之外。

但是對來臨先生與離去先生而言，這件事情只不過是這個不停呼嘯旋轉著的世界當中，一塊色彩斑斕的片斷而已。

他們聽見喧鬧的聲音，他們看見那個肥胖男人衝出去；畫面突然變得模糊不清。

然後，他們置身於一座正往天際移動的電梯之中。

「請問要到哪一層樓？」電梯服務員說。

「隨便哪一樓，」來臨先生說。

「頂樓，」離去先生說。

「這裡已經是頂樓了。」電梯服務員又說。

「不，在上面還有另外一層樓，」離去先生說。

「在更高的地方，」來臨先生說。

「屬於天堂。」離去先生說。

11

在第六大道後面的一間小旅館的床上，高登・史特雷醒了過來。他的後腦勺頭痛欲裂，全身的血管都像生病般地抽痛著。他注視著房間角落昏暗的灰影，和一張擺放在房間的一角，用了很久的大皮椅上，一塊掉了皮的地方。他看見了衣服，零亂不整地丟置在地板上的衣服，也聞到了香煙和烈酒污濁難聞的氣味。房間的窗戶緊閉著；閃亮的陽光穿過窗台，從外面射入一道滿是灰塵的光線——一道被他睡著的木製大床寬闊的床頭遮斷了的光線。他非常安靜地躺著——不省人事，像嗑了藥一樣；他的雙眼圓睜著，心臟像是一台沒有上油的機器般，不規則地喀啦喀啦跳動著。

在他看見帶著塵埃的陽光，與大皮椅上破裂的痕跡之後大概過了三十秒鐘，他感覺自己的生命似乎又回到了自己身邊；然後，在他理解到自己已經無可挽救地和珠兒・哈德森結了婚之前，又花了三十秒鐘。

半小時之後，他走出房間，在一家運動用品店買了一把左輪手槍。然後，他搭著一輛計程車，來到了位於東二十七街，他曾經住過的一間房間中；最後，他越過擺放著他的繪畫素材的桌子，對準自己的太陽穴正後方，開了一槍。

陶瓷與桃紅

Procelain and Pink

故事的場景是從一棟避暑小屋樓下的房間開始的。高掛在牆上的帶狀藝術裝飾所刻畫的，是一位腳邊有一堆網子的漁夫和漂浮在深紅色海洋上的一艘船、一位腳邊有一堆網子的漁夫和漂浮在深紅色海洋上的一艘船、以及一位腳邊有一堆網子的漁夫和漂浮在深紅色海洋上的一艘船……依此類推。在這帶狀裝飾當中，有一處地方是重疊的——在那裡，我們可以看到半個漁夫和他腳邊的半堆網子，潮溼地擠在只剩半片的深紅色海洋裡，飄浮著的半條船上。這帶狀裝飾跟故事的情節並沒有什麼相關，但坦白說，它令我著迷不已。我原本可以永無止境地繼續這樣描述下去，但房間內的兩樣物品之一——一個藍色的陶瓷浴缸——，轉移了我的注意力。

這個浴缸很有特色。它並非新式的流線型浴缸，相反地，它有著嬌小的外型，還有個高起的後座，看起來就像是隨時準備一躍而起似地；不過令人沮喪的是，它的四條腿實在太短了，以致於它不得不屈服於它所處的環境，以及那天藍色油漆的外表之下。不過，它還是保持著乖戾的個性，全然不容許任何客人設法拉長它的腳——而這恰好使得我們能夠將目光投向房間內的第二件物品：

那是一個女孩。她很顯然是這個浴缸的附屬品，整個人只有頭部和喉嚨露在外面；比起頸子，美麗的女孩更喜歡展現自己的喉嚨——當然，還有偶爾小露一下的香肩。戲劇剛開始的前十分鐘，觀眾的注意力全都集中在懷疑她是否真真切切地完全沒穿任何衣服，還是說，這只是騙人的把戲，其實她在浴缸底下是穿著衣服的……

這個女孩的名字叫做茱莉·馬維斯。從她在浴缸裡端坐的驕傲姿態，我們可以推斷出她的身高並不是很高，不過她的舉止卻十分的優雅。當她微笑時，她的上唇會微微地噘起，那模樣會讓你忍不住想起復活節的兔子。根據傳聞，她今年剛滿二十歲。

對了，還有一件值得一提的事，那就是在浴缸的右上方有一扇窗戶。這扇窗戶本身很窄，但卻有個寬大的窗台；這樣既可以讓大量的陽光照入，又可以有效地防止任何往內窺探的人看見浴缸。你開始猜想劇情了嗎？

讓我們用一首歌開場好了。按照慣例，這樣就已經足夠了；不過，當觀眾驚訝的喘息聲蓋過前半首歌時，我們只能聽見這首歌的結尾幾句：

茱莉：（輕快的女高音——熱情）

當凱撒來到了芝加哥
他是個禮貌的孩子，
那些神聖的雞肉
只養出了些惡魔
讓護火貞女氣到抓狂

每當納爾維人緊張不安
他便狠狠地嘲弄他們
他們甩動著自己的鞋子
隨著執政官的藍調
演奏出羅馬帝國的爵士樂

（在隨之而來的熱烈掌聲當中，茱莉適度地輕移她的手臂，製造出水面上的波浪——至少我們是這麼認為的。然後，左邊的門打開了，露易絲・馬維斯走了進來。她穿著衣服，但同時也拎著衣物和毛巾。露易絲比茱莉大一歲，臉蛋和嗓門幾乎是她的兩倍，不過她的服裝和表情倒是給人一種保守的印象。沒錯，你猜對了；這部戲劇的主軸，就是「身份錯亂」這個老掉牙的題材。）

露易絲：（開始說話）噢，抱歉。我不知道妳在這裡。

茱莉：噢，哈囉。我正在舉行小型的音樂會……

露易絲：（打斷她的話）妳為什麼不鎖上門？

茱莉：我沒鎖嗎？

露易絲：妳當然沒有。你以為我剛剛是從哪裡走出來的？

茱莉：我以為妳把鎖給撬開了，我的甜心。

露易絲：妳總是這樣漫不經心。

茱莉：不。我很樂於當個廢物——或者說，當條男人的狗；而且我正在舉行小型的音樂會。

露易絲：（嚴厲地說）給我放成熟點！

茱莉：（向房間四周揮舞著粉紅色的手臂）妳瞧，牆壁會反射聲音，這就是為什麼在浴缸裡唱歌會是件非常美妙的事情的緣故了。啊，它所帶來的效果真是無與倫比的美好！妳覺得我提供的這個選擇如何？

露易絲：我只希望妳快點離開那浴缸。

茱莉：（若有所思地搖搖頭）急不得。這裡現在是我的王國，我聖潔的姐姐。

露易絲：妳怎麼會用這麼令人陶醉的名字稱呼我？

茱莉：因為妳是接下來要負責清潔的人嘛……拜託不要亂丟東西！

露易絲：妳還要待多久？

茱莉：（略為思索後）不少於十五分鐘，也不會超過二十五分鐘。

露易絲：就當是幫我一個忙，妳可以待只十分鐘嗎？

茱莉：（追憶貌）噢，聖潔的老姐，妳還記得去年一月寒冷的某一天嗎？那時，以復活節兔子般的微笑聞名的茱莉正要出門，但熱水快沒了。結果，當年輕的茱莉剛剛為了自己小小的私心將浴缸注滿時，壞心的姐姐便來了；她將自己泡在裡面，然後逼迫年輕的茱莉用冰冷的奶油清洗身體——這有多麼昂貴，而且天殺的又是多麼麻煩啊！

露易絲：（不耐煩地說）這意思是，妳不能快點嗎？

茱莉：我為什麼要？

露易絲：因為我有約會。

茱莉：在這裡，在家裡嗎？

露易絲：不關妳的事。

（茱莉聳聳她露出的肩膀頂端，在水面上激起了陣陣的漣漪。）

茱莉：那好吧，我會快一點的。

露易絲：噢，看在老天份上，沒錯！我要在這裡約會，在家裡——就某方面而言是這樣沒錯。

茱莉：就某方面而言？

露易絲：他不會進來。他會來拜訪我，然後我們要一起去散步。

茱莉：（挑挑眉毛）噢，事情很明顯了，妳的對象就是那位熱愛文學的寇金斯先生。我還以為妳已經答應母親，說妳不會邀他來了呢！

露易絲：（用險惡的語氣說）她實在是太愚昧了。她討厭他是因為他剛離婚。當然，她是比我更懂得算計，不過……

茱莉：（明智地說）別讓她哄騙你！經驗是世上最大的金磚，而所有年長的人都正待價而沽呢！

露易絲：我喜歡他。我們會一起談論文學。

茱莉：噢，原來這就是為什麼我發覺，最近屋內突然多了一堆沉重的書的原因啊！

露易絲：那是他借給我的。

茱莉：好吧，你必須按照他的規矩來，這就是所謂的「入境隨俗」嘛！不過，我可是對書本敬謝不敏；畢竟，我已經受完教育了。

露易絲：妳真是反覆無常……去年夏天妳還天天讀書呢！

茱莉：假如我始終如一的話，那我現在還在靠瓶裝的溫牛奶過活呢！

露易絲：沒錯，而且大概是靠我的奶瓶。不過，我還是喜歡寇金斯先生。

茱莉：我從沒見過他。

露易絲：呃……講到這裡，妳不是要快點起來嗎？

茱莉：好的。（停頓一下）我要等到水變溫，然後再加入更熱的水。

露易絲：（諷刺地說）還真是有趣啊！

茱莉：還記得我們以前常常玩「肥皂泡遊戲」嗎？

露易絲：記得……那大概是十歲的時候吧。我真的相當驚訝，妳已經不再玩那遊戲了。

茱莉：我還會玩啊。再一分鐘我就要開始玩了。

露易絲：愚蠢的遊戲。

茱莉：（熱烈地說）不，才不是呢！這對鍛鍊神經十分有益。我敢打賭，妳一定已經忘記怎麼玩了。

露易絲：（不甘示弱地回應）不，我才沒忘。首先——妳會先把浴缸注滿肥皂泡，然後妳會起身坐在邊緣，再一口氣滑下去。

茱莉：（輕蔑地搖搖頭）哼！那只是一部分而已。妳必須滑下去而不碰到妳的手或腳……

露易絲：（不耐煩地大喊）噢，天啊！我幹嘛在意這些事情啊？我希望我們以後的夏天都別再來這裡了，要不然就是去找間有兩個浴缸的房子。

茱莉：你可以為自己買個錫製的小浴缸，或是用水管……

露易絲：噢，閉嘴！

茱莉：（撇開話題）留下毛巾。

露易絲：什麼？

茱莉：當你離開時，記得留下毛巾。

露易絲：這條毛巾？

茱莉：（甜美地說）是的，我忘了我的毛巾。

露易絲：（首度環顧四周）哎呀，妳這白痴！妳甚至連晨衣都沒帶！

茱莉：（同樣環顧四周）哎呀，我的確是沒帶。

露易絲：（心生疑惑）那妳是怎麼來這裡的？

茱莉：（笑）我想……這個嘛，我想我是一路跑過來這裡的。妳知道的……就像一個白色的影子掠過樓梯，然後……

露易絲：（震驚）哎呀，妳這小壞蛋！妳沒有一點自尊或自重嗎？

茱莉：我兩者都有，而且都還不少。我想這能夠證明一件事，那就是，我看起來很不賴；而且，我在赤裸裸的狀態下，比穿著衣服看起來更加可愛。

露易絲：呃，妳……

茱莉：（自言自語）我還之希望人們不用穿任何衣服。我猜，我前世應該是個異教徒或是土著，或是其他什麼的。

露易絲：妳是個……

茱莉：我昨晚夢見，某個禮拜天在教堂裡，一個小男孩帶了塊能吸走衣服的磁鐵，走了進來。當他一進來，就立刻吸走了每個人的衣服，這使得教堂裡所有的人，都處在一種極為嚇人的狀態下；他們哭喊著、尖叫著，彷彿這是他們第一次暴露自己的肌膚似地。只有我不在乎；我只是一直笑著。我必須傳遞奉獻盤，因為沒有其他人會傳遞了。

露易絲：（對這番言論充耳未聞）妳的意思是要告訴我說，如果我沒有來這裡的話，妳就會赤……赤裸裸地跑回自己的房間？

茱莉：當然囉。回歸自然不是很棒嗎？

露易絲：假使客廳裡有人的話……

茱莉：這種事情還沒發生過。

露易絲：還沒！天哪！妳是多久以前就……

茱莉：再說，我通常有披毛巾。

露易絲：（徹底被打敗）天哪！妳真是該打屁股。我希望妳感冒；我希望在妳光溜溜跑出去時，客廳裡有一打牧師……還有他們的妻子，以及他們的女兒。

茱莉：不必擔心，客廳裡容納不下那麼多人——「洗衣間的乾淨凱特」是這樣回答我的。

露易絲：很好。反正妳已經擁有了自己的……浴缸；那麼，妳就好好躺在裡面吧。

（露易絲斷然地走向門口。）

茱莉：（驚慌）喂！喂！我不在乎晨衣，不過我要毛巾！我可無法用一塊肥皂和一條潮濕的面巾將自己擦乾！

露易絲：（固執地說）我不會遷就像妳這樣的人。妳必須盡妳所能地把自己擦乾。妳也可以像不穿衣服的動物一樣在地上打滾。

茱莉：（再度自滿地說著）那也無妨。妳給我滾出去！

露易絲：（傲慢地）哼！

（茱莉轉開冷水，然後用手指將水流以拋物線射向露易絲。露易絲迅速退開，將門在她背後猛力關上。茱莉笑著將水關掉。）

茱莉：（開始唱歌）

在無煙的聖塔菲號火車上
穿著筆直衣領的男士　邂逅了一個女孩
女孩彷彿訴說著　「你願意吻我嗎」
她的培貝科（註一）笑容
她的露西（註二）風格
有天滴哩達啦嚐……

（她改吹起了口哨，並傾身向前扭開水龍頭，但卻被管子裡傳來的三聲砰然巨響給嚇了一跳。沉默了一會兒之後，她將嘴巴靠向水龍頭，彷彿那是電話一般）

註一：一種牙膏品牌。
註二：一種服裝品牌。

茱莉：哈囉！（沒有回應）你是水管工嗎？（沒有回應）你是自來水公司的人嗎？（一聲巨大、空洞的「砰」）你想幹嘛？（沒有回應）我想你是鬼。你是嗎？（沒有回應）好吧，那麼別再發出砰砰聲了。（她伸手打開熱水的水龍頭，但卻沒有水流出來。她再次把嘴湊近了龍頭）如果你是水管工的話，這是個很卑劣的把戲。看在交個朋友的面子上，把它打開吧。（兩聲巨大、空洞的「砰」）不要爭辯！我要水……水！水！

（一顆年輕人的頭顱從窗戶探了進來——那是顆下頦點綴著稀疏的鬍子，眼睛富有同情心的頭顱。他的兩隻眼睛盯著房間裡面猛瞧；儘管只能看見許多帶著網子的漁夫和許多深紅色的海洋，但他仍然下定決心，開口說話）

年輕人：有人昏倒了嗎？

茱莉：（霍然站了起來，全神貫注地傾聽）一切都真相大白（jumping cats））了！

年輕人：（熱心地說道）我想，水並不太適合貓。

茱莉：適合！誰提到什麼適合！

年輕人：妳剛剛不是在說有關什麼「貓在跳躍」的事情嗎？

茱莉：（堅定地說）我才沒有！

年輕人：好吧，這個我們可以之後再討論。妳準備好要出來了嗎？還是妳仍然覺得現在跟我約會的話，大家會說閒話？

茱莉：（微笑）閒話！他們會嗎？這可不會只是閒話而已——這會是公認的醜聞呢。

年輕人：瞧，妳有點誇張過度了。妳的家人或許會有點不高興，但就整體而言，這件事情頂多會引發一些聯想罷了；甚至，除了某些老女人外，也不會有其他人想去深入追究。來吧。

茱莉：你不知道自己正提出什麼樣的要求。

年輕人：妳以為會有一大群人跟著我們嗎？

茱莉：一大群人？在我想來，大概就像每個小時搭著一列附有餐車的特等全鋼火車離開紐約的人那樣多不可數吧！

年輕人：對了，妳在打掃房子嗎？

茱莉：為什麼這麼問？

年輕人：我看見所有的圖畫都離開了牆上。

茱莉：噢，我們從來沒有在這個房間擺過圖畫。

年輕人：這可真是奇怪了。我從沒聽說過沒有圖畫、掛毯或是鑲板之類的房間。

茱莉：這裡甚至沒有任何家具。

年輕人：真是一間奇怪的房子！

茱莉：這跟你看的角度有關。

年輕人：（感情豐富地說）真高興能像這樣子跟妳談話——雖然我只能聽得到妳的聲音。我相當高興，自己現在看不見妳。

茱莉：（愉快地說）我也是。

年輕人：妳現在穿的是什麼顏色的衣服？

茱莉：（在對自己的肩膀進行一番吹毛求疵的打量後回答）嗯，我想是一種略帶桃紅的白色吧。

年輕人：妳覺得，它適合妳嗎？

茱莉：非常適合。它很……呃，它很舊了。我已經擁有它很久了。

年輕人：我還以為妳討厭舊衣服。

茱莉：我確實不喜歡舊衣服，但這是一件生日禮物，而且在某種程度上，我非得穿著它不可。

年輕人：略帶桃紅的白色。好吧，我敢打賭，它一定非常可愛。它看起來很有品味嗎？

茱莉：相當有品味。它的樣式不只非常簡單，還十分標準。

年輕人：妳的聲音是多麼的美妙啊！它的迴響又是何等動人啊！有時我閉上眼睛，似乎就可以看見妳在遙遠的荒島上呼喚我。然後，我跳入水中，穿過海浪游向妳，聽著妳的呼喚，就像妳站在那裡一樣；水從妳的身旁綿延不絕地往外伸展……

（肥皂從浴缸的一側滑落，並激起了水花。年輕人眨眨眼睛。）

年輕人：那是什麼？是我在作夢嗎？

茱莉：沒錯。你真是……你真是太有詩意了，不是嗎？

年輕人：（朦朦朧朧地說）不。我寫的是散文。我只有在心中有所激盪（stir）時才寫詩。

茱莉：（喃喃自語）被湯匙攪動（stir）是嗎……

年輕人：我總是熱愛詩歌。我所背下來的第一首詩，至今仍然深刻地銘記在心中。那首詩的名字是〈艾芳謝琳〉。

茱莉：你撒謊。

年輕人：咦，我剛剛說〈艾芳謝琳〉嗎？我想說的其實是〈穿著盔甲的骷髏〉。

茱莉：我是個庸俗的人。不過我還記得我的第一首詩。其中有一節是：

派克和戴維斯
一同坐在矮籬上
試圖掙得一美元
結果只有十五分錢

年輕人：（熱切地說）妳開始喜歡文學了嗎？

茱莉：如果它不是太古板、複雜，或是太令人沮喪的話。人也是一樣的；通常我所喜歡的人，都是那些不會太古板、複雜，或令人感到沮喪的人。

年輕人：當然，我已經讀了大量的書。昨晚妳告訴我，你非常喜歡瓦爾特・司各特（註一）。

茱莉：（思索）司各特？讓我想想看。沒錯，我讀過他的《撒克遜劫後英雄傳》和《大地英豪》。

年輕人：那是庫柏寫的。

茱莉：（憤怒地說）《撒克遜劫後英雄傳》是嗎？你真是瘋了！我想，我對它可是很熟悉的！我確實讀過這本書！

年輕人：《大地英豪》是庫柏寫的。

茱莉：我才不在乎！我喜歡的是歐・亨利。我不知道他是如何寫出那些故事的。他的作品大部分是在監獄裡寫成的，比方說《瑞丁監獄之歌》，就是他在牢裡寫的。

年輕人：（咬著唇）文學……文學！這對我來說有多麼重大的意義！

茱莉：好吧，就像嘉比・戴斯樂（註二）對柏格森先生說的一樣，「用我的外貌加上

註一：司各特，十九世紀英國著名的歷史小說家，著有《撒克遜劫後英雄傳》等書。

註二：一位二十世紀初期著名的法國舞者。

你的腦袋，沒有什麼是我們辦不到的」。

年輕人：（展顏一笑）妳的確很難相處。某天妳非常開心，但隔天卻又陰晴不定。若非我如此了解妳的脾氣……

茱莉：（不耐煩地）噢，聽你這樣說話，難不成你也是個業餘的性向解讀師嗎？那些傢伙總會在五分鐘之內對人做出評斷，然後不管什麼時候，只要有人提到他們，講起來都是一副高瞻遠矚的樣子。我討厭那一類的事。

年輕人：我並不是在吹噓對妳的判斷。我必須承認，妳是最神祕的。

茱莉：史上只有兩位神祕的人物。

年輕人：他們是誰？

茱莉：鐵面人和電話忙線時說著「啊……嗯、嗯、嗯」的傢伙。

年輕人：妳真是不可思議；我愛妳。妳很美麗、聰明，而且善良，這真是天上地下少有的組合。

茱莉：你是個歷史學家。告訴我，歷史上有沒有浴缸？我想，它們被嚴重地遺忘了。

年輕人：浴缸！讓我想想。呃……阿加曼農是在他的浴缸裡被刺傷的。還有夏綠蒂·科代，她將馬拉刺死在他的浴缸裡。（註）

茱莉：（嘆氣）又回到老路上去了！太陽底下沒有新鮮事嗎？為什麼只有昨天，才會讓我找到一份年份至少超過二十年以上的音樂喜劇樂譜呢？那份樂譜的封面上寫著「諾曼地狐步舞」，不過「狐步舞」幾個字卻是用古老的方式拼寫而成的。

年輕人：我厭惡這些現代舞。噢，露易絲，我希望我能夠見到妳。過來窗邊吧。

（水管發出一聲巨大的「砰」，突然間，水開始從打開的水龍頭中流出。茱莉迅速地將水龍頭關掉）

年輕人：（困惑）那到底是什麼？

茱莉：（慧黠地說）我好像也聽到了什麼。

年輕人：聽起來像是水流聲。

茱莉：不是嗎？真奇怪，聽起來像是那樣沒錯。事實上，我正在把水倒進金魚缸裡。

年輕人：（仍然感到困惑不已）那麼，剛剛那「砰」的噪音又是什麼？

茱莉：那個啊……那是一條魚突然咬緊了牠的金黃色下顎啦！

年輕人：（突然下定決心）露易絲，我愛妳。我不是個凡夫俗子，而是一個鐵匠（forger）……

茱莉：（立刻深感興趣）噢，多麼迷人啊！

註：阿加曼農，征服特洛伊的希臘英雄，為妻子所謀殺。馬拉，法國大革命元勳，被女刺客科代所暗殺，著名畫家大衛為此畫有一幅名畫《馬拉之死》。

年輕人：一個不斷往前邁進的人（forger ahead）。露易絲，我要妳。

茱莉：（懷疑地說）哼！你真正想要的是受到世界的矚目，然後站在頂峰，直到你「長眠」為止吧！

年輕人：露易絲，我……露易絲，我……

（當露易絲打開門，走進來，又砰一聲地把門關上時，他停下了自己的話語。她暴躁地看著茱莉，就在這時，她突然看見了窗戶上的年輕人。）

露易絲：（恐懼地說）寇金斯先生！

年輕人：（驚訝不已）噢，我想妳說妳穿的是略帶桃紅的白色！

（在一個絕望的注視後，露易絲發出了一聲尖叫，舉起雙手表示投降，然後倒在了地板上）

年輕人：（大驚失色地說）老天爺啊！她昏倒了！我馬上進來！

（看到從露易絲了無生氣的手中滑落的毛巾，茱莉的眼睛驟然發亮。）

茱莉：在這種情況下，我想我最好還是離開為妙。

（她用雙手扶著浴缸的一側，將自己的身體撐離浴缸，然後發出一陣低語，半是喘氣、半是嘆息地離開了觀眾的視線。）

（午夜迅速籠罩了貝拉斯科劇院，整個舞台此刻已是一片朦朧。）

——劇終

齊普賽街的塔昆幻夜

Tarquin of Cheapside

1

腳步不停地奔跑著——領先在前的，是一雙以來自錫蘭的精細皮革製成的輕巧軟底鞋；而在僅僅一箭之地的後方緊跟著的，是兩雙厚而平滑，深藍色鍍金的靴子。在模糊而斑駁的微光下，深藍色的靴子反映著點點的月光。

軟底鞋在月光的殘照下閃閃發亮，然後急促地奔入了由一條又一條死巷所構成的迷宮之中；在黑暗籠罩下的某個地方，它的步伐由狂奔，變成了斷斷續續的拖腳前行。平滑靴子的主人持續跟在後面，他們的短劍搖搖晃晃、長羽毛歪斜扭曲；

在暗夜中，他們一邊喘氣，一邊咒罵著上帝和倫敦漆黑的小巷。

軟底鞋躍過了一扇被陰影籠罩的大門，在穿越灌木籬時發出劈啪的聲響；緊接著，平滑的靴子也躍過同樣的大門，在穿越灌木籬時發出同樣劈啪的聲響。而在那裡，以令人驚訝的姿態出現在他們前方的，是倫敦的夜警——那是兩名擺出了在荷蘭和西班牙行軍時學來的兇惡嘴臉，惡狠狠的長槍兵。

然而，無論是軟底鞋或是平滑靴子，雙方都沒有發出求助的呼喊聲。被追趕者並沒有在夜警的腳邊喘息，或是緊抓著錢包；同樣地，追趕者也沒有發出追捕的呼嘯與喊叫聲。

以一個敏捷的衝刺，軟底鞋從夜警的身邊一閃而過；夜警們咒罵著，有點猶豫地瞥了逃亡者的背影一眼，然後冷酷地將他們的長槍橫在路上，等待著平滑靴子的到來。黑暗，就像一隻大手般，遮斷了平滑如水的月光。

過了不久，黑暗的大手放開了月亮；蒼白的月光再次輕柔地愛撫著屋簷和楣石，以及受了傷，摔倒在塵土之中的夜警。街道上，平滑靴子之一留下了斑斑點點的黑色痕跡，直到他用跟他跑步時一樣的笨拙動作，拿起細鞋帶綁住自己的喉嚨為止。

這不是夜警所能干涉的事情：撒旦今晚正逍遙法外，而且撒旦似乎隱約地就出現在那往前直衝的身影、跨越大門的腳後跟，以及越過柵欄的膝蓋上。更進一步的說，撒旦很明顯地，一定會在靠近自己家——或者是在較能夠充份滿足他的種種粗俗念頭的倫敦地區——的地方出沒才是。因為，那裡的街道就像是圖畫中的巷弄一樣狹窄，而櫛比鱗次的低矮屋簷，則是最適合謀殺與它戲劇性的姐妹——猝死——設下羅網的大好地點。

沿著長而蜿蜒的巷弄，被追捕者和狩獵者依然糾纏不休；他們的身影在月光下進進出出，就像是在一面閃閃發光的西洋棋盤上，一顆不停移動的皇后似的。在前方，獵物現在脫下了他的皮革短上衣，因為涔涔滴下的汗水而半盲的雙眼，開始拚命地根據自己所處的狀況，審視著雙方的情勢。結果，他突然短暫地放慢了腳步，然後又略為加快速度，折回了陰暗的小巷之中。小巷裡面一片漆黑，彷彿自從冰河最後一次咆哮席捲大地以來，就再也不曾被太陽或月亮所眷顧過。再往下走兩百碼後，他停下了腳步，然後將自己的身體塞進了一面牆上的壁龕當中。他蜷曲著身子，靜靜地喘著氣，就像是幽暗之中，一個沒有軀體或輪廓的怪誕神祇一樣。

兩雙平滑的靴子越走越近，越走越近；然後，他們經過了他的身邊，在距離他二十碼以外的地方停了下來，用低沉還有點上氣不接下氣的聲音竊竊私語著：

「我有聽見那拖著腳走路的腳步聲；它停了下來。」

「就在二十步之內。」

「他躲了起來。」

「現在，讓我們一起待在這裡；等一下，我們會將他碎屍萬段。」

聲音漸漸變得微弱，最後只剩下靴子低沉的嘎扎嘎扎聲，而軟底鞋也沒等著繼續傾聽更多的聲響——他用連續三次的跳躍，翻越了那條緊緊拘束著他的小巷子；宛如一隻巨大的鳥般，他在牆壁頂端拍打著翅膀，然後被飢餓的夜色一口吞沒，消失無蹤。

2

「他在酒中閱讀，他在床上閱讀，
只要一息尚存，他便高聲朗讀，

他的每個想法都與死亡息息相關，
因此他不停為自己朗讀，直到死去。」

任何來到鄰近泥炭丘陵的第一墓園拜訪老詹姆斯的訪客，或許都曾經仔細地閱讀過這一小段的打油詩。毫無疑問地，這段刻在維瑟・卡斯特墳上的文句，是關於伊莉莎白時代的人最拙劣的記錄之一。

他的死，據古物收藏家所言，是在他三十七歲時發生的事情；然而，當這個和一場暗夜之中的追逐戰密切相關的故事展開時，我們發現，他仍然活著，而且仍在閱讀。他的目光有點模糊，他的肚子略微隆起——簡單說，他是個體態不健美而且懶惰的傢伙——噢，天啊！不過，一個時代歸一個時代，而且在伊莉莎白執政期間，拜路德和英國女王之賜，男人總會無可自抑地陷入狂熱的風潮之中。齊普賽街的每個閣樓，都在發行刊載著新寫好的無韻詩的「偉大的薄冊子」（或是雜誌）；只要自己眼前有任何事物「擺脫了反動的神蹟劇」，齊普賽街的演員都會毫不吝惜地扮演它。也就是在這個時候，英語版聖經在短短幾個月之內便歷經了七次「非常大量」的印刷。

因此，維瑟・卡斯特（年輕時曾在海上討過生活）現在是個讀者，他閱讀所有他伸手可及的讀物——他閱讀關於神聖友誼的手稿；他宴請墮落的詩人；他在印刷「傑作」的店附近徘徊；每當年輕劇作家彼此之間發生口角和爭吵，在彼此背後用「剽竊」或是其他他們所能想得到的尖酸刻薄話語相互指控時，他總是寬容地聆聽著。

今晚他要閱讀一本書。儘管那是一部格外精深的作品，但他認為，在那裡面其實蘊含著相當出色的政治諷刺意味。愛德蒙・斯賓塞的《仙后》在顫抖的燭光下，躺在他面前。他已經吃力地讀完了一篇，而現在，他正要開始讀另一篇：

狩獵女神或貞潔的傳說

我在這裡開始寫下關於貞潔的事

它是最美好的美德，其他美德遠遠不及……

就在這時，樓梯間忽然傳來一陣急促的腳步聲，薄薄的門發出了刺耳的聲音，搖搖晃晃地打開，接著，一名男子衝進了房間之中。那是一名沒有穿短上衣的男子，他喘息著、嗚咽著，看起來幾乎快要到了崩潰的邊緣。

「維瑟，」他一時語塞，「承蒙聖母瑪麗亞之愛，讓我找個地方躲起來吧。」

卡斯特起身，小心翼翼地闔上他的書，然後帶點不安地把門閂上。

「我正被人追趕著，」軟鞋底大聲地說，「我發誓，有兩個頭腦簡單、四肢發達的傢伙，正試圖要把我砍成肉醬，而且幾乎就快成功了。他們看見我跳進了後牆！」

「我想，大概需要……」維瑟一邊說著，一邊饒富興味地看著他，「好幾營配有喇叭槍的軍隊，再加上兩、三支無敵艦隊，才剛剛好夠把你從世界的復仇中拯救出來吧。」

軟鞋底的臉上露出了心滿意足的笑容。他那帶著啜泣的喘息聲消失了，取而代之的是急促而輕晰的呼吸聲；原本遭到獵捕的驚惶神態也漸漸淡去，變成了帶著微微不安的嘲諷表情。

「我感到有點驚訝。」維瑟繼續說。

「沒辦法，那兩個傢伙根本就是令人生厭的猴子。」

「總共是三隻才對吧？」

「只有兩隻，除非你把我也算在內了。老兄，拜託，認真一點好嗎！再過一會兒，他們就要殺到樓梯間了！」

維瑟從角落拿出了一根拆掉槍頭的長槍柄，將它高高舉起，直到頂住高聳的天花板為止；接著，他用這根槍柄，將一扇粗糙的活門移開，在他們的頭上便出現了一間簡陋的小閣樓。

「沒有梯子。」

維瑟將一把長凳移到活門下方；軟鞋底爬到上面，蹲了下來，猶豫了好一陣子，接著又再次蹲下，然後令人驚訝地往上一躍。他緊抓著縫隙的邊緣，來回擺盪著身體，在極短的時間中，不停地改變支撐點；最後，算準了時機，他弓起了身子，一個翻身，消失在頭頂上的黑暗之中。當活門被搬回原位時，裡面傳來一陣陣匆忙的奔跑聲，聽起來像是大批老鼠在搬家……然後，一切又回歸於靜寂。

維瑟回到他的閱讀桌，繼續翻開〈狩獵女神或貞潔的傳說〉——然後耐心等待著。才過了大概一分鐘左右，外頭就傳來了攀爬樓梯的聲音和令人難以忍受的捶門聲。維瑟嘆了口氣，然後拿著他的蠟燭，站了起來。

「外面的是誰？」

「把門打開！」

「外面的是誰？」維瑟重複了一次自己的問題。

一記疼痛的重拳嚇壞了脆弱的木板，讓它沿著邊緣裂了開來。維瑟將門打開了一條不到三吋的縫隙，並將手上的蠟燭高舉過頭。他打算將自己扮成一個膽小、極端重視身份地位的平民百姓，正在遭受他人無禮的騷擾。

「我只想要晚上短短一小時的休息時間罷了！問問看每個打架的人，這樣會太過分嗎？還有……」

「安靜，饒舌鬼！你有看到一個不停流汗的傢伙嗎？」

兩個花花公子的影子落在狹窄的樓梯上，映出了巨大而搖曳不定的輪廓；透過燈光，維瑟仔細地端詳著他們兩人。他們是標準的紳士，穿著輕浮但富麗堂皇——他們兩人之一在手上受了重傷，兩人都散發出某種狂暴的恐怖。無視於維瑟既存的成見，他們將他一把推開，闖進了房內，然後用他們的劍開始小心翼翼地戳著房間裡所有可疑的黑暗之處，一步步地擴大對維瑟臥房的搜索。

「他躲在這裡嗎？」受傷的人兇猛地詢問道。

「誰在這裡？」

「除了你以外的任何人。」

「據我所知，這裡只有另外兩個人。」

話一說出口，維瑟馬上擔心自己是不是該死地幽默過頭了，因為這兩個花花公子瞪著他，好像一副要刺穿他的樣子。

「我聽見有個男人在樓梯間的聲音，」他急忙說道，「就在五分鐘以前。不過，他很有可能根本沒上來。」

他繼續解釋他對《仙后》的熱衷，但至少在這一刻，他的訪客就像大聖人一樣，對文化完全麻木不仁。

「到底發生了什麼事？」維瑟詢問他們。

「強暴！」手受傷的男子說。維瑟注意到他的眼神中充滿了狂亂。「我的親生妹妹。噢，老天啊，把這個男人交給我們吧！」

維瑟的臉部肌肉不覺抽搐了一下。

「這個男人是誰？」

「天知道！我們甚至連他的名字都不知道。那邊的活門是幹嘛的？」他突然加上了一句話。

「那已經釘死了，好幾年沒用了。」他想到角落裡的杆子，腹中不禁感到一陣惡寒；不過，籠罩著這兩人的徹底絕望，連帶地讓他們的敏感度也鈍化了不少。

「對任何不是雜技演員的人來說，要爬上那裡需要有把梯子才行。」受傷的男子無精打采地說道。

他的同伴突然爆出歇斯底里的笑聲。

「雜技演員。噢，一個雜技演員。噢……」

維瑟訝異地盯著他們看。

「這句話觸動了我那最悲慘的幽默感，」男子大喊著，「沒有人……噢，沒有人……能夠上到那裡，除非是一名雜技演員。」

手受傷的花花公子不耐煩地將他完好的手指折得劈啪作響。

「我們必須到下一戶去……然後……」

他們無助地離開了維瑟的家；兩人逐漸遠去的身影，看起來就像是走在大雨傾盆的陰暗天空下一般。

維瑟關上並將門閂好，然後在門邊佇立了一會兒，因為憐憫而深深皺起了眉頭。

「哈！」一個低沉的氣音讓他不自覺的仰頭張望。在他頭頂上，軟鞋底已經將活門掀開，正在俯瞰著整個房間；他那喜好惡作劇的臉上擠出了個半是厭惡，半是嘲諷意味的鬼臉。

「我就說，他們的腦袋根本不在頭上，」他低聲地評論著，「不過，至於你和我……維瑟，其實我們兩個都是狡猾的人。」

「願上帝懲罰你！」維瑟竭盡全力地大喊。「我知道你是個卑鄙小人，但像這樣的事情，我甚至用不著聽完全部，就知道你是個讓我忍不住想用棍棒敲你的頭的骯髒雜種！」

軟鞋底緊盯著他，眼神閃爍。

「無論如何，」他終於回答，「我發現，躲在這個位子實在很難保持我的尊嚴。」語畢，他讓自己的身體穿過活門，在上面懸掛了一會兒，然後從七呎的空中一躍而下，回到了地板上。

「剛才，有一隻老鼠以品嘗美食般的神情注視著我的耳朵。」用手拍掉臀部的灰塵，他繼續說：「不過，我用老鼠特有的語言告訴牠，我已經中了劇毒，於是牠就走掉了。」

「讓我聽聽，今晚的淫行到底是怎麼回事！」維瑟憤怒地堅持。

軟鞋底用拇指碰碰他的鼻子，然後嘲弄似地對維瑟晃了晃他的手指。

「真是個街頭浪蕩子！」維瑟咕噥著。

「你有紙嗎？」軟鞋底看似不相干地詢問著，然後又粗魯地補上了一句，「或許，我該問的是：你會寫字嗎？」

「我為什麼要給你紙？」

「因為你想聽今晚的娛樂節目。所以，你應該給我筆、墨水、一捆紙，還有一間屬於我自己的房間。」

維瑟遲疑了好一陣子，最後，他終於忍不住大吼：

「給我滾出去！」

「悉聽尊便。然而我必須說，你錯過了最引人入勝的故事。」

維瑟動搖了——他這個人就像太妃糖一樣軟弱；最後，他讓步了。軟鞋底帶著令人眼紅的一大堆書寫材料，進入了隔壁的房間，然後一絲不苟地把門關上。維瑟哼了一聲，繼續回去閱讀他的《仙后》；寂靜再次降臨在整間屋子之中。

3

時間從三點鐘走到了四點。房間的光線變得愈發暗淡，外面的黑暗夾雜著溼冷的氣息射了進來；此時的維瑟，正用雙手托著他的腦袋，俯身貼近桌面，探尋著騎士和仙女的理想典範，以及許多女孩悲慘的不幸遭遇。在外面狹窄的街道上，龍群正在哈哈大笑；當昏昏欲睡的武器店學徒在清晨五點半開始他的工作時，金屬板與鎖子甲所發出的沉重叮噹聲，隨著騎士的行軍隊列所產生的回音，變得愈發清晰。

當黎明的第一道曙光亮起時，霧氣瀰漫了整間屋子；而當維瑟踮著腳尖走向他的櫥櫃房間，並將門拉開時，房間中所呈現的，是屬於清晨六點的一片灰黃色。他的客人轉頭看著他，臉色蒼白得像是一張羊皮紙，發狂的眼神宛如火紅的文字般灼灼燃燒著。他拉了張椅子坐在維瑟的祈禱台旁，並將它當做自己的書桌；現在，祈禱台上面已經擺滿了為數驚人的一疊紙，而每張紙上都寫滿了密密麻麻的字。維瑟長嘆一聲，退了出去，回到他的海妖故事當中，同時嘲笑著自己竟是如此愚蠢，到了黎明時分還無法將自己的床鋪討回來。

外頭像垃圾般堆疊的靴子，醜老太婆在閣樓間不停迴響的粗嗄說話聲，以及早晨單調的喃喃聲，在在讓他感到心力交瘁。他陷在他的椅子裡，打起了瞌睡；他那裝載了過多聲音和色彩的腦袋，在堆積如山的意象中難以忍受地不斷運轉著。在這個令他不得安寧的夢中，他是一千個被身旁的太陽所壓碎，不斷發出呻吟的軀體當中的一個，是一座為了眼神堅定的阿波羅所準備的，無助的橋樑的一部份。這個夢將他撕裂，宛如一把鋸齒狀的刀般剜剮著他的心靈。當一隻溫熱的手觸碰到他的肩膀時，他幾乎是尖叫著醒來的；當他醒來時，他發現房間裡的霧氣變得更加厚重了，而他的客人——一個如霧氣般朦朧的灰色幽魂——就站在他身旁，手裡拿著一疊紙。

「我相信，這會是最引人入勝的故事——雖然可能還需要一些仔細的檢查就是了。我可以拜託你將它鎖好，並且看在老天份上，讓我好好睡一覺嗎？」

他不等對方回應，只是將那疊紙塞給維瑟，然後毫不誇張地，讓自己像是突然傾倒的瓶子裡流出的酒一般，一口氣倒在了角落的一張沙發上，帶著規律的呼吸聲沉沉睡去。只不過，他的眉毛則是以奇特而且有點可怕的姿態糾結在一起。

維瑟疲倦地打著哈欠，然後向著那潦草、含糊的第一頁瞥了一眼。他開始非常溫柔地朗讀著：

露易絲受辱記

「從被圍攻的阿底亞兼程疾馳，
在充滿獸慾，虛詐狡譎的雙翼鼓動下，
鼻噴慾火的塔昆離開羅馬軍營……」

嗅，紅髮女巫！

O Russet Witch!

1

梅林・格蘭傑是「莫賴吉爾書店」的員工。你或許參觀過這家書店，它就位在從麗池卡爾登飯店往四十七街的轉角處。莫賴吉爾是——說得更精確一點，「過去是」一家非常浪漫的小店，常被人認為帶有幾分激進與公認的邪惡色彩。它的內部點綴著以描繪外國事物為主，令人屏息的紅、橙色海報，特殊版本書籍的反光裝訂與包裹著深紅綢緞，整天燈火通明，在頭頂上搖晃的大矮燈一同散發著光芒。這真的是一家令人愉快的書店。「莫賴吉爾」幾個大字，以一種蜿蜒的刺繡字體繡在門上。窗戶似乎總是塞滿了某些逃過了文學審查的作品，因此幾乎沒有多餘的空間；那是些深橙色封面的冊子，上面用白色的小紙方塊顯示著書名。同時，在書店裡還瀰漫著麝香的氣味，那是聰明且高深莫測的莫賴吉爾先生要求撒在這裡的；它讓整間書店的味道聞起來既像狄更斯筆下的倫敦古玩店，也像博斯普魯斯溫暖海岸的咖啡屋。

從早上九點到下午五點半，梅林・格蘭傑不斷詢問穿著黑衣的煩人老小姐和臉上有著黑眼圈的年輕人，問他們是否「喜歡這個傢伙」，或者對初版是否感興趣；他們是要購買封面上有阿拉伯人的小說，還是由南達科他州的莎頓小姐透過降靈口述發表，收錄有莎士比亞最新十四行詩的書籍？想到這點，他不禁嗤之以鼻。其實，真要說起來的話，他自身的愛好倒是比較偏向後者，不過身為莫賴吉爾的員工，他在工作的時候還是會擺出一副不抱幻想的鑑賞家態度。

每天下午五點半，當他爬進櫥窗放下前面的簾子，並和神祕的莫賴吉爾先生、女店員麥奎肯小姐，以及女速記員麥斯特小姐道別後，他就會回到家裡，看著那個名叫卡洛琳的女孩。

他從來沒有和卡洛琳一起用過晚餐；因此，要期待卡洛琳主動告訴他，她認為梅林總是戴著領扣在梳妝台邊吃飯，還總是離白乾酪太近的做法很危險，或者是告訴他，他的領帶尖端剛剛差點整個掉進了他面前的那杯牛奶之中，那簡直是令人難以置信的事——畢竟，他從沒有邀請她共同進餐過……

梅林一向是獨自用餐的。他總是會走進位於第六大道的貝格多熟食店，買一盒餅乾、一管魚醬和一些柳橙，要不然就是一小罐香腸、一些蕃茄沙拉和一瓶非酒精飲料。他會將這些食物裝在一個棕色的袋子裡，帶回他位於五十……大概是西五十八街的房間裡，然後邊吃他的晚餐，邊注視著卡洛琳。

卡洛琳是一位非常年輕而且活潑，年紀大約十九歲左右的女孩。她和某位較年長的小姐住在一起。她就像是幽魂一樣，在傍晚之前從不現身。每當下午六點，她的房間亮起燈光之際，就可以看見她充滿活力的身影；然而，最晚不超過午夜時分，她便會再次消失無蹤。她的房間相當精美，位於一棟有著白色的石製大門，座落在中央公園南方正對面的氣派大樓裡，而她房間的後方，正好面對著單身的梅林・格蘭傑所居住的單人房的唯一窗口。

梅林之所以稱呼她「卡洛琳」，是因為在莫賴吉爾書店裡，有本書的封面圖片和她看起來十分神似，而那張圖片的下面，寫的正是這個名字。

梅林・格蘭傑是個今年二十五歲的瘦弱年輕人，他有著黑色的頭髮，沒留鬍子、鬍鬚或任何類似的東西；與之相對的，卡洛琳則是明豔照人，她留著一頭閃亮的紅褐色波浪狀捲髮，臉上的每一個部份，都像在催促著你去親吻她似的——那是會讓你覺得，只屬於你初戀情人的臉部特徵；不過，你知道的，當你偶然拿起一張舊照片的時候，或許就不會這麼認為了……當她出現時，通常是穿著粉紅色或藍色的服裝，不過，最近她有時也會穿起修長的黑色睡袍；這顯然是她特別自豪的一件衣服，因為每當她穿上它時，總是會站起身，注視著牆上的某處——梅林認為，那多半是張鏡子。她經常坐在靠近窗邊一張沒有扶手的椅子上，但有時也會在檯燈光線的照映下，優雅的躺在屋裡的一張躺椅上；這時，她總會將身體向後仰，故作姿態地用手臂和手捻起煙，輕輕地吸上一口。梅林覺得，這個動作真是優美極了。

有一次，她走到了窗邊，優雅地佇立在那裡，凝視著窗外的景象。窗外，迷失了方向的月亮，正將種種千奇百怪、變化多端的光輝，不停地灑落在兩棟大樓之間的通道上；在它的照映下，就連垃圾桶和晾衣繩一成不變的輪廓，也化成了充滿濃烈印象派風格的銀色桶子，以及有如薄紗般的巨大蜘蛛網。當梅林映入她的視線之中時，他正在吃加了糖和牛奶的白乾酪；他伸手抓向窗簾繩子的動作是如此迅速，以致於空著的那隻手一不小心，將白乾酪打翻到了自己的大腿上。牛奶傳來冰冰涼涼的觸感，糖在他的褲管上形成了點點的污漬，不過他十分確定的只有一件事，那就是，她終究還是看見了他。

有時，會有些訪客來拜訪她。那些人大多是穿著小晚禮服的男性；當他們和卡洛琳說話時，總會將帽子拿在手裡，將外套掛在手臂上，筆挺地站著，並彎下腰向她鞠躬致意。然後，他們會再次的向她鞠躬致意，並跟隨在她的身後，走出客廳燈光的範圍之外，很顯然地是要去看戲或參加舞會之類的。另外，也有某些年輕人會過來造訪；他們會坐在房裡抽煙，並且似乎嘗試著告訴卡洛琳某些事情——這時，她總是會坐在無扶手的椅子上，熱切且專心地注視著他們，或者是坐在檯燈照映下的躺椅上，呈現出一副非常美麗動人、青春洋溢的樣子。

透過自己公寓的窗戶，梅林欣賞著這些人的造訪。在他們當中，有某幾位男士讓他頗為讚賞，但其他人只贏得了他的勉強容忍，甚至還有一、兩個傢伙，讓他覺得十分難以忍受——尤其是那個最常來訪的訪客，一個黑頭髮、留著黑色山羊鬍，甚至連靈魂也給人漆黑一片感覺的男人，最讓他覺得反感。對梅林來說，他似乎有種莫名地熟悉感，但不知怎麼的，梅林卻從來都沒辦法清楚地辨識出他的身份。

嚴格說起來，梅林的整體生活並沒有「和他所建構的浪漫故事有著密切的關係」，而那也不是「他一天中最愉快的時光」。他從來沒有及時將卡洛琳從「危機」中救出；他甚至沒有娶她。但，一件遠比這些事情更奇怪的事發生了，而現在我在這裡所要寫下的，就是這件奇怪的事。故事是從某個十月的下午，卡洛琳輕快地走進了令人愉快的莫賴吉爾書店開始的……

那是一個昏暗的下午，宛若世界末日一般，險惡的雨勢大作；然後，在紐約午後所特有的那種會讓人沉溺其中的陰鬱灰暗中，雨，漸漸的停了下來。一陣微風在街道低掠而過，掃過破爛的報紙和幾片雜物；小小的燈光，標示著所有窗戶的所在——街道是如此荒涼孤寂，讓人不禁為隱沒在墨綠與深灰色的天空中的摩天大樓塔尖感到難過；那種感覺，就像是確信鬧劇現在即將要落幕，而眼前所有的大樓都將像紙搭的房子一樣坍塌，然後化成一堆塵土，諷刺地堆積在所有自認為能在其中穿梭自如的大眾身上般，沉甸甸地籠罩在人們的心頭。

至少，當梅林・格蘭傑在一位穿著貂皮大衣的女士旋風式的造訪之後，站在窗邊將若干書本放進一排書架上時，這些沉思還一直逗留在他的靈魂之中，揮之不去。透過店裡那充斥著最為苦澀的思想——比如威爾斯早期的小說、創世紀的根源，以及愛迪生所說的「三十年內這個島上將沒有可以住人的房子，剩下的只有巨大而吵鬧的市集」之類的話語——的櫥窗，梅林注視著外面的街景；然後，他將最後一本書豎立在櫥窗的右邊，跟著轉過了身——就在這時，卡洛琳神色自若地，走進了店裡。

她穿著時髦但卻傳統的輕便服；當他日後回想時，那印象仍然十分清晰地留在他的記憶之中。她的裙子是格子花紋，有著六角形手風琴般的褶邊；她的外套是柔和卻帶著活潑的茶色；她的鞋子和護腳是棕色的，而她的帽子小而精美，就像非常昂貴但卻包裝精美的糖果盒蓋子一樣，讓她顯得更加的完美。

帶著呼吸急促而且震驚的神情，梅林緊張地迎上前去。

「午安……」他只說了這一句，然後就停了下來。為什麼會這樣，他並不知道；他只知道，在他的生命當中，有某件非常奇特的事情即將發生，並降臨在他身上。不需要擦亮眼睛，只需要保持沉默，以及適度的期盼與注意，就能察覺它的到來。而就在事情開始發生之前的那一刻，梅林感覺到令人屏息的時刻暫停了一秒：他透過玻璃隔板，看見在小辦公室的牆邊，他的老闆莫賴吉爾先生那壞心眼的圓錐頭，正在俯身看著信件。他把麥奎肯小姐和麥斯特小姐看成了垂落在紙堆上的兩堆毛髮；他望了望頭上深紅色的燈，然後帶著些許的愉悅注意到，這家書店看起來真是多麼地可愛而浪漫。

然後，事情發生了——更確切地說，開始發生了。卡洛琳拾起一本被隨意放置在一疊書頂端的詩集，用她纖細白皙的手漫不經心地翻閱著；突然間，她擺出了個從容的姿勢，將書朝著天花板扔了出去。那本詩集就這樣隱沒在深紅色的吊燈當中；它嵌進了那裡，透過被照亮的絲綢看起來，就像是一塊凸起的矩形陰影似地。這令她相當開心——她發出了年輕而且具有感染力的笑聲，而梅林發現，自己不自覺地，也加入了跟她一起大笑的行列之中。

「它停在那裡了！」她欣喜地叫喊著。「它停在那裡了，不是嗎？」對他們兩人來說，天底下似乎沒有比這更荒謬可笑的事情了。他們的笑聲混在一塊兒，洋溢在書店中。梅林很高興地發現，她的聲音很圓潤，而且充滿了魔力。

「再試一本書，」他發覺，自己正在對她提出建議，「試試一本紅色的。」

她為此笑得更開懷，以致於她必須將手放在書架上，才能使自己鎮定下來。

「再試另一本，」她在一陣陣幾乎要喘不過氣的歡笑中，想盡辦法清楚地說著。

「噢，天哪，再試一本！」

「要不然，試試看兩本如何？」

「好，就試兩本！噢，如果我不停止發笑的話，我會噎到的。我要開始囉！」

配合著自己的話語，她拾起了一本紅色的書，然後以一個優雅的雙曲線，將它送上了天花板。它沒入了燈裡，就在第一本的旁邊。之後的幾分鐘時間，只見他們前俯後仰，無法自抑地笑個不停；不過，接下來，彷彿取得了默契似地，他們再次展開了新一輪的遊戲——這次，他們兩人決定一起行動。梅林抓起了本大書——那是一本特殊裝訂的法國經典名著——，然後將它旋轉著往上拋了出去。在他為自己的準確度喝彩的同時，他一手拿起一本暢銷書，另一隻手則拿著一本關於藤壺的書，屏息等待著卡洛琳的上場。接著，這項遊戲漸漸變得快速且激烈起來——有時他們會輪流上陣，然後觀賞成果，他發現她的每個動作是如此的流暢；有時，他們當中的一個會一本接一本地拾起離自己最近的書，將它扔出去，然後在伸手觸及另一本書之前，從容地觀看著它的飛行軌跡。短短的三分鐘內，他們已經將桌上清出了一小塊地方，而裹著深紅色綢緞的燈則因塞滿了書而變得極端膨脹，幾乎瀕臨破裂。

「愚蠢的遊戲，就跟籃球一樣。」在一本書離手時，她輕蔑地說。「一群高中女生穿著可怕的燈籠褲上場的愚蠢比賽。」

「的確很愚蠢。」梅林贊同道。

在她正要扔出下一本書時，她停了下來，然後突然間將它放回了桌上原本的位置。

「我想，我們現在已經有位子可以坐下來了。」她莊重地說。

事實的確如此——他們已經騰出了可容納兩人的廣大空間。梅林略為緊張地瞥向莫賴吉爾先生的玻璃隔板，不過那三顆頭仍認真地專注在他們的工作上，顯然他們並沒有看見店裡發生了什麼事。因此，當卡洛琳將她的手放在桌上，然後用力撐起了自己的身體時，梅林也鎮靜地模仿著她；接著，他們肩並肩地坐在一起，非常正經地注視著對方。

「我必須見你。」她開口說道，棕色的眼眸裡流露出相當哀傷的神情。

「我知道。」

「就在上一次，」她繼續說，儘管她試圖保持沉著，但聲音仍略帶顫抖。「我真的嚇壞了。我不喜歡你在梳妝台上吃東西。我很怕你會……你會一不小心，將領扣給吞下肚。」

「我吞過一次……幾乎。」他不情不願地坦承，「但那並不是很容易，妳知道的。我的意思是，你可以很輕易吞下平的那部分，或是另一部分——簡單說，就是將它分開吞下去——但要吞下一整顆領扣，你必須有一個特製的喉嚨。」他很訝異，自己竟然可以溫文儒雅地做出適當的評論。在他人生中這似乎是第一次，字句不斷湧上前來，尖叫著要求被使用，並小心翼翼地排成班和排，然後在名為段落的副官一絲不苟的指揮下，呈現在他的面前。

「那真的會嚇到我。」她說。「我知道你必須有個特製的喉嚨才能辦到，而我知道——至少我可以肯定——你並沒有這樣的喉嚨。」

他真誠地點點頭。

「我沒有。擁有這樣的喉嚨要花很多錢——不幸地，那超過了我所有的財產。」

他在說這番話時並不感到羞愧——毋寧說，在承認時，他反而有種喜悅的感覺。他知道自己無法說出或做出超越她所能理解的事；尤其是他的貧困，那是實際上他從來都不可能擺脫的難題。

卡洛琳俯視她的腕錶，然後輕輕叫了一聲，便從桌上滑了下來，穩穩的站立在地面上。

「已經過五點了，」她喊叫著，「我不明白……我必須在五點半抵達麗池飯店。讓我們快點把這件事完成吧！我已經在這上面下了賭注。」

他們同步展開了行動。卡洛琳率先抄起了一本昆蟲書籍，颼颼作響地將它丟出去，最後撞穿了玻璃隔板，掉到了莫賴吉爾先生所在的地方。這位經營者以憤怒的眼神向上掃視，從他的桌上掃掉了幾片玻璃，然後又繼續看他的信，而麥奎肯小姐則是絲毫沒有聽見聲音的跡象——只有麥斯特小姐感到震驚，輕輕地發出了一聲受驚的尖叫聲，然後又再次專注在她的任務上。

不過對梅林和卡洛琳來說，這完全不構成問題。在賣力的徹底狂歡中，他們朝四面八方扔了一本又一本的書，有時候甚至一次有三、四本書同時在空中飛舞；它們猛擊書架，撞裂了牆上的畫框玻璃，然後一本又一本地落入地上擦傷和撕裂的書堆中。所幸當時碰巧沒有顧客上門，否則他們肯定不會再踏進來一步——這噪音實在太驚人了；它是一種結合了猛擊、拉扯和撕裂的噪音，當中還不時混雜著玻璃的叮噹聲、兩名投擲者急促的呼吸聲，以及他們兩人不時發出的，放縱而斷斷續續的爆笑聲。

在五點半的時候，卡洛琳將最後一本書扔到吊燈裡，為它原本已經過度沉重的負荷添上了最後的一記刺激。變得稀薄的絲綢裂開了，然後，就像是一條交織著白色和彩色的大瀑布般，裡面塞滿的書本落到了已是一片狼籍的地板上。接著，她如釋重負地嘆了口氣，轉身面向梅林並伸出她的手。

「再見。」她簡短地說。

「妳要走了嗎？」他知道她真的要離開了。他的問題僅是想留住她的拖延戰術，並設法為自己擠出另外的一點時間，好讓他能夠從她的存在中得到耀眼的光芒，能夠繼續為她的容顏感到極大的滿足；他想，那種感覺就像是親吻一樣，也像是回想著自己在一九一〇年時，曾經認識過的某位女孩的樣貌一般。接下來的整整一分鐘，他緊緊握住了她柔軟的手——然後，她微微笑著，將手抽了回來。在他能夠撲向前去開門之前，她已經自行開了門，然後走進了那籠罩著狹窄的四十七街，混濁且不祥的暮光之中。

我很想告訴你，在見到佳人有多麼尊重這些多年累積的智慧後，梅林是如何走進莫賴吉爾先生的小隔間裡，然後當場辭職的；之後，從走出那裡來到街道上的，是個更美好、更高貴，而且越來越會挖苦人的人。但，事實真相卻是再尋常不過了。梅林‧格蘭傑站著俯瞰書店的殘骸、毀壞的書本、曾經美麗的深紅吊燈撕裂的絲綢布料，以及在整個充滿五彩粉塵的房間當中，零星散落的碎玻璃水晶——然後，他走到擺放掃帚的角落，開始打掃和重新整理，盡他所能地把書店恢復原狀。他發現，儘管有幾本書還完好無缺，但大部分皆受到了程度不等的損傷。有些書背脫落，有些頁面被撕裂，還有些只是封面輕微地裂開；看見這些損傷，就算是最粗心大意的還書人也知道，這一定會讓書滯銷，因而淪落到二手書的命運。

不過，在將近六點時，梅林已經將絕大多數的破壞都修補好了。他將書本放回原位，清掃地板，然後將新的燈泡放進頭頂上的凹槽。紅色的燈罩本身已經損毀到無法挽救的地步；梅林略帶惶恐地想著，賠償的金額或許必須從他的薪水裡扣掉。於是，到了六點時，在看見自己已經盡可能地收拾了殘局之後，梅林爬到前面的櫥窗，將窗簾放下。當他輕巧地往回走時，他看見莫賴吉爾先生從辦公桌起身，穿上了外套大衣、戴上了帽子，然後走進了店裡。他神祕地向梅林點了點頭之後，便朝向大門走去。當莫賴吉爾先生將手放在球形門把上的時候，他忽然停了下來，轉過身，以一種結合了兇暴和不確定的奇妙語氣對梅林說道：

「如果那女孩再進來這裡的話，你叫她要放規矩點。」

語畢，他轉開了門，讓門的嘎吱聲蓋過了梅林溫順的「是的，先生」，接著便走了出去。

梅林在那裡站了一會兒，明智地決定不要去擔心就現在而言只是「可能會發生」的某種未來；然後他走進書店的後面，邀請麥斯特小姐和他一同到帕佩特法國餐廳用餐，儘管偉大的聯邦政府制定了禁酒令，不過在那裡用餐還是能獲得紅酒。麥斯特小姐接受了。

「好啊！酒總會讓我感到激動不已。」她說。

當拿她與卡洛琳相比時，梅林發自內心地笑了出來；或者更正確的說，他並沒有拿她做比較，因為，卡洛琳是無可比擬的。

2

莫賴吉爾先生，神祕，充滿異國風味，而且具有東方人的性格；不過，他也是個十分堅毅的人。此刻，憑藉著這種堅忍不拔的個性，他開始著手處理自己受損嚴重的店鋪。很明顯地，除非他拿出相當於他所有庫存原價的費用——這是他基於某些私人理由所不願採取的一步——，否則他不可能像從前一樣，繼續將這家書店的生意經營下去。既然如此，那就只剩下一個辦法了。非常迅速地，他將這家書店從新書書店轉變成了二手書店。受損書籍從二十五塊降為半價；在他的授意下，門上的名字從原本閃耀著傲人光芒的蜿蜒刺繡變成了暗淡無光，並呈現出舊顏料難以形容的模糊顏色；不只如此，這位極度講究正式禮儀的經營者甚至還買了兩頂劣等的紅色毛呢無邊便帽，一頂給他自己，另一頂則給他的職員梅林・格蘭傑。此外，他還將他的山羊鬍不斷地留長，直到它看上去像極了老麻雀的尾羽為止；同時，他身上曾經整齊的西裝外套，也換成了令人側目的閃亮羊駝製品。

事實上，在卡洛琳災難性的造訪之後的這一年裡，這家書店唯一看起來不變的就只剩麥斯特小姐而已了；至於麥奎肯小姐，則是跟隨著莫賴吉爾先生的腳步，變成了令人難以忍受的邋遢鬼。

對梅林來說也是如此。結合了忠誠和無精打采的感覺，他讓自己的外在呈現出一種有如荒蕪花園般的樣貌。做為自己衰敗的象徵，他接受了那頂紅色毛呢無邊便帽。從他自紐約高中手工科畢業的那一天起，他就一直是個被人視為「進取者」的年輕人；他不只刷洗衣服、頭髮、牙齒，甚至連眉毛也要固執的刷乾淨；同時，他也很注重將他所有乾淨的襪子腳趾對腳趾，腳跟對腳跟地疊好，放在他衣櫥的某個抽屜裡，這個抽屜就被他稱為「襪子抽屜」。

他覺得，這些習慣為他在莫賴吉爾最璀璨的光輝中博得了一席之地。也正由於這些習慣，儘管他在高中時被教導的是令人窒息的實用主義，同時也學習過如何把櫃子賣給慣於使用它們的人——比如說承包商之類的，但他到現在仍然無法「使用櫃子有效率地保存東西」。然而，當積極前進的莫賴吉爾變成退化的莫賴吉爾時，他也寧願跟著一起向下沉淪，因此，他開始讓他的衣服不受打擾地四處堆放著，同時也開始將他的襪子沒有區別地扔進襯衫抽屜、內衣抽屜，甚至不收進抽屜。就在這種新形成的懶散態度下，他將許多根本沒穿過的乾淨衣服直接送回洗衣店裡清洗的行為，也不足為奇了——事實上，對貧窮的單身漢而言，這可說是稀鬆平常的怪癖。這種新的生活態度，也同時表現在他最愛看的雜誌內容上。那時的雜誌刊載了為數驚人的文章，其內容不外乎是成功的作者在批判該受天譴的窮人可怕的厚顏無恥，像是購買耐穿的衣服和劣質的肉片，還有他們那種偏好投資個人的珠寶更勝於大量地投資在利率百分之四的儲蓄銀行的事實，諸如此類。

很多事情確實正朝著奇怪的方向發展，而且是朝著對許多可敬且虔誠的人來說相當遺憾的狀況前進。這是共和國史上第一遭，幾乎所有喬治亞州以北的黑人都可以兌換到一張一美元鈔票。但是在這個時候，一美分的價值正在迅速逼近中國貨幣的購買力，它只是一個你付錢買完清涼飲料後偶而必須回去拿的東西，以及你可以拿到付費體重計，用來得知你正確體重的小玩意而已；因此，這件事似乎也沒有一開始看起來那麼奇怪了。然而，在如此眾多的事情中，仍然有一件特別奇怪的事，那就是梅林格蘭傑居然跨出了這一步——那是碰運氣地，而且幾乎是不由自主的一步；他向麥斯特小姐求婚了。不過，更奇怪的事情還在後頭，那就是，她竟然接受了他的求婚……

那是發生在禮拜六晚上的帕佩特餐廳，在他們兩人開了一瓶價值一點七五美元的水摻「平價酒」之後的事。

「酒總會讓我感到激動不已，你不會嗎？」麥斯特小姐快活地閒聊著。

「會啊。」梅林心不在焉地回答著。然後，在一個意義深長的停頓後，他開口說道：「麥斯特小姐……歐莉……如果妳願意聽我說的話，我有話想對妳說。」

由於察覺到接下去會發生什麼事，麥斯特小姐越來越激動；她的樣子看起來就像是隨時會因為自己緊張的反應而觸電麻痺一樣。不過當她回答：「我願意，梅林」時，並沒有透露出內心的騷動或顫抖。梅林發現，自己不知何時倒抽了一口大氣。

「我沒有財產。」他宛如宣誓般地說著。「我一點財產也沒有。」

他們的眼神交會、定格，然後變得渴望、朦朧而美麗。

「歐莉。」他告訴她，「我愛妳。」

「我也愛你，梅林。」她簡單明瞭地做出了回應。「我們要再喝一瓶酒嗎？」

「好啊，」他大喊著，心臟飛快地躍動了起來。「妳的意思是……」

「為我們的婚約喝一杯。」她勇敢地打斷了他的話。「但願這杯是純（short）的！」

「不！」梅林幾乎是吶喊般地說著，同時猛力地用拳頭捶向桌面，「但願能直到永遠！」

「什麼？」

「我的意思是……噢，我懂妳的意思了。妳是對的。但願是純的。」他邊笑邊補充著說，「是我搞錯了。」

當酒送上來以後，他們從頭到尾，徹底地將整件事情討論了一遍。

「首先，我們必須先找間可以讓兩人共同生活的小公寓雅房，」他說，「讓我想一想……對了，就是這個！老天保佑，我知道，在我住的房子裡面就有這樣一間合適的房間。它有一間大的臥室，一間化妝室兼廚房，而且，在同一層樓就有浴室可以使用。」

聽見梅林的話，她不禁開心地拍手叫好。梅林覺得，她看起來真的很漂亮——說得更精確一點，是她臉的上半部看起來很漂亮；至於鼻樑以下，就有點不那麼勻稱了。她繼續熱情地說：

「接下去，等到負擔得起的時候，我們就找一間有電梯和接線小姐，真正的一流雅房。」

「而之後，我們就在鄉下找個住處……順便再買一輛車。」

「我想不到比這更有趣的事情了。你說呢？」

在那一瞬間，梅林沉默了。他開始思索，這代表他得要放棄自己的房間，那個位於四樓後方的房間。然而，現在這件事情已經無關緊要了。在過去的一年半裡——事實上，就從卡洛琳造訪莫賴吉爾的那個不尋常的日子開始——，他不曾再見過她的身影。那次造訪後的一個禮拜，她的房間都不曾再透出亮光；黑暗籠罩著大樓間的通道，彷彿也在盲目的探尋著那扇他打從心底期盼窗簾拉開的窗戶。後來，燈光終於再度亮起，但出現在燈下的，卻不是卡洛琳和她的訪客，而是一個平庸乏味的家庭——一名蓄著鬃毛般鬍子的矮小男人，以及一名整晚不停搖晃著臀部，將時間耗在重新排列小古董上的豐滿女人。兩天之後，梅林麻木地拉上了自己的窗簾。

不，梅林想不到其他比和歐莉一起飛黃騰達更有趣的事了。他們會在郊區買下一棟漆成藍色，比起那些粉刷成白色還帶有綠色屋簷的同類型房子略遜一籌的小屋；在圍繞著小屋的綠草間，散落著幾把生鏽的水泥鏟、一張破損的綠色長椅，和一台用柳條編成，車身向左歪斜的嬰兒車，而環繞著草坪、嬰兒車和小屋本身，以及屬於他的整個世界的，將會是歐莉的手臂。到了那個時候，煥然一新的歐莉，她的手臂比起現在會略為結實一點，而當她走路時，她的臉頰會微微地上下抖動著，看上去有如頻繁進行著臉部按摩一般。當回過神來的時候，梅林發現，自己正在聆聽著歐莉從僅僅兩湯匙遠之處傳來的聲音：

「我知道你今晚想說什麼，梅林。我能夠理解（see）……」

她能夠看見（see）。啊……突然間，他不禁懷疑起她究竟看見了些什麼。她可有看見，那個和三個男人走進舞會，然後在隔壁桌坐下來的女孩？啊，她可有看見，那個女孩就是**卡洛琳**？她可有看見，那個為他們帶來遠比帕佩特餐廳那種經過三倍濃縮的「紅墨水」還要濃烈的利口酒的男人？

梅林屏氣凝神地注視著眼前的景象。在他身旁，有如不斷揮舞翅膀的蜂鳥般，歐莉一邊品味著這個難忘時刻所蘊含的甜美，一邊低聲溫柔地喃喃自語；然而，梅林卻有些心不在焉，只是麻木而機械地接收著她的告白。真正讓梅林認真聆聽的，是從對面桌傳來的冰塊叮咚聲，和那四個人為了某個有趣的笑話而發出的爽朗笑聲；卡洛琳那如此熟悉的笑聲不斷刺激著他、鼓舞著他，迫切地召喚著他的心奔向她的桌邊，而梅林的心亦順從地，追隨著她的呼喚而去。現在，他能夠清楚地看見她的容貌；他感覺到，不論再怎麼細微而難以察覺，過去一年半的歲月流逝，確實讓她產生了某些變化。那是因為燈光照映的關係，還是因為她的臉頰比過去瘦削了些，眼神也變得較缺乏生氣，不再像過去那樣婉轉流動，而是略顯蒼老的緣故？然而，她的紅髮中依然帶著紫色的陰影；她的唇依舊暗示著親吻，就跟當薄暮落入深紅色吊燈無法照映到的書店角落時，在他的眼睛與排列成行的書本間隱約浮現的輪廓一樣。

卡洛琳不停地喝著酒。梅林可以清楚地辨識出她臉上由青春、酒精與精緻的化妝品所交織而成的三重紅暈。在她的逗弄下，坐在她左邊的年輕人、坐在她右邊的健壯男子，乃至於坐在她正對面，不停地對晚輩發出略帶責難且令人生厭的嘮叨的那個老傢伙，都表現出一副樂不可支的樣子。她斷斷續續地哼著一首歌，歌詞的字句清楚地傳入了梅林的耳中：

只要小心地彈彈你的手指，
在你到達那裡之前不要過橋——

健壯的男子為她的玻璃杯斟滿了寒冷的琥珀色液體。儘管侍者用無助的眼神一再望著卡洛琳，但她似乎無動於衷，仍然繼續快活而瑣碎地詢問著，這道菜或那道菜是否鮮美多汁；最後，在徒勞地往返餐桌數次後，侍者終於設法弄清了她所想要的餐點的外貌，並倉促地離去……

而這時，歐莉正在對梅林說話——

「那麼，要到什麼時候才行？」歐莉問道。她的聲音因為失望而帶著微微的憂鬱。他這才發覺，自己剛剛回絕了她提出的某個問題。

「噢，改天吧。」

「你一點都不……在乎嗎？」

她的質問中所隱含的那種比剛才更加悲傷的沉痛，將他的視線拉回了她的身上。

「不，相反地，我覺得應該盡快，親愛的。」他以出人意料的溫柔語氣回答。

「事不宜遲，兩個月內最好——我看，就選六月吧。」

「這麼快？」聽見梅林的話，歐莉欣喜若狂，激動到幾乎說不出話來。

「噢，沒錯，我想對我們來說，選擇六月再適合不過了。沒有必要一直拖延。」

壓抑住心中欣喜的情緒，歐莉開始佯裝出一副兩個月對她來說真的太短，讓她沒有時間準備的樣子。他真是個壞心眼的傢伙！不只如此，還十分沒有耐心！嗯，她會讓他知道，他沒有必要太快和她結婚；畢竟，他的舉動實在太過突然了，以致於她根本不清楚自己是否應該嫁給他。

「六月。」他堅決地重複了一遍自己的話語。

歐莉輕嘆，微笑，然後啜飲了一口她的咖啡。她的小指以極為優雅的姿態輕輕翹起。梅林天馬行空地想著，他應該要買五個戒指套上它才對。

「天哪！」他忽然大聲驚呼了起來。那並不是狂想；再過不久，他真的就要將戒指套在她的手指上了。

他的目光急劇地轉向右邊。隔壁桌的四人聚會變得愈發嘈雜而喧鬧，以至於餐廳的領班不得不走到他們身邊，並對他們提出勸告。卡洛琳提高了聲音，與這名領班不停地爭論著；她的聲音是如此清晰而充滿活力，以至於整個餐廳中的人似乎都能夠聽得一清二楚——當然，這裡所說的「整個餐廳的人」，並不包含正沉浸於自己新編織的秘密美夢之中的歐莉·麥斯特在內……

「你好嗎？」卡洛琳毫不客氣地說著。「我看，你大概是那些一臉囚徒樣的領班裡面看起來最稱頭的傢伙了吧！太吵了？這還真是令人遺憾哪！我想，我們必須想點辦法來解決這件事情。傑拉德！」她對坐在右邊的男人說，「領班說這裡太吵了，要求我們停止吵鬧。我該怎麼回答他？」

「噓！」傑拉德帶著笑意，告誡著卡洛琳。「噓！」然後，梅林聽到他小聲地補充道：「妳這樣會把所有的布爾喬亞都吵醒的。妳要知道，這裡可是商店樓管們學習法語的地方呢！」

卡洛琳突然猛地坐直了身子。

「樓管在哪裡？」她大喊，「讓我看看正在學法語的樓管吧！」這句話似乎逗樂了這群人；包括卡洛琳在內，他們所有的人再次同時爆出了放縱的笑聲。在最後一次盡責卻令人絕望的規勸之後，領班擺出了一副**法國人**的姿態，無可奈何地聳聳肩膀，然後退了下去。

眾所周知，帕佩特餐廳對於用餐的體面和禮儀有著不變的嚴格要求。在一般人的認知中，這裡並不是個適合放縱取樂的地方。人們總是會來到這裡，點杯紅酒，接著，他們或許會在低矮而煙氣騰騰的天花板下，用比平常略微饒舌，嗓門略大的說話方式天南地北地談論些事情，然後再回到家裡。這間餐廳每天晚上九點半關門，準確的程度有如鼓皮般合縫嚴密、分毫不差；到那時，收完規費的警察會帶著一瓶當做額外報酬的酒回家給太太，而衣帽間的小姐則會將她小費交給收帳員，然後，黑暗會吞沒一張張的小圓桌，將所有的光線和生機一併掩沒。然而，今晚的帕佩特餐廳卻陷入了一場騷動——更精確的說，是一場非比尋常的騷動——之中。一名有著紅褐色頭髮，髮梢還帶著紫色陰影的女孩爬到了她的餐桌上，然後站在上面，開始姿態翩翩地舞了起來。

「Sacre nom de Dieu（天殺的）！從那上面下來！」領班用英法語夾雜的腔調大吼大叫著，「把音樂給我停下來！」

不過，樂師們已經放大了演奏的音量，所以他們全都假裝成沒有聽見命令的樣子。像是找回了曾經有過的年輕一般，他們的演奏比以往更加響亮、更加快活。在悠揚的樂聲伴奏中，卡洛琳優雅而活潑地舞著；輕薄的粉紅色裙擺隨著她的舞姿旋轉飄揚，靈活的手臂劃過煙霧瀰漫的空中，展現著柔軟而細膩的手姿。

鄰桌的一群法國人爆出了熱烈的喝采聲，在他們的帶領下，其他三五成群的客人也跟著加入了喝采的行列——轉瞬間，餐廳裡充滿了鼓掌聲和喊叫聲；將近半數的用餐者站起了身子湧上前去，而在場外，被侍者匆匆忙忙地找來的餐廳老闆，正以模糊而微弱的聲音，拚命表現著想讓這件事情儘快落幕的渴望。

「……噢，梅林！」終於清醒過來的歐莉大喊道：「那個女孩是多麼的邪惡啊！我們趕快離開吧——現在就走！」

看得目眩神迷的梅林無力地抗辯著，「帳還沒有付清呢……」

「沒關係！就放個五塊在桌上吧！我鄙視那個女孩。我無法忍受她出現在我的視線之中。」說罷，她站了起來，緊拉著梅林的手臂。

先是茫然無助、無精打采，然後百般不願意地起身，梅林在歐莉謹慎地穿過狂亂的喧鬧聲時，默默地跟隨著她。這時，餐廳的喧鬧正逐漸進入高潮；看樣子，情況極有可能演變成一場狂野而令人難忘的大騷亂。他順從地拿起外套，步履蹣跚地踏過餐廳門口的小台階，然後走進了外面潮溼的四月空氣之中。他的耳中仍然迴響著那踩踏著桌面的輕快腳步聲，以及迴盪在整個咖啡館的小小世界裡，幾乎要滿溢而出的笑聲。他們在沉默之中走向第五大道，搭上了一班公車……

然後，還沒等到隔天，歐莉就迫不及待地跟梅林討論起婚禮的事——說得更精確一點，是向他表達她有多麼強烈地認為他們的婚期應該往前移：她認為，他們應該在五月一號就結婚，那樣會好得多。

3

於是，他們就這樣結婚了；以一種看起來有點陳腐的形式，在歐莉與母親同住的公寓房間的枝形吊燈下，兩人完成了終身大事。然後，在渡過了新婚期間的興高采烈之後，兩人的婚姻漸漸出現了疲態。無法避免的責任落到了梅林的肩膀上——他必須依靠自己每週三十美元的薪水，以及歐莉的二十美元薪資，來確保兩人不只能夠衣食無缺，還能穿上得體的服裝，好掩蓋掉過去邋遢生活所留下的種種痕跡。

在經歷幾週悲慘，而且幾乎可說是丟臉的上館子實驗後，他們最後還是決定加入熟食店排隊大軍的行列。因此，雖然在這之前，梅林已經揮別了那種每天傍晚到貝格多熟食店購買馬鈴薯沙拉和火腿片，有時甚至是狼吞虎嚥地用蕃茄填飽肚子的生活方式，但這個時候，他卻不得不又重新走回了過去的老路上。

在解決了晚餐食物的問題之後，他會拖著沉重的腳步踏上歸途，走進陰暗的門廊，然後爬過三段上面鋪著圖案因陳舊而老早變得模糊不清的地毯，搖搖欲墜的階梯。整個大廳散發出一股古老的氣味──那是一八八〇年代的蔬菜、「亞當與夏娃的捍衛者」布賴恩（註）和威廉・麥金萊角逐總統時流行的家具亮光劑、積滿了灰塵，多出了一盎司重量的門簾、穿破的舊鞋，以及早已變成拼布棉被一部份的洋裝綻出的線頭所共同交織而成的氣味。那股氣味總會如影隨形地跟著他上樓；在每個樓梯平台間，它會因為現代烹飪的味道而復蘇，而且變得更為濃烈，然後在梅林開始走上下一段階梯時，又漸漸消褪，再次融入那些逝去的往日陳跡所殘留的氣味之中。

最後，當房門終於浮現在他眼前時，它會宛若心不甘情不願般地向旁邊滑開，然後像是對他所說的那句「哈囉，親愛的！今晚我為妳準備了好東西。」極端不屑似地，重重地再次關上。

這時，總是習慣搭車回家，在公車上「呼吸一點新鮮空氣」的歐莉會整理好床鋪，並且把東西都掛好。當梅林呼喚時，她會來到他的身邊，睜大眼睛給他匆匆的一吻，然後像梯子一樣，被他筆直地從地上抱起；他的手環抱著她的雙臂，彷彿她是件失去平衡的物品，只要他一鬆手，就會僵硬地向後墜落到地板上似的。這是繼新郎的吻之後，梅林在邁入婚姻第二年時用以表達愛意的親吻方式。（不過，對於那些熟知這些把戲，並且慣於模

註：威廉・布賴恩，美國民粹派政治家，曾於一八九六年角逐總統，堅決擁護《聖經》的創世紀理論，反對達爾文進化論。

仿電影中熱情橋段的人而言，這種方式毋寧是做作至極。）

接著就是晚餐。在那之後，他們會外出散步，走過兩個街區，然後橫越中央公園，有時候也會去看個電影，而電影的內容不外乎是孜孜不倦地教育他們：「你們就是那種需要依靠別人安排生活的人；如果你們溫順地服從自己正直的上司，並且戒除掉多餘的享樂，那麼，最快樂、華麗而美好的事物，就會很快降臨在你們身上。」

這就是他們結婚三年來的生活方式。然後，這樣的日子產生了變化：歐莉懷孕了。這件事情直接導致的結果是，梅林在物質生活方面獲得了新的挹注。就在歐莉分娩後的第三週，在緊張地排練了一小時後，梅林走進了莫賴吉爾先生的辦公室，要求他大幅加薪。

「我已經在這裡待十年了。」他對莫賴吉爾先生說，「從十九歲開始，我就一直在這家店裡工作。我總是為了公司的利益，盡其所能地付出最大的努力。」

對於梅林的要求，莫賴吉爾先生說，他會審慎考慮。隔天早上，令梅林欣喜萬分的是，莫賴吉爾先生宣布他將實施一項醞釀已久的計畫——他將從書店現行的工作崗位上退下來，往後只會定期來拜訪；同時，他也決定留下梅林擔任經理，並給他一週五十美元的薪水以及公司十分之一的股利。在這名老者宣布完後，梅林的臉頰發燙，眼眶中充滿了淚水。他緊抓住老闆的手，激動地跟他握手，一次又一次地反覆說著：

「您真是太仁慈了，先生！您是多麼地善良啊！您真是太、太，太仁慈了！」

因此，就在他忠實地為這家店工作了十年之後，他終於獲得了最後的勝利。回首過去，他發現，此刻自己正朝向眼前的小山，意氣昂揚地邁步前進；他不再像過去有時悲慘而總是灰暗的十年那樣，時時處在憂懼、缺乏熱忱與夢想破滅之中，也不再被那種只能看著巷道間的月光漸漸黯淡，以及青春活力不斷從歐莉臉上流逝的歲月所囚禁；相反地，他以勝利的姿態，光榮地跨越了所有的阻撓，並以無可阻擋的意志力，毅然決然地戰勝了一切。過去保護他遠離悲慘情緒的樂觀自欺，現在被他披上了一層「堅定果決」的鍍金外衣。有好幾次，他已經準備離開莫賴吉爾展翅飛翔，但純粹因為懦弱的緣故，他又留了下來。說也奇怪，他現在卻認為自己在那些時刻不只發揮了驚人的毅力，而且是「毅然決然地」在工作崗位上奮戰到底。

無論事實真相如何，這時候我們還是別眼紅梅林對他自己做出的那種嶄新而高尚的評價比較好。畢竟，他成功了。在三十歲這年，他登上了重要的職位。當天晚上，他極其容光煥發地離開了書店，將他口袋裡的每一毛錢用在貝格多熟食店所能提供的最豐盛大餐上，然後帶著這天大的好消息和四個巨大的紙袋，步履蹣跚地踏上了歸途。事實上，歐莉噁心到根本吃不下東西，因此他努力吞下了四個釀蕃茄，以及放在無冰的冰箱裡，迅速腐壞的大部份食物；結果，他很明顯地把自己搞得有點不太舒服，隔天一整天，他看起來都是病懨懨的樣子。不過，這點小事完全無損於在他眼前所展現的美好契機；自從結婚那週以來，這是梅林・格蘭傑第一次活在寧靜無雲的天空下。

歐莉生下的這名男嬰被命名為亞瑟。在格蘭傑夫妻的心目中，他的生命一天比一天變得更加地位崇高而意義重大，到最後甚至佔據了整個生活的重心；為此，梅林和歐莉不惜將自己擺到兩人所處的小小世界當中較為次要的位子上，不過，一種發自內心、油然而生的自豪，彌補了他們在自我個性喪失方面的缺憾。歐莉所期盼的鄉間小屋並沒有到來，但每年夏天在阿斯貝里公園（註）的民宿渡過的一個月，填補了這個空缺。在梅林為時兩週的假期中，這趟旅行忠實呈現了真正的歡樂旅行所應有的一切氣氛──特別是當寶寶在窗戶巧妙地向海洋敞開的寬廣房間中沉沉睡去的時候，梅林總會和歐莉一起沿著擁擠的木板步道漫步，並大口大口地抽著他的雪茄，好試著讓自己看起來像個年收入兩萬美元的有錢人。

伴隨著對於日子越過越緩慢，但年歲的流逝卻不斷加速疾行這件事情所感到的些許恐慌，梅林變成三十一歲、三十二歲──然後，以幾乎可說是衝刺的速度，抵達了在歲月不斷的沖刷和淘洗下，寶貴的青春年華已如鳳毛麟角般難以尋覓的年紀：他三十五歲了。而就在三十五歲的某一天，他在第五大道上看見了卡洛琳。

那天是禮拜天，一個陽光燦爛、花團錦簇的復活節早晨，街道上盡是由百合花、常禮服，以及上面點綴著四月的花朵，令人看了不禁心曠神怡的女用草帽所交織而成的遊行隊列。時間走到了十二點整，人們從各個大教堂中魚貫而出──聖西門、聖希爾達、使徒書

註：位於紐澤西的度假勝地。

大教堂，都像張大嘴巴般敞開了它們的大門；當從中傾瀉而出的人潮彼此相遇、漫步和閒聊，或是一邊等待著司機到來一邊揮舞著白色花束的時候，他們所發出的都是極其相似的快樂笑聲。

在使徒書大教堂的前方站著它的十二名教區代表；他們正在執行歷史悠久的習俗，將撲滿香粉的復活節彩蛋分送給那些來上教堂的，今年剛要踏入社交圈的少女們。在他們的身邊，兩千名裝扮奇特的孩童正欣喜地跳著舞。他們非常富有、儀態得體而可愛，還留著捲捲的頭髮，看起來就像他們母親手指上閃閃發亮的小小寶石一樣耀眼。多愁善感的人看到這個場景，會為那些貧窮的孩子發出感嘆嗎？也許吧；不過這些梳洗得很潔淨、味道香噴噴的富家小孩，為這個地方增添了不少光彩，而且，更重要的是，他們還有著很柔和，在室內聽起來很好聽的聲音。

小亞瑟今年五歲，是個標準的中產階級小孩。他的相貌平庸、毫不起眼，還有個總是弄得髒兮兮，讓人看了會不禁聯想起希臘人的懸膽鼻。（註）他緊緊握著母親溫暖、溼熱的手，而梅林在他的另一側，正不斷地朝著返家的人潮方向前進。

有兩間教堂座落其中的第五十三街，是人群最為擁擠，堵塞最為嚴重的地方。在那裡，他們前進的腳步理所當然地也跟著遲滯了起來，緩慢的行進速度甚至到了連小亞瑟都

註：懸膽鼻，一種鼻頭圓大飽滿的鼻型，又稱「希臘鼻」。

可以毫無困難地跟上的地步。然後，就在這時，梅林注意到一輛上面有著美觀的鎳製裝飾，深紅色的敞篷車；那輛車緩緩地滑行到路邊，接著停了下來。車裡面坐著的是卡洛琳。

她穿著一件上面裝飾著淡紫色的薰衣草，剪裁合身的黑色長禮服，在她的襯衣胸前妝點著的，則是盛開的蘭花。梅林先是感到驚訝，然後有些膽怯地凝望著她。這是他結婚八年來，第一次和這個女孩再度相遇。但她已經不再是女孩了。她的身段還是一如往昔般苗條——不，或許還是有些不同；毫無疑問地，過去那種帶著男孩子氣的昂首作態，以及青年時代的傲慢氣息，早已隨著梅林初次見到她時的青春臉龐一同消逝殆盡。不過，她真的十分美麗。此刻的她充滿了高貴的氣息，身子不經意向前傾時所流露出的曲線十分迷人；她坐在車內的姿態是如此完美無暇、合宜而冷靜，以致於梅林不禁忘了呼吸，只是目不轉睛地注視著她。

突然間，她微微地笑了起來——那是一如往昔的笑容，就像是這個非比尋常的復活節，以及在這個節日裡綻放的花朵那樣的燦爛，但卻比過去多了幾分成熟的感覺——然而不知為何，梅林卻覺得她的笑容，並不像九年前在書店中初次回眸一笑時那般光彩奪目，彷彿蘊含了無限的希望與承諾在其中。那是一個較為冷硬，猶如夢想幻滅後帶著幾分傷感般的笑容。

但即使只是這樣的微笑，也已柔美得足以讓兩個身著常禮服外套的年輕人匆匆忙忙地放下手邊的事情，從汗溼而閃閃發光的頭髮上摘下禮帽；他們在慌亂中鞠著躬，來到她的敞篷車旁，而她則是用戴著淡紫色手套的手，溫柔地觸碰著他們的灰色手套。

就在這時，先是一個，接著又來兩個，越來越多人加入了那兩個年輕人的行列，很快地，迅速向外膨脹的人群就將敞篷車團團圍了起來。梅林可以清楚聽見，在他身旁的一位年輕人對他相貌還算不錯的女伴說：

「請妳容我暫時離開一會兒——我遇見了某個非跟她聊聊不可的人。請繼續往前走吧，我等下會跟上來的。」

短短三分鐘內，敞篷車前後左右的每一吋都被男士們的身影所佔滿了；每一位男士都試著講出最機敏的話語，希望能夠透過流利的言談打動卡洛琳的芳心。對梅林而言十分幸運的是，正好在這個時候，小亞瑟衣物的一部份出現了鬆脫的危機，因此歐莉匆匆忙忙地帶著他躲到了某棟大樓的後面進行一些緊急的修補工作，這使得他能夠毫無阻礙地觀賞眼前這場在街頭上演的沙龍聚會。

人群愈發地膨脹了。在第一批人的背後，蜂湧而至的人們排成了一整列，而在他們的背後，還有整整兩列的人在排隊。這時，就在人群的正中央，一朵蘭花從無數禮服所形成的黑色花束間冉冉升起；卡洛琳坐在幾乎要被人潮淹沒的車子裡，如同女王般接受著眾人的擁戴。她一邊點頭，一邊大聲喊叫致意；她幸福的笑容是那樣的真摯，以至於突然間，又有另一群新的紳士離開了他們的妻子和女伴，大步向她走去。

人群現在形成了密集的方陣，在僅因好奇而加入的民眾推波助瀾下開始不斷地擴張；不可能認識卡洛琳的各個年齡層的男性相互推擠，融入直徑不斷伸展的圓圈裡，直到這位服裝上裝飾著淡紫色薰衣草的女士變成了一場巨大即興舞台秀的中心為止。

現在，她的四周滿滿的都是人臉——鬍子刮乾淨的、蓄鬍的、老的、年輕的、看不出老態的男性，以及散布在四面八方，失去男伴的落單女性。人潮迅速地蔓延到對面的路邊，然後，在街角的聖安東尼教堂將它的信眾從廳堂裡放出來的時候，有如洪水般淹沒了整個人行道，擠爛了對街某個富翁家的鐵柵欄。

在大道上奔馳的汽車被迫停了下來；僅僅一瞬間，深陷在人群邊緣的車輛就從三輛、五輛，累積到了六輛。公車——頭重腳輕的交通烏龜——鑽進了堵塞的交通當中，裡頭的乘客欣喜若狂地擠到了車頂的邊緣，凝神俯視著現在從外圍已經十分難以看清的人群中心。

擁擠的人潮此刻變得愈發恐怖了起來。不管是耶魯——普林斯頓足球賽的時髦觀眾，或是大聯盟冠軍戰全身溼漉漉的群氓，都無法和這群衣著華麗的群眾相比擬。他們談論、凝視、發笑，對著這位身穿淡紫色與黑色禮服的女士猛按喇叭。這相當驚人，也十分嚇人。在這個街區再過去四分之一哩的地方，有個半發狂的警察在呼叫他的轄區；同一個角落，一位受驚的市民敲碎了火災警報器的玻璃，

為城裡所有的消防車播送著狂野的頌歌；而在一棟大廈高處的一間公寓套房裡，一位歇斯底里的老處女正輪番撥打著禁令執行機構、布爾什維克黨特派代表，以及貝爾佛醫院

產房的電話……

喧鬧的聲音還在持續增強當中。第一輛消防車的抵達，讓星期天的空氣充滿了煙霧和叮噹作響的聲音；當它經過城市街道裡那些高聳而遠近馳名的建築物牆下時，還不停地發出響亮而刺耳的金屬信號聲。意識到這個城市可能遭到了某種可怕的災難襲擊，兩名情緒激動的教堂執事立刻下達了緊急戒備的命令，並指派人員敲響了聖希爾達和聖安東尼教堂的大鐘。隨後，聖西門和使徒書教堂也像是不甘示弱般地響起了警戒的銅鑼聲。甚至遠到哈德遜河和東河，都聽得見這場騷動所產生的聲響；渡船、拖船和遠洋輪船鳴起警報器和汽笛，在憂鬱的韻律中航行，時而變化，時而重覆，沿著曼哈頓的河濱大道穿越整個城市的對角線，來到了下東城陰暗的濱水地區……

這時，那位身著黑色與淡紫色禮服的女士正端坐在她的敞篷車中央；她先是與一名男子愉快地閒聊，然後又和另一個人聊了起來——後者是那些想盡辦法第一時間衝上來攀談，身穿常禮服的男士當中極少數的幸運兒之一。過了一會兒，她以越來越煩惱的眼神環顧四周。

她打了聲呵欠，然後詢問那位最靠近她的男士是否能跑到某處為她倒杯水來。聽了她的要求之後，那位男士有點為難地向她表示歉意；他說，他現在寸步難移，甚至連幫自己的耳朵搔癢也辦不到……

當河上船隻的汽笛聲劃破天際，發出第一聲悲鳴時，歐莉扣上了小亞瑟背心上的最後一個安全別針，然後抬起頭四處張望。梅林看見她站起身，整個人宛若凝固的水泥般漸漸變得僵硬，然後帶著驚訝和非難的神情，低低地倒抽了一口氣：

「那個女人！」她突然大聲地喊叫了起來，「噢！」

她瞥了梅林一眼，目光中交錯的盡是譴責與痛苦的神色；接著，她不發一語地將小亞瑟用單手一把抓起，另一隻手則緊緊地抓住她的丈夫，然後令人驚訝地，以迂迴、碰撞的小跑步方式，一路從人群之中狂奔而過。不知為何，在她面前的人們紛紛讓開了路；不知為何，她想盡辦法緊抓著她的兒子和丈夫，絲毫不敢鬆手；不知為何，她拚命衝過了兩個街區，面容憔悴、頭髮散亂地闖進了一個開放式空間，然後又馬不停蹄地衝進了旁邊的一條小巷。最後，當遠方的喧囂與騷亂漸漸化為模糊的吵鬧聲時，她終於回復到走路的姿態，並將小亞瑟也放下來一起行走。

「連禮拜天也是如此！她還不夠丟臉嗎？」這是她唯一的評語。在這一天剩餘的時間裡，當她似乎在對亞瑟發表她的意見時，她說了這樣的一句話。另外，出於某些不尋常而難以理解的理由，她在整個逃離現場的過程中，沒有正眼注視過她的丈夫任何一次。

4

在消極被動的心智面前，三十五到六十五歲之間的這段歲月，就像一座讓人難以理解、感到困惑的旋轉木馬般不停轉動著。更正確的說，它們就像是一座上面的馬兒不良於行且氣喘吁吁的旋轉木馬，一開始呈現的是柔和的粉蠟筆色彩，然後逐漸變成單調的灰色和棕色；不過，那種令人困惑而感到難以忍受的暈眩，絕對不是童年或青少年時期的旋轉木馬所擁有的——至於青春期那種沿著軌道不斷前進，活力十足的雲霄飛車，那就更不用說了。

對大多數男人和女人而言，這三十年中所不斷從事的，就是逐漸淡出生命。那是一種撤退的過程，首先是從擁有許多掩蔽物——也就是我們在青春時期所擁有的種種娛樂與好奇心——的前線，退到較少娛樂，也較為乏味的另一條戰線上；這時，我們曾經有過的眾多抱負只剩下一個，我們曾經有過的娛樂只剩下一種，而我們的友人，只剩下讓我們感覺麻木的幾位；到最後，我們終於退進一座無比寂寥而荒涼，但卻並不堅固的要塞中，在那裡，砲彈時而可憎地呼嘯而過，時而發出朦朧的響聲，讓人既驚嚇又感到疲倦，而我們就這樣坐著，等待著死亡的到來。

當邁入四十歲的時候，梅林覺得自己和三十五歲的時候並沒有什麼不同；勉強要說的話，頂多就是肚子變得大了一點，耳鬢偶爾會閃現一抹灰色的光芒，還有走路時活力稍顯不足罷了。當他從四十歲走向四十五歲時，其間所產生的變化大致上也是類似的程度——除了偶爾會有人提醒他，他的左耳有點輕微的耳背之外，基本上沒有什麼太大的差異。但當他到了五十五歲時，這個過程產生了急劇的化學變化。對他的家人來說，他一年比一年更像名「老翁」——而對他的妻子來說，他幾乎可以稱得上是「老態龍鍾」。在那時，他已經完全擁有了整間書店。神祕的莫賴吉爾先生在五年前逝世了，由於他的妻子已經不在人世，因此他立契將股權和書店整個轉讓給梅林，而梅林依然在那家店裡，渡過他的每一天。如今，他的名字幾乎已經和三千年來所有曾經在人類歷史中留下記錄，有關壓印、裝訂、對開本以及初版書籍的權威一樣為人所熟知，同時在一份包含一千位名作家的詳細清單之中，也找得到他的名字——儘管他從不認識這些作家，毫無疑問地，也從來沒有認真拜讀過他們的作品……

到了六十五歲，他的步伐明顯變得蹣跚了起來。他總是展現出一副上了年紀的人慣有的憂鬱模樣，就像是維多利亞時代的標準喜劇中經常描繪的「多餘的老人」一般。他往往會消耗足以裝滿幾大倉庫的時間，只為了找尋他遺失的眼鏡。他嘮叨著他的妻子，然後也反過來被嘮叨。每年在家庭聚會的餐桌上，他總會把同樣一個笑話講上三、四次，然後給予他兒子一些古怪而難以達成的方針，做為他人生的準則。不論在心靈上或物質上，他都和二十五歲的梅林・格蘭傑迥然不同，這讓人不禁覺得，他背負著這同樣的一個名字似乎是一種矛盾。

他依然在書店裡工作，不過是在一位年輕人的協助之下工作；當然，他總是認為那個年輕人十分懶惰，而事實上也是如此。除了那位年輕人之外，店裡另外還有一位新來的年輕女性葛芙妮小姐。至於跟他一樣，年邁且不受人敬重的麥奎肯小姐，則仍然掌管著書店的帳目。年輕的亞瑟到華爾街去從事債券買賣了，就像當時似乎所有年輕人都在做的事情一樣。當然，事情原本就理應如此；就讓老梅林從他的書堆裡找出他所能發掘的魔法吧——然後，讓年輕的亞瑟王到銀行會計室裡工作……

某一天的下午四點，在新習慣的引領下，梅林穿著他的軟底拖鞋，悄無聲息地溜進了店鋪裡面。老實說，雖然已經成為了習慣的一部份，但監視年輕男店員這件事情，還是會讓他感到十分難為情。就在這時，當他正不經意地從櫥窗裡向外張望，並吃力地讓自己已退化的視線延伸到外面的街道上的時候，一輛奇特、令人印象深刻的大轎車靠到了路邊；接著，司機下了車，在與車內的人經過一番交談之後，他轉過身，帶著困惑的神情朝向莫賴吉爾書店的入口走來。他打開了門，慢吞吞地走進去，猶豫不決地瞥了戴便帽的老人一眼，然後用一種混濁、含糊，彷彿一字一句都像是穿越雲霧而來似的聲音對梅林說：

「你有……你有賣加法（additions）嗎？」

梅林點點頭。

「算術書在書店的後面。」

司機脫下帽子，搔了搔他那頭剪短的捲髮。

「噢，不。我要的是『蒸探』故事。」他伸出大拇指，往後指了指那輛大轎車。「她

在報紙上看到的。第一『板』。」（註）

梅林的興趣完全被挑了起來。他心想，這可能會是一筆大生意。

「噢，版本（editions）。沒錯，我們有宣傳一些初版的書，不過偵探故事嘛，我想倒是沒有……書名是什麼？」

「我忘了。跟罪惡有關。」

「跟罪惡有關。我有……呃，我有《博吉亞的罪惡》——全摩洛哥皮，倫敦一七六九年出版，非常精美……」

「不，」司機打斷了他的話。「是一個小夥子犯了這項罪行。她從報紙上看到你這邊正在進行這本書的特賣。」他擺出行家般的態度，否決了幾個可能的書名。

「銀骨。」接著，在稍微停頓之後，他忽然大聲地宣佈著。

「什麼？」梅林詢問著，同時懷疑起自己緊繃的肌肉是否也正跟著提出同樣的疑問。

「『銀骨』（Sliver Bones）。犯罪的就是這個傢伙。」

「銀骨？」

「銀骨。印第安人，或許吧。」

註：原文為”Firs’ addition”。司機的發音不標準，他本來想講的是”first edition”，結果講起來變成了”addition”（加法）。

聽了司機的話，梅林不禁摸了摸自己變得有些灰白的臉頰。「天哪，先生，」這名準買家繼續說，「如果你想讓我免於一頓可怕的責罵的話，就試著幫我想想吧！如果一切進行得不順利的話，那位老太太可是會抓狂的。」

然而梅林對於「銀骨」這個主題的思索，就跟他在書架上的殷勤搜索一樣徒勞無功。五分鐘後，這位沮喪萬分的戰車御者，迂迴地走回了他的女主人身邊。透過玻璃，梅林可以看見一場可怕喧囂即將爆發的明顯徵兆，正在轎車內蔓延開來。

司機做出激動、懇求的手勢表達他的無辜，但顯然毫無作用，因為當他轉過身，鑽回駕駛座的時候，臉上的表情可說是沮喪到了極點。

然後，轎車的門打開了，從裡面走出一位年約二十、蒼白羸弱的年輕人，他穿著不太入時的服裝，手裡還拿著一根小手杖。他走進店裡，越過梅林，然後開始掏出香煙，並點上了火。梅林走到他身邊問道：

「有什麼我可以為您效勞的地方嗎，先生？」

「老傢伙，」這個年輕人冷冷地說道，「你是有幾件事情可以『幫』我沒錯；首先，你必須讓我在這裡抽我的煙，不讓車裡的那位老太太看見，她正好是我的祖母。在她的認知裡，我是否在成年前抽煙，可是一件攸關我能否拿到五千美元的重要事情。第二件事情是，你應該找出你上個禮拜天在《時代》雜誌上廣告的《西維斯特・伯納德（Sylvester

Bonnard)的罪行》第一版。我在那邊的祖母正好想把那本書從你手上拿走。」(註)

「蒸」探故事!某人的罪行!「銀骨」!一切都水落石出了。梅林的臉上露出了帶著些許自嘲的輕笑,彷彿在訴說著,若是人生要他習慣於享受一切,那他也只能對此樂在其中。他搖搖晃晃地走到了書店後方保存珍貴寶物的地方,拿起了他最近的投資——那是一本他在一場大型展覽的特賣會中以非常低廉的價格獲得的書籍。

當他帶著那本書回來時,這名年輕人正吸著他的煙,並用非常陶醉的神情,不斷地朝空中吞吐著濃濃的煙霧。

「我的天!」他說,「她整天把我栓在她身邊,辦一些白痴的差事;你知道嗎,這正好是我在這六小時內抽到的第一口煙呢!我問你,這個世界到底是怎麼了,竟然會容許一名身處在過去的乏味時代當中的虛弱老太太,支配一個男人到了連他個人的惡習也要被控管的程度?而我,正好就是不願意被支配到這種地步的人。讓我們看看這本書吧。」

梅林溫柔地將書遞給這名年輕人。他在粗枝大葉地翻開書,讓這位書商的心剎那間跳了一下之後,便開始用他的拇指翻閱。

「呃,沒有插圖是嗎?」年輕人做出了評論。「好吧,老傢伙,這值多少錢?儘管

註:《西維斯特.伯納德的罪行》是法國作家安納托爾.法蘭斯(Anatole France)於一八八一年寫成的一本偵探小說。

說！我們願意給你一個好價錢，雖然我並不知道為什麼。」

「一百塊。」梅林皺著眉頭說。

年輕人震驚地吹了聲口哨。

「哎唷！拜託，你可不是在和某個從中西部來的鄉下土包子做生意呢！我正好是個在城市長大的男人，而我的祖母正好是個在城市長大的女人；雖然我必須承認，為了讓她的身體常保健康，我們有時得花上一些錢在某些『特殊的支出』上就是了。我們會給你二十五塊錢，而且，我告訴你，這個價錢算是非常慷慨了。在我擺放舊玩具的閣樓裡已經塞滿了一堆書，那些書可全都是寫這本書的老頭子出生之前所寫的呢！」

梅林不自覺地全身僵硬了起來，臉上流露出剛硬而一絲不苟的厭惡神情。

「你祖母給你二十五塊美金來買這本書？」

「沒有。她給了我五十塊，不過她希望能夠找零。我太了解那個老女人了。」

「你告訴她，」梅林威嚴地說道，「她失去了一個非常棒的交易。」

「好吧，給你四十塊如何？」年輕人極力爭辯著。「現在拜託……公道一點，而且不要試圖對我們哄抬價錢……」

梅林不再理會他，將這本珍貴的書籍挾在腋下，掉頭就走。正當他要把它放回他辦公室裡的特別抽屜時，他的行動忽然被打斷了。書店的大門被人以前所未見的氣勢轉開了——不，與其說是轉開，倒不如說是爆開來更貼切些——，一個穿著黑色絲綢和皮草的威嚴身影走進了陰暗的書店內部，並直逼向他而來。香煙從城市青年的手指間抖落到了地上，梅林聽見他在無意間低聲罵了句「天殺的！」不過，對梅林來說，這個身影的登場，似乎對他產生了最顯著，也最不適宜的影響——這影響是如此的強烈，以致於梅林竟然不自覺地鬆開了手，讓店裡最珍貴的寶物從他手中滑落，加入了地板上香煙的行列。在他面前站著的是卡洛琳。

現在的她是一名老婦，一名顯然風韻猶存、異常美麗且堅毅的老婦，但仍然是老婦一名。她的頭髮是柔美的白色，經過精心梳理的髮絲上點綴著寶石；她的臉龐微微暈染著像是「偉大女士」（註）般的紅色，眼角出現了網狀的皺紋，兩條深深的線條有如支柱般，連接著她的鼻子與嘴角。她的目光朦朧、歪斜，而且暴躁易怒。

但毫無疑問地，她就是卡洛琳。儘管變得衰老，這還是卡洛琳的輪廓；即使在動作時顯得脆弱且僵硬，這還是卡洛琳的身形；這就是卡洛琳的態度，明顯結合了可愛的傲慢和令人羨慕的自信；尤其是卡洛琳的聲音，縱使它是如此斷斷續續且顫抖不已，然而當它響起的時候，仍然能讓司機巴不得改行去開洗衣車，並使香煙從都市孫子的驚駭的手指中落下。

她站在書店裡，用力地吸了一口氣。然後，她的眼睛發現了地板上的香煙。

註：一種紅酒。

「那是什麼？」她喊道。這並不是一句質問，而是從懷疑、控訴、確認到下定決心的一段完整禱文。就在她說完之後幾乎不到一秒鐘，「給我站起來！」她對她的孫子說道。「站起來，然後將那尼古丁從你肺裡吹出來！」

年輕人驚恐地看著她。

「吹！」她斬釘截鐵地發出了命令。

他無力地嘟起嘴唇，然後開始對著空中吹氣。

「吹！」她又重覆了一次自己的話，這次的語氣比先前更加強橫。

他再度無助、可笑地吹起了氣。

「你懂嗎？」她生氣勃勃地繼續說道，「你在這五分鐘內已經喪失了五千塊。」

有那麼一瞬間，梅林預期這個年輕人會跪下懇求，但人性的高貴本質，讓他仍然保持著站立不動的姿態──雖然，他再次對著空中吹起了氣。他之所以做出這樣的舉動，一部份是因為焦慮，但另一部份則毫無疑問地，是出自某種想再度討好對方的模糊希望。

「兔崽子！」卡洛琳大吼著。「再一次，只要再一次，你就離開大學，然後去工作！」

這樣的威脅對這個年輕人有著壓倒性的影響力；他的臉色甚至變得比原本的膚色還要慘白。但卡洛琳還意猶未盡。

「你以為我不知道你和你的兄弟們，沒錯，還有你那像頭驢一樣的父親，是怎麼看待我的嗎？嗯，我確實知道。你們以為我老得不中用了。你們以為我很軟弱。我才不是！」她揮舞著自己的拳頭，彷彿在證明她充滿了肌肉和精力。「就算是前一陣子出大太陽的那一天，你們在客廳裡把我灌到酩酊大醉的時候，我剩下的腦子還是比你和其他人生來的腦子加起來還多！」

「可是祖母……」

「給我安靜！你只不過是個骨瘦如柴的男孩，要不是我的錢，你也許早就成為布隆克斯區街頭的理髮學徒了——讓我看看你的手。喲！理髮師的手——你以為可以跟我耍小聰明是嗎？告訴你，我曾經跟三名伯爵和一名真正的公爵交往過，更別提曾經有半打的教皇候選人從羅馬城一路追求我到紐約市了！」她停下來喘了口大氣。「站起來！吹！」

年輕人順從地再次吹起了氣。同時，門打開了，一名身穿西裝外套、頭上戴著裝飾有毛皮的禮帽，就連上唇和下巴似乎也裝飾著同樣毛皮的中年紳士一臉興奮地衝進了店裡，來到卡洛琳的面前。

「我可終於找到妳了！」他大聲喊道。「我為了找妳，幾乎翻遍了整座城市。我試著打去妳家，妳的秘書告訴我，他認為妳去了一家書店，叫莫賴……」

卡洛琳暴躁地轉過頭面向他。

「我是為了聽你敘舊而雇用你的嗎？」她怒氣沖沖地說。「你是我的監護人還是我的經紀人？」

「妳的經紀人。」像是有點猝不及防似地，這名臉上毛絨絨的男子用懺悔的語氣說著。「真的很抱歉。我來是為了那張留聲機的股票，我能夠以一百零五塊將它賣掉。」

「那就賣吧。」

「好的。我想我最好……」

「去賣吧，我正在和我的孫子說話。」

「好的。我……」

「再見。」

「再見，夫人。」臉上毛絨絨的男子微微鞠了個躬，然後略帶困惑地從店裡倉促離去。

「至於你……」卡洛琳轉過身，對著她的孫子說，「你給我待在這裡，保持安靜。」

她轉向梅林，然後用一種不算不友善的目光，從頭到腳仔細打量著梅林。然後，她微微地笑了；而梅林發現，自己也笑了。一瞬間，兩人同時發出了有點沙啞，但卻沒有絲毫做作成份的輕笑聲。她抓著他的手臂，匆忙地將他帶到店的另一頭。他們在那裡停下了腳步，面對著彼此，然後再次發出了一陣長長的、老態龍鍾的歡笑聲。

「這是唯一的辦法。」她喘著氣，帶著一種得意洋洋的惡意說道，「唯一能夠讓像我這樣的老傢伙感到快樂的事，就是感覺自己能讓其他人都簇擁過來。年老而富裕，又有貧窮的後代，幾乎就跟年輕漂亮，又有醜陋的姐妹一樣有趣。」

「噢，沒錯。」梅林輕輕笑著。「我懂。我真羨慕妳。」

她點了點頭，眼中閃爍著光芒。

「上一次我到這裡，是四十年前的事的。」她說。「你那時是個非常焦慮，不懂得尋歡作樂的年輕人。」

「我是這樣沒錯。」他坦白承認。

「我的造訪對你而言必定意義重大。」

「妳一直是如此，」他大聲地呼喊著，「我以為……一開始，我一直以為妳是個真正的人——我的意思是人類。」

她笑了。

「許多男人以為我不是人。」

「不過現在……」梅林興奮地繼續說，「我理解了。理解是我們老年人才能做的事——在一切都變得無關緊要之後。我現在明白，當某個夜晚，妳在桌上翩翩起舞的時候，妳只不過是我對一名漂亮且任性的女性的浪漫憧憬。」

她蒼老的眼神變得遙遠起來，而她的聲音，有如被遺忘的夢境傳來的回音。

「我那晚跳得多麼瘋狂啊！我還記得。」

「妳試圖對我展開攻勢。歐莉的手臂緊緊纏繞著我，而妳警告我要保持自由之身，維持我年輕而且沒有責任的身分。不過現在，這些似乎都像是臨終前的迴光返照。一切都太遲了。」

「你變得太老了，」她不可思議地說，「我不懂。」

「我也沒忘記在我三十五歲時，妳對我做了什麼。妳用那場交通阻塞震撼了我。那真是偉大的成就。妳所散發出的，是何等的美麗與力量！甚至對我妻子來說，妳也變成了真正的人，而且她很怕妳。有好幾個禮拜，我都想摸黑溜出屋外，用音樂、雞尾酒和某個令我感到年輕的女孩來忘卻令人窒息的生活。但然後……我就再也不知道該怎麼做了。」

「而現在，你已經變得這麼老態龍鍾了。」

帶著一種敬畏，她向後退，離開了他的身邊。

「沒錯，離開我吧！」梅林大吼著。「妳也老了；妳的靈魂早已和肌膚一起枯萎凋謝了。希望妳來這裡只是為了告訴我某件我最好早該忘記的事：又老又窮或許比年老而富有可憐；還是妳要提醒我，我的兒子正在將我陰鬱而悲慘的失敗用力砸在我的臉上？」

「把我的書給我。」她嚴厲地命令著。「快一點，老傢伙！」

梅林再看了她一眼，然後充滿耐心地照著她的命令去做。他撿起書，將它遞給她，而當她給他一張鈔票時，他搖搖頭。

「為何要上演這齣付我錢的鬧劇？妳原本已經讓我毀了這些非比尋常的假設的。」

「我就是要這樣做。」她憤怒地說。「而且我很高興。或許這也足以毀了我。」

她匆匆看了他一眼，在她的目光中，一半是蔑視，另一半則是拙劣地隱藏起自己的不安；然後對她那身為都市男孩的孫子輕快地丟下了一句話，便走向大門。

於是，她離開了；離開了他的店裡，離開了他的人生。門「咔嗒」一聲關上了。他發出一聲嘆息，然後走走停停地，轉身回到玻璃隔間當中。隔間裡頭圈住的，是多年來泛黃的帳本，以及成熟、有皺紋的麥奎肯小姐。

梅林以一種奇怪的憐憫，注視著她焦黃、有如蜘蛛網般皺紋縱橫的臉龐。無論如何，她的人生並不如他來得精彩。在她的生命之中，沒有反叛而浪漫的靈魂不請自來地冒出來，在某些難忘的時刻，為她的人生增添幾許風味與光彩。

這時，麥奎肯小姐抬起頭來對他說話。

「她仍然是個暴躁的老東西，不是嗎？」

梅林大吃一驚。

「妳說誰？」

「老艾莉西亞・戴爾。當然，這三十年來，她已經成了湯瑪斯・阿雷迪斯太太了。」

「什麼？我不懂妳的意思。」梅林突然一屁股坐到了他的旋轉椅上，他的雙眼圓睜著。

「哎呀，說真的，格蘭傑先生，你不會告訴我你已經忘了她吧？十年前她可是紐約最惡名昭彰的人物呢！哎呀，有一次當她還是史拉摩頓離婚案的通訊記者時，她在第五大道上引起了極大的注意，還造成了交通阻塞。你沒有在報紙上讀到嗎？」

「我從來不看報。」他古老的腦袋在嗡嗡作響。

「哎呀，那你總不會忘了那次她來這裡，結果毀了我們的生意吧？讓我告訴你，那時候我正好來這裡向莫賴吉爾先生要我的薪水，然後將它通通花光了。」

「妳的意思是……妳、有、看、到、她？」

「看到她！面對那種持續上演的喧鬧，我怎麼可能有辦法不注意到她？天知道莫賴吉爾先生並不喜歡這樣，可是當然他什麼也沒說。他為她瘋狂，而且她總是能夠將他玩弄於股掌之間。再者，若是他想要阻止她的某個怪念頭，她就會威脅著要告訴他太太關於他們之間的事。他是自作自受。那個男人愛上了一位漂亮的女騙子，就是這麼回事！當然，儘管那些日子以來，這家書店賺了不少錢，但對她來說，他從來都不夠富有。」

「可是當我看到她……」梅林結結巴巴地說，「我是說，當我以為我看見她的時候，她和她母親住在一起。」

「母親？真是垃圾！」麥奎肯小姐憤慨地說。「是有一位她稱作『阿姨』的女人，不過跟她之間的關係不會比她跟我這種陌生人親密到哪去就是了！噢，她是個壞女人——不過也很聰明；就在史拉摩頓離婚案之後，她嫁給了湯瑪斯．阿雷迪斯，好讓自己能夠生活無虞。」

「她究竟是誰？」梅林吶喊著。「看在老天爺份上，她是……一名女巫？」

「哎呀，她是艾莉西亞．戴爾，一個跳舞的女人，就這樣。在那些日子裡，你每拾起一份報紙，總是會發現她的照片。」

梅林非常安靜地坐著，他的腦袋突然間感到疲乏而寂靜。他現在確實是個老人，老到無法幻想自己曾經年輕過，老到覺得世界已經失去了魅力。在他眼前掠過的影象，不是孩子的臉龐，也不是生命中溫情的持續慰藉，而是視線與感覺不斷流逝、迅速縮小的範圍。即使春天的夜晚將孩子們的喊叫聲吹送到他的窗前，並逐漸化為他年少時代朋友的形影，不斷地催促他在夜幕徹底低垂之前出來遊玩，他也無法再度露出微笑，或是做個漫長的白日夢。現在，他甚至已經老到無法回憶了。

那天晚上，他和他的妻兒一起共進晚餐；他們一如往常，根本不把他放在眼裡。歐莉說：

「別像個死人頭一樣坐在那裡；你倒是說點話啊！」

「就讓他安靜地坐著吧，媽！」亞瑟咆哮著。「如果你鼓勵他，他又會開始跟我們說那些以前我們已經聽過一百遍的故事了！」

梅林在九點鐘安靜地步上了樓。當他進入他的房間，並緊閉房門時，他在門前佇立一會兒，他細瘦的四肢在顫抖。他現在，知道他一直是個傻子。

「噢，紅髮女巫！」

但為時已晚。他因為抗拒了太多誘惑而使上天惱火。現在他所剩下的只有天堂；在那裡，他只會碰到那些和他一樣白白在這世間走過一遭的人。

殘火

The Lees of Happiness

1

如果你查看本世紀初期幾年的舊雜誌檔案，你會發現在理察・哈丁・戴維斯、法蘭克・諾里斯和其他作古已久的作者之間，夾著某位名叫傑弗瑞・克登的作家的創作。他的作品大概就是一、兩本長篇小說，和大約三、四十篇左右的短篇故事。如果你有興趣的話，可以順著年代追尋它們的蹤跡，直到……比方說，一九〇八年；從那年開始，它們忽然就銷聲匿跡，再也不曾出現了。

當你全數讀完後，會相當確信這其中並沒有足以稱為名作的作品——它可以算得上是合格的娛樂小說，現在看來雖然有點過時，但無疑是那種能讓人在牙醫診所消磨半小時沉悶時光的作品。創作的人智力超群、才華過人、能言善道、大概也很年輕。在他作品的範本中，你會發現，除了關於生活的狂想或許能激起你一絲絲的興趣外，其他方面，完全無法讓人產生某種撼動人心的深刻感覺——那就是說，它們既不能讓人發自內心地開懷大笑，也無法帶給人任何無力感或悲劇的暗示。

讀完以後，你會打著哈欠把這些雜誌放回檔案裡；然後，如果你正好在某間圖書館的閱覽室裡，或許你會決定翻閱當時的報紙來變換口味，例如說看看小日本是否拿下了亞瑟港之類的（註一）。但要是你碰巧選對了報紙，而且劈哩啪啦地翻到了戲劇版面，那麼，你的目光將會徹底的被吸引住；然後，在至少一分鐘內，你會忘了亞瑟港，就跟你忘了蒂埃里城堡（註二）一樣快。在這次幸運的機緣下，你將會看見一名讓你不禁屏息的美麗女性的肖像。

那是音樂劇「芙羅洛多拉」的時代，也是女子六重唱、緊身胸衣和蓬蓬袖的時代，當然更是裙撐幾乎無所不在，芭蕾舞裙支配一切的時代，但是，毫無疑問地，即便是在古怪、僵硬而不合時宜的服裝掩蓋下，她的美麗仍然如同鶴立雞群般，超越眾人。她是這個時代——宛若淡葡萄酒般的眼眸、讓心兒怦怦跳的歌曲、敬酒與成捆的花束、舞會與餐會——歡愉的象徵。她是二輪馬車與出租車的維納斯，也是屬於她的這個全盛時代中，最閃亮的吉布森少女（註三）。她是……

……正如你所見到的，如這張照片下面的文字所述般，她的名字就叫做羅珊娜·密爾班

註一：亞瑟港，即旅順。

註二：一次大戰的激戰場。

註：吉布森少女，二十世紀初由畫家查理·吉布森所畫出的「理想女性」，豐胸、蜂腰、容貌細緻、清純可人是她的最大特徵

克。她過去曾經是《雛菊花環》一劇中的合音女郎與預備演員，不過由於她出色的演技，當主演明星身體不適的時候，她便被拔擢出來，一躍而登上了主角的地位。

你會忍不住再看一遍那張照片——然後感到納悶與不解。為何你從未聽過她；為何她的名字沒有在流行歌曲、輕歌舞劇的玩笑、雪茄煙的商標，以及你那些快活的老伯伯們的記憶中逗留，就像莉蓮·拉塞爾、史黛拉·梅修以及安娜·海德（註）一樣？羅珊娜·密爾班克，她到哪裡去了？難道是某個屋頂上陰暗的活門突然間打開，然後將她吞沒了嗎？當然，在上星期天的報紙副刊裡嫁給英國貴族的女演員名單當中，也沒有她的名字。無疑地，她已經去世了，而且完全被人所遺忘了。對一位年輕而美麗的小姐而言，這實在太可憐了。

也許，我的期望太高了。我想讓你偶然發現傑弗瑞·克登的作品與羅珊娜·密爾班克的照片，然後——雖然幾乎是無法期盼地——去找出六個月後的一則報導。那是一則二乘四吋的小篇幅報導，上頭非常低調地記載著一則結婚消息：隨著《雛菊花環》作巡迴演出的羅珊娜·密爾班克小姐，嫁給了暢銷作家傑弗瑞·克登先生。「克登太太」，報導的文字不帶感情地補充道，「將退出舞台」。

註：三人皆為一八九〇年代的著名歌手與演員。

這是一樁因相戀而結合的婚姻。男方充滿魅力，備受眾人寵愛，女方則純真無邪，讓人難以抗拒。就像兩根漂浮的圓木般，他們面對面地相互碰撞，彼此吸引，然後又一起加速奔流而下。然而，就算傑弗瑞．克登繼續寫小說四十年，他也不可能寫出一篇比他自己被撥弄的命運更加詭異與奇特的故事；就算羅珊娜．密爾班克扮演了三打角色，經歷過五千場滿座的演出，她也絕對無法獲得比上蒼為羅珊娜．克登所準備的命運，更快樂也更絕望的角色。

他們在各地的旅館裡生活了一年，從加州、阿拉斯加到佛羅里達、墨西哥四處旅行；他們沈浸在彼此的愛意中，即便是吵架，也都帶著溫柔與情意。那些伴隨他的才氣與她的美貌而產生的閃亮花絮，總會讓他們覺得十分喜悅。他們非常年輕而且充滿熱情；他們需索著一切，然後又在無私與驕傲的狂喜中，毫不可惜地捨棄了到手的一切。她深愛他機敏的說話方式，以及狂亂、有時也很無稽的嫉妒心。他喜愛她在眼眸深處隱隱散發的光輝與白虹般的神采，也喜愛蘊含在她的微笑中，那種溫暖而充滿光澤的熱情。

「你們不覺得她很讓人喜歡嗎？」他總會帶點興奮且害羞地詢問身邊的人。「她不是很棒嗎？你們可曾看過像她這樣……」

「沒錯。」而他們總會笑嘻嘻地回答，「她是個美妙的女孩。能跟這樣的女孩在一起，你真是幸運。」

一年過去了。他們厭倦了逐旅館而居的生涯。於是，他們在距離芝加哥半小時路程的馬羅鎮附近，買下了一間舊房子和二十畝耕地。他們買了輛小車，然後帶著連巴布亞（註）也要自嘆弗如的拓荒者幻想，轟轟烈烈地搬了過去。

「這邊是你的房間！」他們輪流大喊著。

——然後，接著又傳來這樣此起彼落的喊叫：

「而我的房間在這裡！」

「我們生了小孩的話，嬰兒房要設在這裡！」

「然後，我們要蓋一座涼台——噢，這是明年一定要達成的目標！」

他們在四月時搬了過去。七月，傑弗瑞最親密的友人——哈利．康威爾，也來這裡渡過一個星期。他們在長草坪的盡頭迎接他，然後驕傲地催促他進入屋內。

哈利也已經是有妻室的人了。他的妻子在大約六個月前生產，現在仍在她紐約的母親家中休養身體。羅珊娜從傑弗瑞那邊得知，哈利的妻子和哈利並不匹配——傑弗瑞曾見過她一次，他對她的看法是——「很膚淺」。不過哈利已經結婚將近兩年，而且看上去顯然很幸福，因此傑弗瑞猜想，也許她並不像他之前所想的那樣，而是個還算不錯的妻子。

「我正在做餅乾。」羅珊娜嚴肅地嘮叨著。「你太太會做餅乾嗎？我正在向廚娘討教中呢！我認為這世上的每個女人都應該知道怎麼做餅乾；這聽起來就是件能讓人心情徹底

註：十五、十六世紀的西班牙探險家。

放鬆的好事，不是嗎？會做餅乾的女人肯定不會……」

「你必須搬到這裡來住。」傑弗瑞說。「為了你和凱蒂好，你應該像我們一樣，到鄉下找個地方住下來才對。」

「你不了解凱蒂。她恨鄉下。她必須要上她的劇院，看她的輕歌劇。」

「設法說服她，」傑弗瑞反覆說著。「我們可以形成一個群落；住在這裡的都是些非常友善的人。把她帶過來吧！」

他們現在站在走廊的階梯上；這時，羅珊娜輕快地指了指右邊快倒塌的建築物。

「那是車庫。」她宣佈。「而且在這個月內也即將成為傑弗瑞的寫作室。同時，正餐是七點開始，而我會調雞尾酒給大家。」

兩名男人爬上了二樓——更確切地說，當他們爬到一半，抵達第一個平台時，傑弗瑞便迫不急待地放下他的訪客的手提箱，然後以一種介於質問和叫喊的語氣驚呼：

「看在老天份上，哈利，你有多喜歡我老婆？」

「我們應該上樓去，」他的訪客回答。「然後我們應該關上門說話。」

半小時過後，他們一起坐在圖書室裡，這時，羅珊娜的身影再次從廚房裡出現，手裡還端著一盤餅乾。傑弗瑞和哈利站了起來。

「它們真是漂亮，親愛的。」丈夫熱情地說道。

「很精緻。」哈利也低聲說著。

羅珊娜臉上堆滿了笑容。

「嚐一個吧。我無法忍受在你們完全看見它們之前就先動手碰它們；同樣的，我也不能忍受在我知道它們嚐起來如何之前，就把它們給收起來這樣的事情。」

「我敢保證，一定像嗎哪（註）一樣美味，親愛的。」

這兩個男人同時將餅乾湊到他們唇邊，試探性地輕咬了一口；然後，他們不約而同地開始試圖轉移這個話題。但羅珊娜沒有上當，她放下盤子，抓起了一塊餅乾。一秒鐘後，她用憂傷的語氣斷然宣布了她的結論：

「難吃極了！」

「不，這個其實是……」

「哎呀，我沒有注意到……」

羅珊娜大聲喊叫著。

「噢，我真是沒用！」她邊流著眼淚邊笑著說，「把我休了吧，傑弗瑞——我是個寄生蟲，連這樣一點小事情也做不成……」

傑弗瑞用手臂環抱住她。

「親愛的，我會吃妳的餅乾的。」

註：以色列人漂泊荒野時上帝所賜的食物。

「不管怎樣，至少它們看起來還滿漂亮的。」羅珊娜勉強地說道。

「它們……它們用來裝飾還挺不錯的。」哈利提議。

傑弗瑞硬生生地打斷他的話。

「對，就是這樣！它們是用來裝飾的；它們真是傑作！我們會好好的利用它們一番！」

說著，他衝到廚房，然後帶著鐵錘和一把釘子回來。

「我們會好好利用它們的，天哪，羅珊娜！我們要用它們來做帶狀壁飾！」

「不要！」羅珊娜不禁哀號，「我們漂亮的房子啊……」

「別介意。反正我們十月要為圖書室重新貼壁紙，妳不記得嗎？」

「這個……」

砰！第一塊餅乾被釘到牆上，它就像件活生生的東西一樣，在牆壁上不停地顫動著。

砰！砰……！

當羅珊娜帶著第二輪的雞尾酒回來時，十二塊餅乾已經釘成了垂直的一列，看上去就像是某種原住民槍尖的收藏品一般。

「羅珊娜，」傑弗瑞大叫。「妳是個藝術家！廚師？──胡說八道！妳應該為我的書畫插圖的！」

就在晚餐的這段期間，薄暮蹣跚地步入了幽暗之中，然後，外頭黑暗的天空中，亮起了點點閃爍的星光；瀰漫在這片夜空裡的，是羅珊娜的白色洋裝飄渺不定而絢爛的形影，與她輕柔震顫的低聲笑語。

——她真的還是個小女孩，哈利心想。不像凱蒂那麼蒼老。

他開始比較起這兩人的差異。凱蒂是個緊張兮兮卻不細膩，性情暴躁卻沒有氣質，總是像花間蝴蝶般來去穿梭卻從不停留的女人，而羅珊娜就如春夜一般年輕，整個人給人的感覺，正如她的笑容一般充滿了青春與純真。

——她和傑弗瑞真是天生一對，哈利再次這麼認為。他們兩個會是一對常保年輕的伴侶；縱使時光流逝，他們也會繼續維持這樣的青春歲月，直到有一天，他們突然發現自己變老了為止。

在哈利不停想著凱蒂的思緒之中，這樣的念頭一再地浮現出來。他對凱蒂感到很沮喪；在他看來，她的身體狀況應該已經好到足以帶著他的孩子回到芝加哥的程度了，然而她卻沒有這樣做。當他在樓梯下和傑弗瑞與羅珊娜夫妻道晚安時，他的腦海裡仍然朦朦朧朧地在想著凱蒂的事情。

「在實際意義上，你是第一個造訪我們房子的訪客。」羅珊娜在他身後叫喊。「你不覺得興奮和驕傲嗎？」

當他的身影消失在樓梯轉角時，她轉身面向傑弗瑞。後者正站在她身旁，用一隻手倚靠著樓梯扶手的末端。

「你累了嗎，我最親愛的？」

傑弗瑞用手指揉了揉額頭的中央。

「有一點。妳怎麼知道的？」

「噢，我怎麼會不知道你的事呢？」

「是頭痛。」他悶悶不樂地說。「好像要裂開似的。看來我得吃點阿斯匹靈。」

羅珊娜伸出手將燈關掉；傑弗瑞用手臂緊緊環抱住她的腰，然後，兩人一起走上了樓。

2

哈利在傑弗瑞家渡過了愉快的一週。在這一週裡，他們不是在美得像夢境一般的鄉間小路上兜風，就是在湖邊或草地上任意閒逛，讓愉悅的身心徹底的放空下來。傍晚，當他們的雪茄通紅的那端變成白色的灰燼時，羅珊娜正坐在屋內，跟他們一同嬉戲。就在這時，他們接到了凱蒂傳給哈利的電報；她說希望哈利到東部接她，因此，羅珊娜和傑弗瑞被單獨留了下來，又回到了他們似乎從不厭倦的隱居生活之中。

「獨處」再度令他們欣喜若狂。他們在房子周圍漫步，彼此親密地感覺著對方的存在；他們像新婚夫婦般坐在餐桌的同一邊；他們彼此強烈地相互吸引著，沉浸在只屬於兩人的，至高無上的幸福之中。

馬羅鎮儘管是個相當古老的村落，但一直到最近，才有所謂「社交群體」的出現。五、六年前，由於對芝加哥黑煙瀰漫的生活環境感到不安，兩、三對年輕夫婦，也就是所謂的「平房族」搬到了這裡來；接著，他們的朋友們也跟隨著他們的腳步，陸續搬了過來。當傑弗瑞・克登夫婦到這裡的時候，他們發現此地已經有一個成形的「社群」，正準備歡迎他們的到來；鄉間俱樂部、舞廳和高爾夫球場為他們敞開了大門，除此之外，還有橋牌派對、撲克派對、可以任意暢飲啤酒的派對，以及禁止飲酒的派對等種種活動，等待著他們的加入。

在哈利離開後的一個禮拜，就在一場撲克派對上，他們發現自己陷入了某種過去未曾遭遇過的境地之中。派對會場當中擺著兩張桌子，大部份的年輕太太們都聚在桌前，一邊抽煙一邊高喊著她們的賭注，表現出來的神態跟那個時代最大膽的男人幾乎沒有兩樣。

羅珊娜早早離開了賭局，然後開始四處閒逛。由於啤酒讓她感到頭痛，因此她漫步走進了食品儲藏室，為自己找了一些葡萄汁；接著，她走過一張又一張的桌子，掃視著一個又一個玩牌的人們，但是，她的目光隨時關注的，仍然是傑弗瑞。只要注視著他，羅珊娜的內心就能感覺到愉悅、安定和滿足。傑弗瑞正全神貫注，想要將眼前五顏六色的籌碼堆疊成一座小山；經由他眉頭間加深的皺紋，羅珊娜可以看出他對這件事非常感興趣。她就是喜歡看著他為了些微小事而感到熱中的樣子。

她靜靜地穿過房間，然後在他坐著的椅子扶手上坐了下來。

她在那裡坐了五分鐘，傾聽著男人們間歇的尖銳評論，以及女人們如輕煙一般，從桌子前裊裊昇起的喋喋不休——然而，事實上，不論是哪一種話語，她都沒有很用心在聆聽。接著，不帶任何其他雜念地，羅珊娜伸出她的手，打算放在傑弗瑞的肩膀上——然而，當她的手碰到他的那一瞬間，他突然間嚇了一跳，發出了一聲短暫的咕噥；然後，他狂暴地將他的手臂向後猛力一揮，從側面打在了羅珊娜的手肘上。

眼見這個景象，眾人不禁倒抽了一口氣。重新找回平衡的羅珊娜發出微弱的哭泣聲，然後迅速地站了起來。這是她人生中最大的打擊——施加在她身上這種本能的粗暴動作，居然是來自傑弗瑞，她那善良、體貼的愛人。

驚愕迅速化成了沉默。無數的目光轉到傑弗瑞身上；他莫名地四下張望著，表情看起來像是第一次見到羅珊娜一般。籠罩在他的臉上的，是一種慌亂無措的神色。

「噢……羅珊娜……」他吞吞吐吐地說。

眾人心中迅速產生了種種的疑竇，流言蜚語很快的擴散開來。在這對顯然如此相愛的夫婦背後，是否潛伏著某種不尋常的憎惡？不然還有什麼理由，會讓這道火燄延燒到如此平靜無雲的天空？

「傑弗瑞！」羅珊娜用乞求寬恕般的聲音說著。她感到驚訝，而且恐懼，然而她知道，這必定是哪裡出了錯。她從沒有責怪過他或是產生怨懟。她的話語只是顫抖的懇求——

「告訴我到底哪裡不對了，傑弗瑞。」她說，「告訴羅珊娜，你的羅珊娜。」

「噢，羅珊娜……」傑弗瑞再度開始說道。慌亂的神情轉變成痛苦。他很明顯地跟她一樣感到十分驚訝。「我不是故意的。」他繼續說，「妳嚇到我了。妳……我感覺到好像有人在攻擊我。我……怎麼會……噢，多麼愚蠢啊！」

「傑弗瑞！」再次地呼喚著愛人的名字，羅珊娜說話的語氣，猶如祈禱者在新而深不可測的黑暗裡，向至高的上帝焚香祈求時一般的虔敬。

他們兩人站起身，向周圍的人們道別，並支支吾吾地道歉、解釋。他們沒有任何隨便敷衍了事的打算；若是那樣做的話，就等於是褻瀆一樣。他們對眾人說，傑弗瑞大概是心情不太好，所以表現得過於焦慮不安了。但在此同時，那一擊也在傑弗瑞與羅珊娜的心中蒙上了無法解釋的恐懼——在那一瞬間，兩人的心像是被某種事物硬生生地分隔開來了一樣，這點讓他們感到驚異不已。他的憤怒和她的恐懼，就這樣橫亙在兩人之間，然後化為悲傷的情緒；當然，這些都只是暫時的，等到時機恰當時，兩人之間的橋樑必然會很快、很快地再次被搭建起來。然而，此刻在他們腳下沖激的，究竟是湍急的流水，還是某個未知的深淵偶一閃現的獰猛面貌呢？

他們走出了戶外，搭上了自己的車；在秋夜的滿月照耀下，傑弗瑞開始斷斷續續地說了起來。他說，其實這件事情——連他自己也很難理解。當時，他正思考著——全神貫注地思考著——面前的牌戲；所以，當羅珊娜輕觸到他的肩頭時，他的反應才會那麼激烈，因為他覺得自己似乎是遭到了什麼人的攻擊。攻擊！他鏗鏘有力地說出了這個字眼，就像是戰士將盾牌高舉在胸前一般。他痛恨碰觸他的東西；而當他揮舞著手臂的時候，那種——焦慮不安——，在一瞬間都消失無蹤了。這就是他所知道的全部了。

他們兩人的眼中都充滿了淚水；當車子疾馳過寧靜的馬羅街道時，他們在廣闊的夜色下不斷低訴著衷情。稍晚，當他們上床時，他們的心情已經大致恢復了平靜。傑弗瑞將會休假一周，遠離所有的工作——在這段時間中，他只需要懶散地閒晃和睡覺，然後不斷地漫步，直到焦灼不安徹底遠離他為止。當他們做出這個決定之後，羅珊娜才放下心來。在透過窗戶緩緩流瀉進來的月光照映下，兩人頭下的枕頭變得柔軟而親切了起來，就連他們躺著的床，似乎也變得更加寬敞、潔白和堅固了。

五天後，在接近傍晚時分的第一波涼意中，傑弗瑞拾起一把橡木椅，砸向他自己面前的窗戶。然後，他在長椅上躺了下來，像個孩子般可憐地哭泣並乞求一死。一塊如同彈珠大小的血塊，在他的腦中破裂了。

3

人，有時會產生一種醒著的夢魘；舉例來說，當一個人連續一、兩夜難以成眠，拖著極端疲憊的身體沐浴在初昇的朝陽下時，就會產生這樣的感覺。當這種白晝的夢魘油然而生時，就連環繞在自身周遭的一切生命性質也會隨之而變。在這當中，我們唯一可以清楚確認的事情就是，自己原有的人生，不知為何已經走上了另一條分歧的道路，而它與生命之間僅存的連繫，就像是如走馬燈迅速掠過的影片或是鏡像一般的虛幻不實——不論是人們的身影、街道、或是房子，都只是來自極度昏暗與混亂的過去的投影而已。

在傑弗瑞倒下的頭一個月內，羅珊娜發覺自己正是處在這樣的狀況之中。她只有在徹底精疲力盡時才睡得著；然而當她醒著的時候，心頭也總是烏雲密布。醫師用嚴肅聲音進行著冗長的診斷，大廳裡飄散著微弱的藥味；突如其來的踮步聲，取代了曾經迴盪在整間屋子中，歡愉的腳步聲；然而，最令羅珊娜感到痛苦的還是那深陷在他們曾經共享溫存的枕頭當中的，傑弗瑞的蒼白臉龐。這些事情幾乎要把她壓垮了，而且無可避免地在她的臉上刻下了蒼老的痕跡。

醫生們的話讓羅珊娜抱持著一線希望，但也僅是如此而已。他們說，傑弗瑞需要一段漫長而安靜的休養。於是，這個家的生計責任落到了羅珊娜身上。付帳的是她，研讀他的存摺、跟他的出版商通信的也是她。她持續不斷地下廚料理一切。她向護士學習如何準備他的餐點，並在第一個月後完全接手病房的事務。基於經濟因素，她必須讓護士離開；同時，兩名黑人女僕當中的一位也隨之離去了。羅珊娜這時才理解到，他們兩人的生活，其實是靠著傑弗瑞寫下的一篇又一篇短篇故事所不斷支撐起來的。

這時最頻繁造訪克登家的訪客，莫過於哈利・康威爾了。傑弗瑞出事的消息，令他感到十分震驚且沮喪；儘管他的妻子現在已經回到芝加哥跟他同住了，但他每個月只要有空，仍然會抽出時間過來個幾趟。羅珊娜很歡迎他來慰問——當哈利在身邊時，他身上某種受苦的特質，以及某種與生俱來的同情心，總是會令她感到安慰。羅珊娜的天性忽然變得強烈了起來。她有時會心想，她不只失去了傑弗瑞，也失去了和他擁有孩子的機會，而孩子卻是她現在最需要也最應該擁有的……

在傑弗瑞病倒六個月之後，羅珊娜的夢魘也逐漸消退了，然而，殘留下來的並不是原本的舊世界，而是一個更灰暗且更寒冷的新世界；也就在這時，她開始期待著能見哈利的妻子一面。當她發現在火車發車前，自己在芝加哥還有多餘的一個小時可以利用，於是她決定前往康威爾家，進行禮貌性的拜訪。

當她踏進門內時，她的第一印象是，這間房子非常像某個她曾經見過的地方——就在同時，她幾乎是立刻地憶起了童年時期家附近轉角的一間麵包店；那是一間擺滿了一排又一排粉紅糖霜蛋糕的麵包店，裡面充滿的盡是令人窒息的粉紅、食物的粉紅，以及浮誇、庸俗而令人憎惡的粉紅。

而這間房子就跟那家麵包店給人的感覺非常相似。它整個就是一片粉紅色，甚至連氣味也是粉紅色的！

康威爾太太身著粉紅色和黑色的晨衣，打開了門。她的髮色鮮黃而濃烈，讓羅珊娜不禁想像是否她每周的清洗用水中都加了點脫色染髮劑。她的眼睛是空洞的蠟藍色，容貌很漂亮，不過卻帶著太過刻意妝扮的優雅。她用尖銳而親密的聲音，向來客表示著自己的誠摯之情，同時也將自己的敵意迅速的融入了殷勤之中。由於她對真正情感的隱匿是如此的迅速，以致於兩個人都只能夠從聲音與面貌的膚淺層次上接觸彼此——事實上，她們都將自己內心最深的自我徹底隱藏了起來，絕不碰觸對方，也不讓對方有機會碰觸。

但對羅珊娜來說，這些事情都還是其次；真正吸引住她目光的，是凱蒂・康威爾身上那件晨衣所散發出的怪誕魅力。它簡直骯髒得難以用言語來形容。從最下面的褶邊往上四吋的部位，完全就和地板上的青色灰塵一樣骯髒；再往上的三吋則是染滿了灰色——然後它才漸漸褪回它的原色，也就是——粉紅色。它的袖口，還有領口也都一樣的骯髒——而當這個女人轉身要帶路到客廳時，羅珊娜確定，她的脖子也是髒的。

接著，一場單方面喋喋不休的談話就此展開了。凱蒂・康威爾滔滔不絕地詳述她的喜好與厭惡、她的頭、她的胃、她的牙、她的房子——同時，她以一種帶著傲慢意味的小心，避免提到任何關於羅珊娜生活的事，彷彿是假定了羅珊娜在遭到了重創之後，必定會希望能夠小心地迴避掉生活方面的問題似的。

羅珊娜微笑著。那晨衣！還有那脖子！

五分鐘後，一個小男孩東倒西歪地走進了大廳——那是一個骯髒的小男孩，穿著骯髒的粉紅色連衫褲。他的臉上滿是髒污，這讓羅珊娜忍不住有種想把他抱到她腿上，擦拭他的鼻子的衝動。除了鼻子之外，他的頭上也到處都是引人注意的髒污；他小小的鞋子已經踢穿了，腳趾頭從裡面露了出來。這真是糟透了！

「多麼可愛的小男孩啊！」羅珊娜大叫，同時露出爽朗的笑容。「過來我這裡。」

康威爾太太冷淡地看著她的兒子。

「他會把妳弄得一身髒的。看看那張臉！」

她將頭轉向一邊，然後以批評的眼光注視著他。

「他不是很可愛嗎？」羅珊娜又重複了一遍自己的話。

「看看他的連衫褲。」康威爾太太皺起了眉頭。

「他需要換件衣服，不是嗎，喬治？」羅珊娜說道。

喬治好奇地盯著她瞧。在他心中，連衫褲這個詞意指弄髒也無所謂的衣物。

「今天早上我試著要讓他看起來體面一點。」康威爾太太抱怨著，看起來就像使盡了所有的耐心一般，「可是我發現他沒有其他的連衫褲了——所以與其讓他不穿衣服地跑來跑去，我寧可讓他穿回那些——而他的臉……」

「他有幾件連衫褲可換？」羅珊娜愉快地表示好奇，「而妳有多少羽毛扇？」她心想，自己也許該接下去問這句話。

「噢……」康威爾太太思索著，皺起了她漂亮的眉毛。「五件，我想。我認為，這樣已經很多了。」

「妳可以買五十分一件的。」

康威爾太太的眼神透露出驚訝——以及極細微的傲慢。連衫褲這種便宜的東西！

「妳真的這樣覺得嗎？我不知道。他應該有很多件，但我整個禮拜都抽不出一分鐘把它們送到洗衣店。」接著，凱蒂・康威爾像是不相關似地撇開了話題：「我有些東西務必想讓妳見識一下……」

她們站起了身子，羅珊娜跟隨在凱蒂後面，經過了敞開的浴室門；地板上散亂的衣物，的確顯示出有一段時間沒有送洗了。然後她們進入了另一個房間，那個房間可說是粉紅色的極致——那就是康威爾太太的房間。

女主人在這裡打開了壁櫥的門，然後將驚人的內衣收藏展現在羅珊娜面前。這裡有許多薄得驚人的蕾絲和絲綢，都很乾淨，沒有起皺，似乎還沒有被碰過。旁邊的衣架上掛著三件新的晚禮服。

「我有一些漂亮的玩意兒。」康威爾太太說，「但沒有太多機會穿它們。哈利沒想過要出門。」她的聲音隱隱透露出埋怨。「他那個人，只要我白天扮演育嬰女傭和家庭主婦，然後在晚上當個可愛的老婆就很滿足了。」

羅珊娜再度微笑。

「妳的確有些漂亮的衣服。」

「沒錯。等下，我再讓妳看看……」

「很漂亮。」羅珊娜又重複了一次，同時打斷了對方的話。

「但如果我要趕上我的火車，我必須要用跑的了。」

她感覺到她的手在顫抖。她想把手放在這個女人身上，然後搖一搖她——搖一搖她。她希望她被監禁在某個地方，然後開始用力擦洗地板。

「很漂亮。」她又說了一遍。「不過我今天真的只能在這裡待一下子而已。」

「好吧。很可惜哈利不在家，要是他在就好了。」

她們朝向門口走去。

「……而且，噢。」羅珊娜努力地抑制住自己的情感說著——然而她的聲音仍然很溫柔，而且她的唇仍保持著微笑——「我想妳能在阿吉爾商店買到那些連衫褲。再見。」

就在羅珊娜抵達車站，購買回到馬羅的車票時，她忽然瞭解到：在這半年當中，這是第一次，傑弗瑞的形影在她的心裡消失了五分鐘。

4

一個禮拜後，哈利出現在馬羅鎮。帶著一副疲憊的神色，哈利令人意外地在下午五點鐘抵達；只見他漫步過庭院的小徑，挑了張位在走廊上的椅子，筋疲力竭地坐了下去，然後就一動也不動了。對羅珊娜來說，她自己也度過了忙碌且精疲力盡的一天。醫生們將在五點半到來，他們還會帶來一位紐約著名的神經外科醫生。她的心中充滿了期待和極度的不安，但當她望見哈利的眼神時，她還是忍不住走了過去，在他身旁坐了下來。

「怎麼了？」

「沒事，羅珊娜。」哈利搖搖頭否認。

「我只是來看看傑夫怎麼樣了。妳別為我操心。」

「哈利，」羅珊娜堅持地說，「你一定有什麼問題。」

「我真的沒事。」他重複了一次。「傑夫怎麼了？」

焦慮令她的臉色一沉。

「他有點糟，哈利。事實上，今天傑威特醫師特地從紐約過來，醫師們認為他可以告訴我明確的狀況。他會試著找出傑弗瑞的癱瘓是否和最初的血塊有關。」

哈利站了起來。

「噢，我很抱歉。」他頓了一下說。「我不知道妳在等候會診。我不該來的。我本來只是想坐在妳的走廊上，搖晃著椅子休息一個小時而已……」

「坐下。」她用命令的語氣說。

哈利有點遲疑。

「坐下，哈利，親愛的男孩。」她的善意滿溢而出，溫柔地包圍著他。

「我知道發生了什麼事。你的臉色蒼白得像一張紙一樣。我去幫你拿一瓶冰啤酒。」

聽見羅珊娜這麼說，哈利忽然再也抑制不住自己的心情；他整個人癱在自己的椅子上，雙手掩面。

「我無法讓她快樂。」他緩慢地一字一句說著。「我已經盡我所能，試了又試，但還是沒辦法。今天早上，我們為了早餐而起了爭執——然後我跑到了城裡去吃早餐……接著……呃，就在我上班之後，她離家了，帶著喬治和滿是蕾絲內衣的手提箱，到東部去找她母親了。」

「哈利！」

「而我不知道到底……」

就在這時，從碎石道上傳來一陣嘎喳嘎喳的聲音，緊接著一輛車轉進了車道。羅珊娜不禁發出了一聲輕呼。

「那是傑威特醫師。」

「噢，我會……」

「你會等，對吧？」她心不在焉地打斷他的話。哈利發現，他的問題已經消逝在羅珊娜心中混亂的表面了。

經過短暫而令人困窘，含糊而省略的介紹之後，哈利隨著眾人一同入內，目送他們消失在樓梯的盡頭。然後，他走進了圖書室，坐在大沙發上。

接下來的整整一個小時，哈利只是不斷注視著陽光在印花布窗簾的圖案折痕上緩緩爬行的樣子。在深深的寂靜中，一隻被困住的黃蜂在窗格中嗡嗡作響，為這間房間帶來了些許的喧鬧。有時，另一種嗡嗡聲也會從樓上飄下來，就像許多更大的黃蜂被困在更大的窗格裡一般。他聽見了低沉的腳步聲、瓶子的叮噹聲，還有倒水的嚷叫聲。

他和羅珊娜做了什麼，為什麼他們的人生必須面對這些重大的打擊？樓上現在正在對他朋友的靈魂做出生死的裁決；而他坐在這裡，在一個安靜的房間裡聽著黃蜂的悲嘆聲，就像當他還是個小男孩時，一位嚴格的阿姨逼他長時間坐在一張椅子上，為了某個不規矩的行為贖罪一樣。但是，是誰把他放在這裡的？也許是那位殘忍的阿姨從天國忽然探出頭來，要他在這裡贖罪吧——只是，要贖的到底是什麼罪？

他對凱蒂感到深深的絕望。她太奢侈了——這是個無可救藥的難題。突然間，他開始憎惡起她。他想把她推倒，然後踢她——告訴她，她是個騙子和吸血鬼——而且她還很骯髒。此外，她必須把他兒子還給他。

他起身，然後開始在房間裡來回踱步。同時，他聽見某人開始在樓上的走廊走動，而對方的步伐正好與他相一致。他發覺自己想知道，在這個人抵達走廊盡頭之前，他們是否會這樣繼續同步走動下去。

凱蒂投靠她母親去了。真可憐，會讓她投靠的是什麼樣的母親！他試圖想像她們會面的場景：一個受到傷害的妻子，無助地倒在母親的胸膛裡。他實在沒有辦法想像這樣的畫面；畢竟，凱蒂是個能夠承受任何難以置信的沉痛的女人。在他心中，她逐漸化成了一個難以接近且麻木無情的形象。當然，她會離婚，而且最終一定會再婚。他開始這麼想。她會嫁給誰？他苦笑著，然後停了下來，一個情景閃過他面前——凱蒂的手臂環抱著某個男人，但他看不見他的臉，而凱蒂的唇，正以非常熱情的方式緊緊貼著對方的唇……

「天啊！」他大聲地喊叫著。「天啊！天啊！天啊！」

然後，一切的畫面都變得模糊不清且迅速流逝。今早的凱蒂淡去；髒污的晨衣漸漸顯現，然後又消失無影；板著臉、憤怒和淚水，全都被沖刷地一乾二淨。再次地，她變回了昔日的凱蒂・卡爾——金黃色頭髮，有著娃娃般大眼睛的凱蒂・卡爾。噢，她愛過他，她曾經愛過他。

過了一會兒，他察覺到自己似乎有哪裡不太對勁；和凱蒂或傑夫無關，是不同類型的問題。令人訝異的是，他到最後突然想了起來；他餓了。就是這麼簡單！過一會兒，他會走到廚房裡，然後向黑人廚師要份三明治。在那之後，他必須回到城市裡去。

他在牆上停了一下，猛拉著某個圓形的東西。他心不在焉地用手指撥弄它，將它放進嘴裡，然後像嬰兒品嚐某個鮮豔的玩具般嚐著它的味道。他的牙齒在上面咬合——噢！

她會離開那件該死的晨衣，那件骯髒的粉紅色晨衣。他心想，她也許會為了顧及體面而把它帶走，但是她也有可能會讓它就那樣懸在屋子裡，就像他們病態的婚姻留下的屍體一般。他會試著把它扔掉，不過他永遠也無法讓自己下定決心去移動它。它就像凱蒂一樣，柔軟且圓滑，但對任何事情都無動於衷。你無法讓凱蒂動搖，你無法影響凱蒂。沒有什麼好影響的。他非常清楚這點——他一直都很清楚。

他伸手到牆邊再拿起一塊餅乾，並且努力將釘子和全部的東西拔了出來。他小心翼翼地將釘子從中間移開，徒然地想著剛才他在吃第一塊餅乾的時候，是否連釘子也一起吃掉了。真是荒謬！如果真的吃掉的話，他一定會記得的——那可是一根很大的釘子……他感到胃口大開。他必定非常餓。他想到——更正確地說，是記起來——他昨天沒有吃晚餐。昨天女僕剛好休假，凱蒂躺在她房裡吃巧克力糖。她說她感到「喘不過氣來」，而且無法忍受他在她身邊。於是，他幫喬治洗了個澡，把他放上床，然後躺在長椅上，打算在吃他自己的晚餐前休息一會兒。結果他睡著了，當他醒來的時候已經是晚上十一點了，然後他發現冰箱裡什麼也沒有，只有一匙馬鈴薯沙拉。他把它吃了，連同在凱蒂梳妝檯上找到的一些巧克力糖一起吞下了肚。今天早上，他匆忙地趕在上班前進城吃早餐。然而在中午時分，他開始擔心凱蒂，於是他決定回家帶她去吃午餐。在那之後，他看見自己的枕頭上放了張字條，而凱蒂衣櫃裡的那堆內衣不見了——她所留下的，是把她的行李寄給她的指示。

他從沒有這麼餓過，他心想。

五點鐘，當來訪的護士踮著腳尖走下樓時，他正坐在沙發上盯著地毯瞧。

「康威爾先生嗎？」

「嗯？」

「噢，克登太太無法在晚餐時見你。她不太舒服。她要我告訴你，廚師會幫你準備食物，而且有一間多的臥房。」

「你說她不舒服？」

「她正躺在她的房間裡。會診剛剛結束。」

「他們有……他們有什麼決定嗎？」

「是的。」護士輕柔地說。「傑威特醫師說沒有希望了。克登先生可能會無限期地活著，但他再也看不見，無法移動或思考。他只會呼吸。」

「只會呼吸？」

「沒錯。」

這是護士第一次注意到，在書桌旁邊，她記得她曾看過一排十二個奇特的圓形物體，當時她朦朦朧朧地將它們想像成是某種異國裝飾，然而，現在卻只剩下一個了。其他的到哪去了？現在那裡只剩下許多的小釘孔。

哈利恍惚地跟隨她的目光，然後站了起來。

「我不認為我會留下來。我想應該還有火車。」

她點點頭。哈利拿起他的帽子。

「再見。」她和氣地說。

「再見。」他回答著，彷彿是在對自己說話。顯然是受到某種無意識的需要所驅使，他在走向房門時停頓了一下；她看見他從牆上拔走最後一件物品，然後扔進了他的口袋。

然後，他打開紗門，走下門廊的階梯，消失在護士的視線之中。

5

隨著時光流逝，傑弗瑞・克登家潔白的油漆表面向不知幾度降臨的七月驕陽做出了明確的妥協，並為了展現它的誠意而變成了灰色。它在剝落——非常脆弱的舊油漆的巨大脫皮向後傾斜，像是老人在做奇怪的體操，最終掉落在過度茂盛的草坪之下，散發著黴味死去。前柱的油漆變得不均勻；左手邊門柱上的白球被敲掉了；綠色的窗簾變得暗沉，失去了所有色彩的偽裝。

它開始成為心智脆弱的人避之唯恐不及的房子——某個教會買下了斜對面的大片土地當做墳場，光是這一點和「克登太太和她的活死人丈夫居住的地方」相結合，就足以在那條路附近的地區營造出一種鬼氣森森的氣氛。不過，羅珊娜並沒有被世人所拋棄。鎮上的男男女女偶爾還是會過來探望她，如果遇見她到城裡購物的時候，也會用他們的車送她回家——然後到屋子裡說一下話，歇息一會兒，並陶醉在她一如往昔，散發著不變魅力的微笑之中。但是，那些不認識她的男人們，不再帶著欣賞的眼光在街道上跟隨著她；縱使歲月沒有讓她增加一絲皺紋，也沒有讓她變得更加肥胖，但是她的美麗已然蒙上了一層透明的面紗，而原本蘊含在其中的活力，也早已被摧毀殆盡了。

她成了小鎮裡的知名人物——有一堆有關她的小故事流傳著：據說，當鄉間被冰封了一整個冬天，沒有四輪馬車或汽車能夠行駛的時候，她便自學溜冰，以便她能夠迅速抵達雜貨店和藥材行，而不會將傑弗瑞單獨留下太久。又有人說，自傑弗瑞癱瘓以來，每天晚上她都睡在他床邊的一張小床上，握著他的手。

在人們的心中，早已將傑弗瑞・克登列入了死者的行列之中。隨著歲月的流逝，知道他的人一一死去或搬遷，只有半打的老人在一起喝著雞尾酒，直呼彼此妻子的名諱的時候，會提到傑夫大概是馬羅鎮上有史以來曾經出現過，最有機智也最有才華的傢伙。然而，對那些偶然來造訪的客人而言，他只是克登太太有時藉故離開並匆忙上樓的理由；他只是禮拜天下午，籠罩在沉重空氣中的寂靜客廳裡，偶然傳來的一聲呻吟或尖銳的叫喊。

他無法動彈；他完全失明、無法說話，而且徹底失去了意識。除了每天早上她整理房間時會用輪椅時移動他一下之外，他整天都躺在自己的床上。他的身體癱瘓慢慢地向他的心臟蔓延。在第一年剛開始的時候，當羅珊娜在握著他的手時，有時會接收到極微弱的回壓——然後，它消逝了，在某天傍晚停止，而且再也沒有出現過。接下來的兩個晚上，羅珊娜只是睜大眼睛躺著，凝視著黑暗並不斷思索著：究竟是什麼東西消逝了？傑弗瑞的靈魂究竟是哪個部份散失了？粉碎斷裂的神經仍能運送到他腦部的最後一點意識又是什麼？

在這之後，希望已經破滅。若非她不斷的照顧，最後的火花早已熄滅。每天早上，她為他刮鬍子和洗澡，親手將他從床上移到椅子上，然後再搬回床上。她時常待在他的房間裡，忍受著藥味、整理枕頭、對著他說話，就像人對一隻親近人類的狗說話一樣。她不求回應，對於理解也不抱希望；她只是像在燃盡的殘火中尋求微弱的溫暖般，日復一日地祈禱著。

有不少人，其中包括一位著名的神經外科醫生，明白地告訴她，就算給他再多照顧也是毫無意義的，如果傑弗瑞有意識的話，他會希望一死；而如果他的靈魂盤旋在更廣闊的空中，它會同意她不要做出如此多的犧牲；倘若靈魂囚禁在這個名為身體的牢籠裡只是不斷被腐蝕的話，那還是讓它徹底解脫吧。

「但你明白嗎？」她輕輕地搖搖頭，回答說，「當我嫁給了傑弗瑞，這就會持續到……直到我停止愛他為止。」

「可是……」醫師反駁道，「實際上，妳也不會愛上那樣的他。」

「但我可以愛著曾經有過的美好時光。不然我還能怎麼做？」

神經外科醫師聳了聳肩，轉身離去。事後他對別人說，克登太太是個不凡的女性，而且就跟天使一樣甜美──不過，他補充說，那真是天大的憾事。

「一定會有某個男人，不，或許是一打男人，會熱衷於照顧她吧……」

偶然地，確實會有這樣的男人出現。到處有人開始心存希望──不過最終無一例外地都化為對她的尊敬。說也奇怪，除了對生命，以及對在這世上的人們──從在她手上接過自己買不起的食物的女乞丐，到在砧板上多切下一塊廉價牛排賣給她的肉販──所表現出的愛之外，在她的心中就再無愛情的存在了。她的愛情的另一面，則是被密封在那永遠面無表情的木乃伊之中；他的臉龐永遠像指南針般機械式地向著光線，而且默默地等候最後的波浪來洗滌他的心。

十一年後，他在某個五月的夜裡死去了。那時紫丁香的氣味縈繞在窗檯，在外頭蛙鳴和蟬鳴的刺耳聲音中，吹來一陣微風。羅珊娜在凌晨二點鐘醒來，並在驚嚇中明白，自己終於被孤獨地遺棄在這棟房子裡了。

6

在那之後，羅珊娜有好幾個下午都坐在她那飽受風雨摧殘的門廊前的椅子上，凝視著眼前緩緩傾斜向下，和白色與綠色相間的城鎮景物連成一片的草地。她思索著自己接下來的人生該怎麼走。她三十六歲——標緻、健康，而且自由。這些年以來，傑弗瑞的保險金已經消耗殆盡了；她已經不情願地放棄了位於房子左右兩邊的土地，甚至也用房子做了小小的抵押。

隨著她丈夫的死去，她的身體感覺到極大的煩亂不安。她想念必須在早晨照料他的日子，她想念匆忙地進城購物的歲月，以及在肉鋪和雜貨店裡簡短扼要而親切的寒暄；她想念為兩人而烹飪，以及為了他準備精緻的流質食物的時刻。某日，由於精力過剩，她走出了家裡，鏟平了整座花園，這是好幾年來都不曾做過的事。

而到了晚上，她總是獨自一人待在房間裡；這個房間目睹了她婚姻的璀璨，也目睹了之後痛苦的時光。為了再次追尋傑夫的身影，她的心靈回到了那美妙的一年；那時，他們兩人充滿著強烈、熱情的吸引力和相互陪伴，而不是後來期盼疑難會診的日子；她經常躺在床上醒來，期盼一睜開眼睛，就能看見傑夫仍然躺在自己身邊——就算只是死氣沉沉但還會呼吸的傑夫也沒關係，只要他在就夠了……

在傑弗瑞死後六個月的某日下午，她正穿著黑色的喪服，坐在門廊的椅子上。喪服緊緊包裹著羅珊娜的身體，使她的體態看不出任何一絲的豐滿。那是初秋的晴暖氣候——她四周的風景染滿了金黃色；在一片靜默中，只有樹葉的颯颯聲不時傳來；午後四點的太陽，在西方火紅的天空中，不停地撒下紅色與黃色的線條。大部分的鳥兒都走了——只有在柱子簷口為自己築巢的麻雀，還在堅持發出斷斷續續的吱吱叫，並隨著高處偶爾傳來的振翅聲改變著牠的鳴叫聲。羅珊娜將她的椅子移動到可以看著牠的地方，而她的心正懶洋洋地在午後的景色中空轉著。

哈利．康威爾今天會從芝加哥過來吃晚餐。自從八年前他離婚以來，他一直是這裡的常客。他們已經將這種持續見面，當成了屬於他們兩人的一種慣例：當他抵達時，他們會一起去看傑夫；然後，哈利會坐在床邊，以爽朗的聲音問：

「嗨，傑夫，老兄，你今天覺得如何？」

這時，站在旁邊的羅珊娜會專心地看著傑夫，幻想著他對這位昔日好友模糊的認識，能穿越那殘破的心靈——但那蒼白、宛若雕刻般的頭，只會在它朝向光線的單一動作中緩慢地移動，彷彿在那看不見的眼睛背後，有什麼東西正在摸索著另一道許久已經就已遠去的光線。

這樣的拜訪延續了八年——在復活節、聖誕節、感恩節，以及無數個禮拜天，哈利都會前來拜訪傑夫，然後在門廊上和羅珊娜說上很久的話。他深愛著她。他並不做虛假地隱藏，但也不打算讓這樣的關係更深一層。當他最要好的朋友像肉塊一樣躺在床上時，她是他最要好的朋友。她是安寧，她是平靜；她是過去。只有她知道他自已的悲劇。

他出席了葬禮，但從那時開始，他工作的公司將他調到東部，因此只有出差的時候，他才能來到芝加哥的鄰近地區。羅珊娜寫信給他，要他在方便時前來——於是，在城裡過了一晚後，哈利便搭火車過來了。

他們握了握手，然後他幫她將兩張搖椅靠攏。

「喬治好嗎？」

「他很好，羅珊娜。他似乎很喜歡學校。」

「那很好；目前最重要的一件事，就是把他送到學校去。」

「那是當然……」

「你非常想他吧，哈利？」

「沒錯，我很想他。他是個有趣的孩子……」

他滔滔不絕地談著喬治。羅珊娜很感興趣。哈利說，下次放假時一定要帶他出來。她這一輩子只看過他一次——那個穿著骯髒連衫褲的小孩。

她留下他看報紙，而她則去準備晚餐——她今晚有四塊肋排，以及一些最近從自己花園裡摘起的蔬菜。她將這些菜全數放到桌子上，然後去叫他。他們倆坐在一起，並繼續聊著喬治。

「如果我有孩子……」她這樣說道。

後來，哈利盡自己所能地給她關於投資的微薄建議。他們在花園裡散步，並到處逗留，然後發現曾經是水泥長凳或網球場的地方已是一片荒蕪……

「你還記得……」

然後他們開始進入一連串的回憶：他們拍下所有快照的那天，那時傑夫是騎在一頭小牛上，擺出姿勢讓他們拍照；以及哈利為傑夫和羅珊娜畫的素描，他們兩人大字型地躺在草地上，頭幾乎碰在一塊兒。在那邊曾經有著預定要蓋連接攝影室和房子的遮蔽棚架，如此一來，傑夫就可以在下雨天去那裡——棚架原本已經開始動工了，不過現在只留下破碎的三角形部分仍連接著房子，看起來像極了垮掉的雞舍。

「還有那些薄荷飲料！」

「還有傑夫的筆記本！當我們把它從他的口袋中拿出來，而且大聲讀出某一頁的內容時，你還記得我們笑得有多開心，還有他有多麼瘋狂嗎，哈利？」

「簡直是狂野！那傢伙一提到他的創作，就是這麼的孩子氣。」

他們都沉默了一會兒，然後哈利說：

「我們也打算要在這裡找個地方住下來，妳還記得嗎？我們打算買下鄰近的二十畝地。還有我們即將參加的派對！」

兩人再次停頓了一下，這次是羅珊娜低聲的問題率先打破了靜默。

「你有她的消息嗎，哈利？」

「哎呀……有啊。」他平靜地承認。「她在西雅圖。她再婚了，嫁給一個叫荷頓的人，可以說是木材大王。他比她年紀大很多，我想。」

「那她表現好嗎？」

「是的——更確切地說，我是這麼聽說的。她擁有了一切，你瞧。除了在晚餐時間要為那傢伙盛裝打扮以外，她沒有太多需要做的事。」

「我了解。」

他毫不費力地轉移了話題。

「妳要留下這間房子嗎？」

「我想是的。」她說，點了點頭。「我已經在這裡住了這麼久，哈利，搬家似乎是件可怕的事。我想過學習當個看護，但這當然表示我要離開。因此，我已經大致決定，要當個供膳食的民宿老闆娘。」

「意思是，妳要住到某間民宿裡去嗎？」

「不，是經營一間民宿。當個民宿老闆娘有這麼奇怪嗎？總之，我可以雇個黑人女僕，然後在夏天招攬八位房客，如果我可以在冬天招攬到人的話，那我也會招攬個兩、三位客人。當然，我必須要把房子重新粉刷，並把裡頭重新裝潢。」

哈利思索著。

「噢，羅珊娜——當然妳最知道自己能做什麼，不過這似乎令人很震驚，羅珊娜。畢竟，妳是以新娘的身分來到這裡的。」

「或許吧。」她說，「這就是為何我不介意以民宿老闆娘的身分保有這裡的理由。」

「我還記得那一批餅乾。」

「噢，那些餅乾。」她喊道。「儘管如此，但從我聽說你吞下它們的方式看來，它們好像沒那麼糟嘛。那天我是如此消沉，然而不知何故，當護士告訴我關於那些餅乾的事時，我笑了。」

「我注意到那十二個釘孔還在傑夫釘上去的圖書室牆上。」

「沒錯。」

這時天色已經完全暗了下來，空氣中充滿了涼爽的感覺；一小陣微風吹過，將樹梢最後的枯葉吹落一地。羅珊娜的身子微微顫抖了起來。

「我們最好進去。」

他看著他的錶。

「已經太晚了。我必須離開。我明天要到東部。」

「你一定要走嗎？」

他們在平台下方逗留了一會兒，看著宛若滿載著雪般的皎潔月亮，從遠方的湖面上冉冉昇起。夏天結束了，現在是正是初秋時分。夜晚的草地很寒冷，上面既沒有霧，也沒有露水。在他離去後，她會進屋點燃瓦斯，然後收拾起這一地的支離破碎；而他會走過小徑，回到鎮上。對這兩人來說，人生的流逝實在太快了；然而，留在他們心中的並非悲苦，而是遺憾；並非幻滅，而是僅有痛楚。當他們握緊雙手，注視著凝聚在彼此眼中的善意時，已是明亮的月光灑滿大地的時分了。

艾奇先生

Mr. Icky

這個故事的場景是發生在八月間一個令人失望的田園下午，在西艾莎席耳鎮的一間小屋外頭。艾奇先生正怪里怪氣地穿著伊莉莎白時代農夫的服裝，步履蹣跚地在花盆間慢慢閒晃。他是一個早已過了人生最精華的時期，不再年輕的老人。從他說話當中的喉音，以及他總是心不在焉地將外套穿錯邊等事實當中，我們可以推測，他過著和一般人不會相差太多，既平凡而又膚淺的生活。

在他身旁躺在草地上的則是彼得，一個小男孩。彼得用手托著他的下巴，看起來就像是年輕的沃爾特・雷利爵士（註）的肖像一樣。他的五官端正，灰色的眼眸中流露著嚴肅、陰暗，甚至可說是陰森的目光，以及一種就像從沒吃過東西的人受到引誘時會出現的飢渴神情——特別是當想起牛肉做成的晚餐時，這種神情最常出現。彼得現在正用著迷的眼光，注視著艾奇先生。

四周萬籟俱寂，只有鳥兒仍在不停歌唱。

彼得：在夜裡，我經常坐在我的窗邊，凝視著天上的星星。有時候，我會認為它們是

註：雷利爵士，伊莉莎白時代的冒險家、史學家、軍人，也是開發美洲的先驅。

我的星星……（嚴肅地說）我想，有一天我也會成為一顆「明星」……（註）

艾奇先生：（用怪誕的語氣說著）沒錯，沒錯……沒錯……

彼得：我全都認得它們：金星、火星、海王星，還有葛洛麗亞・史萬森。

艾奇先生：我對天文學沒有什麼興趣……我一直在心裡想著的是倫敦，小伙子。另一方面，我也想起了我的女兒，她一直很努力想成為一個打字員……（他嘆了一口氣。）

彼得：我喜歡尤莎，艾奇先生；她是如此的豐滿，如此的圓潤，又是如此的充滿活力。

艾奇先生：她的價值恐怕還抵不上那些塞滿了她身邊的廢紙，少年。（這時，他在一堆花盆間絆了一下，腳步有點踉蹌。）

彼得：你的哮喘現在怎樣了，艾奇先生？

艾奇先生：感謝老天，變得更糟了！……（幽幽地說）我已經一百歲了……我一天比一天，變得越來越脆弱。

彼得：我想，自從你放棄小規模的縱火行動以來，你的人生一直都是非常乏味的。

艾奇先生：沒錯……沒錯……聽我說，彼得，少年，在我五十歲時，我曾經一度改過自

註：彼得這句話是雙關語，同時意指「天上的星星」和「影視明星」。

新——在牢裡。

彼得：結果，你又誤入歧途了嗎？

艾奇先生：比那更糟。在我服刑期滿前的那一周，他們堅持要把他們處決的一位健康的年輕犯人的腺體轉讓給我。

彼得：那麼，它讓你改頭換面了嗎？

艾奇先生：讓我改頭換面！那是把魔鬼放回我體內！那個年輕的罪犯顯然是個郊區的竊賊，而且還有竊盜癖！比較起來，為了好玩而做的小小縱火又算得了什麼！

彼得：（驚嘆地說）多麼恐怖啊！科學真是一堆騙人的玩意！

艾奇先生：（嘆息）不過，現在我已經能夠好好壓制住他了。說真的，這種必須終其一生為兩套腺體搞到筋疲力盡的經歷，不是每個人都有的。我想，我不會再為了讓自己精力充沛，而接受來自孤兒院的另一套腺體了。

彼得：（深思）我不認為你會拒絕一位善良、安靜的老牧師的腺體。

艾奇先生：牧師才沒有腺體——他們有的是靈魂。

（舞台後方響起一聲低沉、響亮的喇叭聲，表示有輛大型的摩托車在附近停了下來。接著，一位帥氣地穿著晚禮服，戴著絲綢製的漆皮大禮帽的年輕人走到了舞台上。他看起來非常俗氣；他和另外兩人在性靈上的差異，很明顯的就像是舞台與戲院包廂第一排之間的距離那樣的大。他是羅德尼•第凡。）

第凡：我正在找尤莎．艾奇。

（艾奇先生起身，然後顫巍巍地站在兩個花盆之間。）

艾奇先生：我女兒在倫敦。

第凡：她已經離開了倫敦，而且正要前來這裡。我是跟隨她而來的。

（他將手伸進垂掛在身旁的珍珠色小背包裡拿取香煙。他選了一根煙，擦了根火柴，將它湊到了香煙前面；香煙立刻點燃了。）

第凡：我可以等。

（他耐心等候著。幾個小時過去了，除了花盆間彼此爭吵時偶爾發出的喋喋不休或噓聲以外，一點動靜也沒有。這裡可以插進幾首歌，或是由第凡玩一些撲克魔術，或是做個翻跟斗的動作，依需要而定。）

第凡：這裡好安靜。

艾奇先生：沒錯，非常安靜……

（突然間，一個穿著打扮十分花俏的女孩出現了；她給人的感覺，一看就是非常市儈的樣子。她就是尤莎．艾奇。她長著一張像是早期義大利繪畫中常出現的，樣子不怎麼好看的臉。）

尤莎：（以一種粗俗、世故的嗓音說）父親！我在這裡！你希望尤莎為你做些什麼？

艾奇先生：（顫抖地說）尤莎，我的小尤莎。（他們擁抱著彼此的軀體）

艾奇先生：（懷抱著希望說道）妳回來幫忙耕種了。
尤莎：（不高興地說）不，父親；耕種那麼麻煩的事情，我才不做呢。
（雖然她的口音很重，但她言談的內容卻很甜美而清晰。）
第凡：（安撫地說）看這邊，尤莎。讓我們彼此取得共識吧。
（邁開讓他在劍橋跨步隊成為隊長的整齊步伐，第凡優雅地向她走去。）
尤莎：你仍然堅持會是傑克嗎？
艾奇先生：她是什麼意思？
第凡：（仁慈地說）我親愛的，當然，一定會是傑克。不會是法蘭克。
艾奇先生：法蘭克又是誰？
尤莎：一定會是法蘭克！
（這裡可以插入某個黃色笑話。）
艾奇先生：（反覆地說）吵架不好……吵架不好……
第凡：（用那讓他成為牛津划船隊一員的有力動作，伸手抓住了她的手臂。）妳最好嫁給我。
尤莎：（蔑視地一笑）噢，他們不會讓我從你房子的傭人入口進去的。
第凡：（憤怒地說）他們不會？別擔心……妳該進去的地方，是女主人專用的入口。
尤莎：先生！

第凡：（有點混亂地說）對不起，請原諒我。妳了解我的意思嗎？

艾奇先生：（莫名地感到心痛）……你想娶我的小尤莎？

第凡：是的。

艾奇先生：你沒有不良記錄？

第凡：我的記錄非常良好。我有世上最棒的體格（憲法）……

尤莎：以及最糟糕的地方法規。（註一）

第凡：在伊頓，我是流行樂隊的成員；在拉格比市，我屬於淡啤酒協會的一員。身為家族的次子，我註定要為警隊效勞……

艾奇先生：先跳過那個不談……你有錢嗎？……

第凡：非常的多。多到我會期望尤莎每天早上用兩輛勞斯萊斯，將它分批載到市區花掉。我也有一輛三輪車，和一輛改裝的坦克。我在歌劇院裡有席位……

尤莎：（不高興地說）除非在包廂裡面，否則我在哪裡都睡不好。而且我聽說，你被你的俱樂部給趕（cashiered）了出來。

艾奇先生：一名出納員……？（註二）

註一：constitution這個字，在英語中有「體格」與「憲法」兩種含義。

註二：cashier有「趕」和「出納員」的雙重含義。

第凡：（感到羞愧而低下頭）沒錯，我是被趕了出來。

尤莎：為什麼？

第凡：（用幾近細不可聞的聲音說）有天我把馬球的橫木藏了起來。只是一個玩笑而已。

艾奇先生：你的心情還好吧？

第凡：（沮喪地說）還好。啊，到底什麼才叫才華？說穿了，它只不過是在大家都沒看見的時候默默播種，然後在大家都看見的時候收穫罷了！

艾奇先生：小心點……我可不會把我的女兒嫁給一個諷刺詩人……

第凡：（更加沮喪地說）我向你保證，我只是個平庸到不行的人；事實上，我還經常落到只憑本能行事的地步。

尤莎：（單調地說）你說什麼都沒用。我不能嫁給一個認為「一定會是傑克」的人。為何法蘭克會……

第凡：（打斷她的話）胡說八道！

尤莎：（加重了自己的語氣）你是個傻瓜！

艾奇先生：嘖嘖！……人不該評斷……仁慈……等等，我的女孩，尼祿（註）曾經說過

註：尼祿，羅馬皇帝，曾火焚羅馬城。

什麼來著？……噢，好像是「對任何人不懷惡意，對一切人心懷寬厚……」

彼得：那不是尼祿說的。那是約翰・德林克沃特說的。（註一）

艾奇先生：好啦！總之，這個法蘭克是誰？傑克又是誰？

第凡：（愁眉苦臉地說）高奇。（註二）

尤莎：鄧普西。（註三）

第凡：我們在爭論的是，如果他們是死敵，而且被鎖在同一個房間裡，那最後誰會活下來？現在我主張，傑克・鄧普西會拿……

尤莎：（憤怒地反駁）蠢話連篇！他不會有……

第凡：（迅速地說）嗯，妳贏了。

尤莎：那麼，我又再次愛上你了。

艾奇先生：所以我即將失去我的小女兒……

尤莎：你仍然有一屋子的小孩。

註一：約翰・德林克沃特，劇作家，著有劇作《亞伯拉罕・林肯》。這句話其實是林肯在就職典禮上的演說辭。

註二：法蘭克・高奇，美國重量級摔角冠軍。

註三：傑克・鄧普西，美國重量級拳王。

（尤莎的兄弟查理斯從小屋裡走出來。他打扮得像是要出海一樣；一捆繩子掛在他的肩膀上，在他的脖子上還掛著一個錨。）

查理斯：（無視於他們的存在，自顧自地大聲說：）我要出海！我要出海！

（他的聲音聽起來充滿了喜悅。）

艾奇先生：（悲哀地說）你的全盛時期老早就過了。（註一）

查理斯：我一直在讀「康拉德」。（註二））

彼得：（夢囈般地說著）「康拉德」……啊！《七海豪俠》是亨利・詹姆斯寫的。（註三）

查理斯：啥？

註一：「出海」（go to sea）和「過了全盛時期」（go to seed）兩者發音極為相似。

註二：康拉德，美國二十世紀初著名小說家，著有《黑暗之心》。

註：亨利・詹姆斯，美國著名小說家，以充滿哲思的文筆著稱。不過《七海豪俠》並非他的作品，而是另一位作家理查・達納二世的作品。

彼得：簡單說就是《魯賓遜漂流記》的華特‧佩特版本啦。（註）

查理斯：（對他的父親說）我不能待在這裡和你一起腐爛。我想過我自己的人生。我要去捕鰻魚。

艾奇先生：當你回來時……我會在這裡……

查理斯：（輕蔑地說）哎呀，等到我回來的時候，只怕你的死人骨頭已經可以打鼓了。

（觀眾會注意到，有些人物有一會兒沒說話。如果他們能表演一首生氣勃勃的薩克斯風曲子，將會有效地改善這種情況。）

艾奇先生：（悲淒地說）這些溪谷，這些山丘，這些麥考密克收割機——它們對我的孩子毫無意義。我理解了。

查理斯：（語氣較為溫和地說）那麼我想，你會在心裡由衷思念我的，父親。理解一切，便能原諒一切。

艾奇先生：不……不……我們從不原諒那些我們所能夠理解的……我們只能原諒那些毫無理由傷害我們的人……

註：華特‧佩特，十九世紀末英國的唯美主義小說家。

查理斯：（不耐煩地說）我對你的人性論實在是厭煩透頂了。總而言之，我恨透了待在這裡的時光。

（艾奇先生許多其他的孩子從屋裡跑出來，越過草地，越過堆疊著的花盆。他們全都抱怨地說著，「我們要離開」、「我們要離開你」。）

艾奇先生：（他的心碎了）他們都要遺棄我！我過去真的太仁慈了；我從不用棍子，結果把他們全寵壞了！噢，我需要俾斯麥的腺體！

（外頭傳來一陣喇叭聲——大概是第凡的司機對他的主人感到不耐煩了。）

艾奇先生：（悲慘地說著）他們不愛土壤！他們從不相信偉大的馬鈴薯傳統！（他情緒激動地抓起一把土壤，然後擦在他的禿頭上。頭髮很快地長了出來。）噢，華滋華斯，華滋華斯，你說得多麼對啊！（註）

「如今她無法動彈，氣力全無；
她聽不見，也感覺不到；
在某人的奧斯摩比車子裡
終日隨地球轉個不停。」

註：華滋華斯，英國著名田園派詩人。

（所有的孩子們全都呻吟著，高喊著「人生」和「爵士樂」，緩慢地向車子的擋泥板移動。）

查理斯：噢，回到土壤！我已經試著離開土壤十年了！

另一個孩子：農夫或許是國家的支柱，但誰想當支柱？

另一名孩子：只要我能夠吃沙拉，我才不管是誰種的萵苣！

所有人齊聲：人生！靈學研究！爵士樂！

艾奇先生：（自我掙扎）我一定讓人覺得很怪誕，但事情就是那麼簡單：重要的不是人生，而是你為它帶來的種種光怪陸離的趣味……

所有人齊聲：我們將會偷偷溜到里維耶拉。我們有到皮卡底里圓環的票。人生！爵士樂！

艾奇先生：等等。讓我為你們讀一段聖經。讓我隨便翻開它的哪一頁。人總是可以從中找到什麼符合他處境的指示。

（他找到一本躺在某個花盆上的聖經，隨意地翻開一頁，然後開始閱讀。）

「亞哈、厄市特摩、阿寧、哥笙、曷隆和基羅，十一座城市和所屬村落：阿拉伯、魯馬、厄索……」

查理斯：（殘酷地嘲笑）去買上十個戒指，然後再試一次吧。

艾奇先生：（不死心，又試了一次）「我親愛的，你多麼美麗！你的眼睛在面紗後面閃耀著愛的光輝。你的頭髮像一群山羊，從基列山跳躍著下來……嗯！有點粗俗的段落……」

（他的孩子們無禮地嘲笑他，還一邊喊著「爵士樂！」和「所有的人生基本上都是充滿暗示的！」）

艾奇先生：（消沉地喃喃自語）今天不管用了。（懷抱著希望，他說）或許是因為它溼了的緣故。（他觸摸著那本聖經）對，一定是因為它溼了……花盆裡有水……行不通。

所有人齊聲：它濕了！行不通！爵士樂！

一名孩子：來吧，我們必須趕上六點半的車。

（這裡可以插入任何的提示。）

艾奇先生：再見……

（所有孩子都離開了，只剩艾奇先生一個人被留下來。他嘆息著，走上小屋的階梯，躺了下來，然後閉上雙眼。）

薄暮降了下來，無數的燈光淹沒了舞台，讓人分不清究竟是身處在陸地還是海洋。天地一片靜寂，除了遠方一位牧羊人的妻子，正用口琴吹奏著貝多芬的第十號交響曲當中的一段詠嘆調之外，再無其他的聲音。灰白相間的大蛾向下飛撲，不斷地落在老人身上，直到他完全被它們所覆蓋為止。然而，他並沒有醒過來。

（讓舞台布幕升降數次，表現出時間的流逝。讓艾奇先生依附在幕上，並隨之升降，可以獲得良好的喜劇效果。也可以在這時候加入用線操縱的螢火蟲或小仙女。)

然後彼得出現了，臉上露出了一副近乎愚癡的溫柔神情。他將某樣東西抓在手裡，並不時心醉神迷地望著它。在自我掙扎了一番後，他將它放在老人的身體上，然後靜靜地退了下去。

蛾群彼此喋喋不休地喧鬧著，然後突然像受到驚嚇似地急飛起來。當夜色漸漸深沉時，那裡仍然閃動著小小的、圓潤的白色火花，在西艾莎席耳的微風中發散出微妙的香氣。那是彼得愛的禮物——樟腦丸。

(這場戲可以在此時結束，或是無止盡地繼續下去。)

傑米娜

Jemina

這是一篇不能假裝成「文學作品」的文章。它只是一篇為那些精力過剩，想聽個故事的人們所準備的鄉野傳奇而已，而裡面的內容也不只是充斥著一堆「精神」或「分析」之類的東西。各位，你們會喜歡它的！在紙上閱讀它，在電影裡觀賞它，在舞台上演出它，用縫紉機織出它吧！

古怪的事情

那是在肯塔基的群山中的某個夜晚。在那裡，四面高聳的盡是杳無人煙的丘陵；湍急的山間小溪，在群山之中迅速地四處流淌著。

傑米娜・譚特倫正坐在小溪旁，在家裡的蒸餾坊中釀著威士忌。

她是個典型的山間女孩。

她的腳總是赤裸著；寬大而有力的雙手，垂掛過她的膝蓋下緣。在她的臉上，處處可見辛勤工作所留下的風霜痕跡。雖然她的年紀只有十六歲，不過她幫忙自己上了年紀的爸爸媽媽釀造高山威士忌，已經超過十二年了。一次又一次地，她會停下自己的任務，裝滿一整杓清澈而令人振奮的液體，將它一飲而盡——然後帶著新生的活力，再繼續她原本的工作。

她會將裸麥威士忌放入一個大缸中，用她的雙腳左右搖晃著它；經過二十分鐘後，倒出來的就是完成品了。

一陣突如其來的喊叫聲，讓正拿著杓子飲酒的傑米娜停下了她的動作；她抬起頭，四處張望著。

「哈囉。」一個聲音傳了過來。那聲音是來自一個穿著一雙打獵靴的男人；男人伸長了他的脖子，出現在傑米娜的面前。

「妳可以告訴我往譚特倫家小屋的路要怎麼走嗎？」

「你是從『辣』邊的開墾區『捱』的嗎？」

一邊用濃重的腔調說著，傑米娜伸出她的手，指了指丘陵底下的地方，路易斯維爾就座落在那裡。她從來沒去過那兒；但是在她出生之前，有一次，她的曾祖父——年老的高爾・譚特倫，曾經在兩個軍官的陪同下前往那邊的開墾區，之後就再也沒有回來了。從此以後，一代又一代的譚特倫家人所學到的，就是對文明的害怕。

那男人被傑米娜的話逗樂了。他發出了一陣如鈴鐺般輕盈的笑聲，一種只有費城人才有的笑聲。環繞著那笑聲的某種東西讓傑米娜感到顫抖不已；她連忙又喝了另一杓威士忌。

「譚特倫先生住在哪裡，小女孩？」男人再次用帶著滿滿的體貼與善意的語氣問著。

她抬起了她的腳，用她的大腳趾指向森林那邊。「『塔』們住在『辣』邊的松樹後面的小『烏』裡。老譚特倫『樹』我的老父親。」

從開墾區來的男人向她道了謝之後，就邁著大步離開了。他是一個年輕而有魅力，全身上下充滿了活力的人；當他沿著傑米娜所指的方向走去的時候，只見他一邊呼吸著群山清涼而新鮮的空氣，一邊吹著口哨、唱著歌，翻著筋斗，不時還轉動著手裡的甜餅。

環繞著蒸餾坊的空氣，就像酒香一樣濃郁。

傑米娜・譚特倫入迷地看著他。從來沒有一個人，曾經像他這樣子走進她的生命之中。

她坐在草地上，數著她的腳趾。結果，她數出了十一隻腳趾頭——她早就在山區學校裡面學過數學了。

山中的宿怨

十年前，一位來自開墾區的女士在山區中開辦了一所學校。傑米娜沒有錢，但是她用威士忌付清了自己的學費；每天早上，她都會帶一桶威士忌到學校，然後將它留在拉法吉小姐的桌子上。經過一年的教學之後，拉法吉小姐死於酒精中毒引起的精神疾病，而傑米娜的教育也就因此停頓了下來。

越過寧靜的溪流，聳立著的是另一間寧靜的蒸餾坊。那是屬於多得倫家的蒸餾坊。多得倫家和譚特倫家從不互通往來——

事實上，他們彼此仇視著對方。

五年前，老詹・多得倫和老詹・譚特倫在譚特倫家的木屋中，因為一場牌局起了爭執；詹・多得倫把紅心K砸到了詹・譚特倫的臉上，火大的老譚特倫也不甘示弱，把方塊九丟到了老多得倫的身上。然後，其他多得倫家與譚特倫家的人也紛紛加入了戰局；很快的，小小的木屋裡就充滿了漫天飛舞的撲克牌。哈斯特蘭・多得倫，一個年輕的多得倫家人，四腳朝天地躺在地上蠕動著身子，喉嚨裡還塞著一張紅心A。詹・譚特倫站在門邊，丟光了一組又一組的紙牌，臉上滿是惡魔般的仇恨神色。譚特倫家的老媽站在桌子邊，不斷地用熱威士忌潑向多得倫家的人，將他們潑得渾身溼透。最後，在丟光了所有的牌之後，老赫克・多得倫從木屋裡撤了出來；他一邊嚼著煙草東奔西跑，一邊把剩下的家族成員集結到他身邊。接著，他們爬上了他們的牛，憤怒地一路奔馳回到自己家中。

那個晚上，發誓要復仇的多得倫老頭和他的兒子捲土重來；他們把一只滴答作響的大鐘擺到了譚特倫家的窗口，還在他們的門鈴上粘了根針，然後在對方反應過來之前，搶先一步退回了自己家。

一週之後，譚特倫家人把一罐魚肝油倒進了多得倫家的蒸餾坊；從此以後，一年又一年，這場宿怨一直持續下去，直到其中一家人先被徹底毀滅，然後又輪到另外一家……

戀愛的開端

每一天，小傑米娜都會到小溪這一邊的蒸餾坊工作，而波司克．多得倫則是在另一邊的作坊裡工作。

有時候，基於兩家間無意識傳承下來的仇恨，這兩個死對頭會向對方丟擲威士忌，然後傑米娜總是會帶著一身聞起來像極了法國料理的味道回家。

但現在，傑米娜卻只是若有所思的望著小溪的對面。

那是個多麼奇妙的陌生人啊！他穿的衣服是多麼特別啊！在她單純的思維中，她根本不相信這世界上會溫文有禮的開墾居民；帶著山區居民慣有的輕信態度，傑米娜對此根深蒂固地相信不疑。

她轉過身，走向小木屋；就在她轉身的同時，一樣東西黏上了她的後頸。那是一塊吸滿了從河那一頭的蒸餾坊裡釀出來的威士忌的海綿——一塊由波司克．多得倫丟出來的海綿。

「波司克．多得倫，『李』小子好樣的！」她用低沉的嗓音大吼著。

「『泥』！傑米娜．譚特倫！『泥』個天殺的賤人！」波司克也不甘示弱地回應。

無視於波司克的挑釁，傑米娜繼續自顧自地走向小木屋。

那個陌生人正在和她的父親談話。在譚特倫家的土地上發現了黃金，而這位叫做艾德嘉・愛迪生的陌生人，正嘗試著用一首歌曲來換得這塊土地。此刻，他正在思考著該獻出怎樣的歌曲才好。

傑米娜什麼也沒做，只是在一旁靜靜地注視著他。

（他真是個奇妙的人。當他說話的時候，他的雙唇會動個不停呢。）

她一屁股坐在壁爐上，目光仍然繼續注視著他。

忽然間，一陣令人毛骨悚然的尖叫聲傳了過來。聽到這聲音，譚特倫家人全部衝到了窗邊。

那是多得倫家人。

他們把自己的牛栓在樹邊，將自己的身子隱藏在灌木和花草之後，然後很快地，伴隨著鋪天蓋地而來的呼嘯聲，石頭與磚塊紛紛砸向小木屋的窗戶，逼得屋內的人全都彎下了腰。

「爸爸！爸爸！」傑米娜放聲尖叫。

她父親從牆上的彈弓架拿下他的彈弓，深情款款地將手穿過了它的橡皮圈。他大踏步走向屋子裡的瞄準口，而譚特倫老媽則是走向煤窖的入口。

群山的戰爭

陌生人是最後一個起身的。感受到多得倫家人的憤怒，他試著攀上煙囪，好逃離這間已經變成戰場的小木屋。然後，他想在床底下也許會有個暗門，但是傑米娜告訴他沒有這樣的一扇門。他在所有的床和沙發下拼命搜尋著逃生的出口，但是每一次傑米娜都將他一把拉開，告訴他那裡沒有任何的門。最後，帶著狂亂和憤怒的情緒，他敲打著大門，對著多得倫家人大聲喊叫了起來。對方沒有回應他的喊叫，只是繼續將磚頭和石塊如雨點般的砸向窗戶這一邊。譚特倫老爹了解，一旦多得倫家人攻出一個突破口，他們必定會馬上一擁而入，然後這場戰爭也就結束了。

接著，口沫橫飛，不時還向四周的地上吐個幾口痰的老赫克・多得倫，指揮著家人發起了攻擊。

譚特倫老爹恐怖的彈弓攻擊也並非沒發生效果；老爹用熟練的射擊打倒了一個又一個多得倫家人，他的彈丸幾乎是連續不斷地穿透了對方的腹部，但在對手的攻勢之前，他的奮戰也只是顯得格外的軟弱與無力。

多得倫家人越來越接近小木屋了。

「我們必須逃跑，」陌生人對傑米娜大喊，「我會犧牲我自己來掩護妳離開！」

「不，」滿臉髒污的譚特倫老爹大吼著說道，「你留在這裡繼續戰鬥！我會帶著傑米娜和老媽和我一起離開！」

帶著蒼白和因為憤怒而顫抖的神色，來自開墾區的男人轉過身，面對著正站在門邊，從一個又一個的射擊孔向不斷逼近的多得倫家人投擲著武器的哈姆・譚特倫。

「你會掩護大家撤退吧？」

但是哈姆說，他也必須與其他譚特倫家人一起離開；不過，如果陌生人能夠想到撤退的方法的話，他很願意留下來幫助陌生人一同掩護其他人撤退。

很快地，天花板和地板開始冒出煙霧。當老亞弗・譚特倫從一個射擊孔探出身子的時候，西恩・多得倫衝了上來，趁著他呼出的酒氣點上了一根火柴；一瞬間，酒精的火燄從四面八方迅速竄了出來。

存放在浴缸裡的威士忌燃起了熊熊大火；小木屋的牆壁開始倒塌了。

傑米娜和那個開墾區的男人相互凝視著。

「傑米娜，」他對她輕聲低語。

「陌生人，」她也用同樣的方式回應。

「看樣子，我們是會死在一起了，」他對女孩說。「如果我們能夠活下來，我會帶妳到城市裡，然後和妳結婚。憑著妳的好酒量，我發誓，妳一定會在社交圈裡大受歡迎的。」

她漫無目的地愛撫著他，過了好一會兒之後，才又開始輕柔地數起了自己的腳趾頭。

煙霧越來越濃烈了；傑米娜的左腳開始燃燒了起來。

此刻的她，已經化成了一座人形的酒精燈。

他們的嘴唇在一個深深的吻中重合，然後，一面牆落到了他們身上，掩沒了他們最後的身影。

「簡直就像是合而為一了一般。」

當多得倫家人闖進了火圈之中時，他們發現傑米娜與男人死在坍落的牆壁下，而兩人的手臂依然緊緊環抱著彼此。

看見這個場景，老詹・多得倫也不禁為之動容。

他摘下了他的帽子。

他在其中裝滿了威士忌，然後將它一飲而盡。

「他們死了，」他慢慢地說著，「至死仍然渴求著彼此。戰鬥已經結束了，我們不應該將他們分開。」

於是，多得倫家人將兩人的遺體一起拋入小溪之中；他們濺起的兩道水花，看上去就像是合而為一了一般，難分難離。

作者解說

Introduction

我的當代新女性

水果軟糖

這是一篇南方的故事，故事的背景是發生在喬治亞州，開滿了細小鈴蘭花朵的小鎮塔蘭頓。我受到塔蘭頓的影響非常的深，但是不知怎麼的，每當我提筆寫下有關它的故事的時候，我總是會收到一堆來自南方的信件，內容都是在譴責我寫的東西嚴重失真。這篇刊載於《都會》雜誌的文章〈水果軟糖〉，確實也引來了所有這些帶著警告的評論。

這篇文章是在我的第一本小說出版之後，在十分陌生的環境下倉促寫作而成的；更進一步說，這是我第一篇和其他人合力寫成的作品。因為我發現自己沒辦法寫好故事中有關賭骰子的章節，於是我將這部份交給了我的妻子——身為一個典型的南方姑娘，可以想見不管是在技術或是在專業術語上面，對於這種有趣的地區性娛樂，她都可以稱得上是專家。

駱駝的背脊

我認為，在所有我曾寫過的故事之中，這是我覺得寫起來最輕鬆，同時也是帶給我最大樂趣的一篇文章。就整個寫作過程來說，它是我在紐奥良市的時候，為了一個特別的目的——買一只價值六百美元的白金鑽石手環，在一天之中寫成的。當我開始寫它的時候是早上七點，而在同一天晚上的午夜兩點，我就將它完稿了。它在一九二〇年刊載於《星期六晚郵》上，並被收錄在同一年出版的歐亨利紀念文集之中。在這本書的所有故事中，我對它的喜歡程度可以說是最低的。

我的樂趣是源於一個事實，那就是故事中所講到有關「駱駝」的部份，就像字面的描述一樣真實；事實上，我已經和那位被牽扯進故事裡的紳士約定好了，接下來那場我們兩人都有收到邀請的化妝派對，我非去參加不可，而且還要跟他一樣，盛裝打扮成一副「駱駝」的樣子——做為把他的故事記錄下來的人，這也算是一種補償吧？

幻夢的殘片

這是一篇會讓人有點不悅的故事。它以短篇小說的形式刊載於一九二〇年七月的《時髦人物》雜誌上，內容主要是有關於前一年春天所發生的一連串事件。故事中的三個事件，每一件都讓我留下了深刻的印象。雖然實際上，除了那個開啟爵士年代的春天所共同具有的歇斯底里特徵外，它們之間是彼此互不相關的，但是在我的故事裡，我嘗試著——恐怕不是很成功地——將它們編織進同一幅圖樣之中。那是一幅忠實描繪了那幾個月在紐約所發生的種種事件，如何對某個當代的年輕人產生影響的圖樣。

陶瓷與桃紅

「那麼，你還有為其他雜誌寫稿嗎？」一位年輕女士如此詢問。

「噢，有的，」我信誓旦旦地對她說道，「我在《時髦人物》上面刊載了某些故事與劇作，例如……」

那位年輕女士顫抖了一下。

「《時髦人物》！」她大喊了一聲，「你替那種雜誌寫稿？噢，他們刊載的都是一些有關『泡在藍色浴缸裡的女孩子』，或是其他諸如此類愚蠢事情的廢文。」

於是，我用非常開心的態度告訴她，她所指的「廢文」，正是我幾個月以前在那裡刊載的文章〈陶瓷與桃紅〉。

幻想

大如麗池飯店的鑽石

如果要以我自己的標準來衡量的話，對於以下幾篇文章的寫作筆法，我會說它們是以我的「第二種風格」所寫就的。〈大如麗池飯店的鑽石〉是在去年夏天刊載於《時髦人物》上面的作品，這是一篇純粹根據我個人的趣味構思而成的文章。透過對奢華的徹底渴求的極力描繪，我在文章中維持了一貫熟悉的基調；同時，我也開始嘗試著在對這種渴求的描繪之中，增添某些想像的元素。

一位知名的評論家曾經非常高興的稱讚說，這篇〈大如麗池飯店的鑽石〉，其非比尋常的優秀程度，遠遠勝過我過去所寫的任何一篇作品。也許我個人會比較偏好〈近海的海盜〉，但是，請容我稍微修改一下林肯的話：「如果你喜歡這樣的東西，那麼，這很有可能就會是你往後將一直喜歡下去的東西。」

班傑明的奇幻旅程（註）

註：〈大如麗池飯店的鑽石〉與〈班傑明的奇幻旅程〉收錄在新雨出版社出版的《班傑明的奇幻旅程》一書中。

這篇文章是受到馬克吐溫的一句評論啟發所影響而寫成的。在那句評論中，馬克吐溫所感嘆的是，我們生命的最好部份總是在開端，而最糟糕的部份卻總是在結尾。經由嘗試著檢視一位在我們這個「正常世界」中絕無僅有的人物，我很罕見的對他的觀點做了一次公平的審視。就在這篇文章完成後的幾星期，我在薩繆爾・巴特勒的《筆記本》中也發現了幾乎是完全相同的情節。

這篇文章是於去年夏天刊載於《科里爾週刊》的；在刊登之後，我收到了這樣一封來自辛辛那提一位匿名讀者，讀起來頗為嚇人的信：

敬啟者——

我拜讀了你在《科里爾週刊》上所寫有關班傑明．巴頓的故事；我想說，做為一個短篇故事的作者，你毫無疑問是個不折不扣的大瘋子。在我這一生之中曾經見過許多白痴透頂的傢伙，但是在所有那些傢伙之中，你還是最大的一個白痴。我實在很痛恨把任何一分筆墨花在你這種人身上，但是我還是忍不住要這樣做……

這篇故事是我大約六年前，在普林斯頓就讀大學時寫成的。經過了相當的修正之後，它在一九二一年刊登於《時髦人物》雜誌上。在我構思這篇文章的時候，我曾經動過一個僅此唯一的念頭，那就是我想成為一個詩人。因此，其實我對每一個片語的語氣都投注了極大的關心，而綜觀整篇文章，我所擔心的也並非情節的匱乏，而是我的散文是否貧乏無味。我覺得，比起它本身的價值，也許我對它的特殊情感，更大的一部份是源自於它是我早期的創作之故。

噢，紅髮女巫！

當我提筆寫下這篇文章的時候，我剛剛完成我的第一本小說的初稿；本能的反應促使我寫下了一篇喧鬧的故事，在這整篇故事裡面沒有任何一個角色是正經八百的。在此同時，由於我感覺到自己在這篇文章中完全沒有按照任何有秩序的綱領進行寫作，因此我也很擔心，這樣做會不會有點失去控制？不過，在適當的考慮之後，雖然讀者也許會發現當他在閱讀的時候，在時間要素方面會感到有點困惑，但我還是決定，就讓它以本來的面目登場。我必須要強調的一點是：不論故事中涉及到梅林・格蘭傑的年代是什麼年代，在我自己腦海中所設想的始終是現代。這篇文章刊載的地方是《都會》雜誌。

未分類傑作

殘火

對於這個故事，我可以說，它是以一種難以抗拒的形式降臨到我身邊，並吶喊著要我將它寫下來的。也許，有人會指責它不過是一種情感的碎片，但是，就像我對它的看法一般，在它之中所蘊含著的東西，其實遠遠不止於此。因此，如果它缺少了某種真摯，甚至是悲劇性的特質，這個錯謬不該歸咎於它的主題本身，而而是應當歸責於我的處理不當。

這篇文章刊載在《芝加哥論壇報》上，並且在隨後獲得了四頂金桂冠，以及——我猜想——由現在圍繞在我們身邊的眾多文編當中的一位所給予的，某些類似的讚譽。

我提及的這位紳士通常會跑來上演十足的情節劇，以隨時要爆發的火山或是約翰・保羅・瓊斯（註）的鬼魂姿態，扮演著復仇女神的角色。他的情節劇小心翼翼地以詹姆斯早期

註：美國海軍之父，美國獨立戰爭的首位海軍鬥士。

的短文形式進行包裝，暗示著跟隨而至的隱晦而微妙的複雜情節。在這樣的條理下，「說也奇怪，蕭・麥克菲竟不聽從馬汀・蘇洛那幾乎令人難以置信的看法。附帶一提，至少就三位評論家——目前我必須對他們的名字保密——看來，這似乎不可能……」就這樣，直到小說的破壞者像窮鼠般被趕到戶外，情節劇就開始了。

艾奇先生

這篇文章的特徵在於，它是在一家紐約的旅館中，利用一頁雜誌紙所寫成的。我是在一家名叫「紐約人」的旅館床上寫下它的；在那之後過了不久，這間令人懷念的旅店就永遠關門大吉了。

在一段適當的悲悼期過去之後，我將這篇文章刊登到了《時髦人物》雜誌上。

傑米娜

跟《齊普賽街的塔昆幻夜》很類似，這篇文章是我在普林斯頓的時候寫成的，而整篇草稿則是在數年之後，刊登於《浮華世界》雜誌上。至於它的寫作手法，我想我必須要向史蒂芬・李科克先生（註）道個歉才行。

我曾經為了這篇文章笑得十分開心，特別是在我第一次寫下它的時候更是如此，但是現在，我卻不再覺得它很好笑了。儘管如此，當其他人告訴我它很有趣的時候，我還是把它收進了這本書。它對我來說似乎是篇值得保存好幾年的文章——至少直到時代潮流的變幻帶來的厭倦，使得我和我的書以及這篇文章一起消逝之前，它都有存在的意義。

對於這篇不成文章的目次介紹，我在此致上誠摯的歉意；我相信，諸位讀者在閱讀這些寫成於爵士年代的傳奇故事時，必然會對之愛不釋手的！

註：二十世紀初期北美的著名幽默作家。

編輯後記

編輯後記

絢爛與寂寞的二重迴旋

在靈魂的漫漫黑夜中，每一天都是凌晨三點鐘。
——史考特・費茲傑羅，《大亨小傳》

鄭天恩

《幻夢的殘片》（*May Day*），是史考特・費茲傑羅繼《班傑明的奇幻旅程》之後，又一本精彩的短篇合集。本書所收錄的作品，主要是以費茲傑羅在他的傳世名著《大亨小傳》出版前，刊載在各大報章雜誌上的短篇為主。雖然這些作品多屬於費氏早期的著作，行文走筆亦難免有生澀之處，但不可否認，它們仍然是極為優秀的作品，不論在情節的鋪陳、動人心弦的刻畫，以及場景的描述上，都有相當不凡的功力。從這些作品中，我們也可以清楚感受到費氏作品一貫的基調——由極度的絢爛，與沉重的不安交織而成，帶著不協調音的華麗爵士舞曲。

按照作者的自我解說，本書大致上可以分成三個部份：「我的當代新女性」（〈水果軟糖〉、〈駱駝的背脊〉、〈幻夢的殘片〉、〈陶瓷與桃紅〉），「幻想」（〈齊普賽街的塔昆幻夜〉、〈噢，紅髮女巫！〉），以及「未分類傑作」（〈殘火〉、〈艾奇先生〉、〈傑米娜〉）。不過，如果根據本書的寫作形式以及寫作時間來區分的話，這本書則大致可分成三個部份：早期習作、荒謬劇，以及短篇小說，在這當中又以短篇小說的部份，最能表現出費氏特有的深刻思維與清麗文筆。

首先，就「早期習作」的部份來說。這部份包括了作者早年在大學時寫成的兩篇作品，〈傑米娜〉與〈齊普賽街的塔昆幻夜〉。在〈傑米娜〉一文中，作者用一種粗野而具有活力的筆調，來描寫發生在南方某個山區當中，一場關於兩個家族的衝突，以及貫串其間的一場愛情故事。全文使用了大量的諧音、鄉音，營造出一種「如聞其境，如聞其聲」的感覺。整篇故事看似一段淒美的殉情記，但仔細深讀後，會發現裡面處處充滿了滑稽突梯的矛盾感，從衝突的起因、傑米娜的日常生活，到最後的結尾，這種矛盾感可說無所不在，並從而營造出一種黑色幽默的氣氛，可說是費茲傑羅作品中極少見的異數。至於〈齊普賽街的塔昆幻夜〉，則是以十七世紀的倫敦，一段暗夜的追逐為開端，最後以大霧中似真似幻的紙上故事為結尾，整個故事的結構相當完整，特別是開場的那一段追逐戰，無論是景物的描述、人物的動感，以及場景的描繪，無一不是躍然紙上、栩栩如生。雖然這是作者在大學時代的作品，但無疑的已經具有相當的成熟度，也可以從中看出作者後來諸多作品的雛型。似真似幻的塔昆，究竟是人？還是幽魂？他的故事究竟是真？是假？作者並沒有給我們答案，只是留下一個懸疑，而真實，就像倫敦大霧一般，朦朧難辨……

其次是兩篇荒謬劇：〈陶瓷與桃紅〉和〈艾奇先生〉。雖然這兩篇作品是以戲劇體的形式寫成，但是從文章的內容來看，它們其實並不是真的劇本，只是以劇本的筆法，讓讀者產生一種「看戲」的錯覺而已。〈陶瓷與桃紅〉是以極為老套的「身份錯置」為主題，以透過三位個性迥異的主角——崇尚自然，不受拘束的妹妹茱莉、個性嚴謹的姐姐露易絲，以及露易絲愛好文學與浪漫的男友寇金斯——之間充滿機敏的對話，讓整個看似陳腔濫調的故事變得生動活潑起來。作者以極狹小的空間和極少的人物，呈現出一段讓人回味的劇情；雖然這篇文章被當時的人批評為「愚蠢的廢文」，但實際上是篇相當優秀的作品。相較於〈陶瓷與桃紅〉中女主角茱莉活潑而充滿自信的身影，〈艾奇先生〉所描述的，則是一個在狂飆的爵士時代中，被新一代的年輕人所拋棄的孤獨身影。在社會價值觀的改變下，熱愛土地與農村的艾奇先生，也只能在爵士樂的浮華狂潮中逐漸的被淹沒；全劇最後，艾奇先生靜靜的躺著，身邊只有不停飛舞的飛蛾，與愚鈍卻溫柔純樸的小男孩彼得陪伴著，整個畫面呈現出一種極度淒涼的美感，這種美感除了對兩個時代都有深刻體悟的費氏以外，其他人是很難描繪出來的。

接下來的部份是全書的核心——短篇小說，在這部份一共包括了五篇精彩且風格各異的作品：〈水果軟糖〉、〈駱駝的背脊〉、〈幻夢的殘片〉、〈殘火〉、〈噢，紅髮女巫〉。這五篇作品除了〈駱駝的背脊〉之外，幾乎全是以悲劇作收。然而，即使是有著濃濃喜劇風格的〈駱駝的背脊〉，在背後其實也隱約漂浮著某種陰鬱和不安的氣息。關於這方面，可以歸納到貫串費茲傑羅作品的一個重要特色，也就是本文一開始所說的「對立」

與「不協調」。日本大作家村上春樹曾說：「費茲傑羅作品的魅力之一就在於，在極為有限的篇幅中，凝聚了諸多對立的情感。溫柔與傲慢、情感與冷靜、發自內心的樂天情懷與自我破壞的欲望、向上攀升與往下沉淪、都會的洗鍊與中西部的素樸……費茲傑羅以一種本能的方式，駕馭著這種種對立的要素。」信哉斯言。在這五篇作品中，透過細膩而敏銳的筆鋒，費茲傑羅將隱藏在華麗外表下的「對立」和「矛盾」發揮到了極致。

在〈幻夢的殘片〉當中，作者使用了大量的對比手法，營造出現實與虛幻的交錯感。在故事中，有象徵著現實，極度粗鄙的存在（士兵二人組），也有遊走於現實和虛幻邊緣，似醒似醉的角色（來臨與離去先生），然而，做為主軸的仍然是夾在現實的矛盾之中，為此掙扎為此所苦的主角——高登與艾迪絲。在意象迷離的絢爛景物，與清醒之後的無比淒涼間，作者讓高登走上了最為悲劇的收場。從某方面來說，高登這個角色其實就是費茲傑羅自己的寫照，而愛好虛華、活潑膚淺的艾迪絲，則是無處不在的塞爾妲的又一化身；彷彿預言到未來的不幸般，費茲傑羅將自己心中的苦悶，巧妙融入了一戰結束後的紐約街景中，呈現出一幅極端個人卻又色彩繽紛的眾生相繪卷。

同樣的不安與對立，也出現在〈殘火〉當中。作家克登從極度幸福的新婚時光中猛然墜落，生命化為宛若風中殘燭般的點點餘燼，剩下的只有不斷被拷問的靈魂，以及帶著無比的堅毅耐心等待，卻得不到回音的妻子羅珊娜。這篇作品和〈冰之宮殿〉（收錄在〈班傑明的奇幻旅程〉中）一樣是寫成於一九二〇年代初期，當時費茲傑羅正在文壇嶄露頭角，同時又娶了美麗的塞爾妲為妻，可說正是事業與愛情兩相得意的時候。然而，也就在同時，他的作品中卻充斥著不安與毀滅的氛圍。幸福是否易逝、感情是否能夠長存，這些都是費氏作品中不斷發出的疑問，然而，對費氏而言，最大的不安還是來自妻子塞爾妲。塞爾妲有才氣且美麗，就像是〈水果軟糖〉的女主角南西一般，個性易變、輕佻卻充滿魅力；費氏一方面為塞爾妲的美麗所傾倒，另一方面卻又對她的輕佻深感不安，於是，在〈殘火〉中，塞爾妲的陰暗面化身成了故事的影之女主角，隨性、懶散、不負責任的凱蒂。透過羅珊娜和凱蒂的對立，費氏把自己對塞爾妲的期待與失望分裂成了兩個極端的角色；當這兩個角色面對面時，這部作品的對立與衝突也達到了最極致。凱蒂的出場就只有在這個部份，但她所造成的折磨卻是長久且難以消弭的。故事最後，羅珊娜與另一個殘缺的靈魂──凱蒂的丈夫哈利──在月光下相會，彷彿一切都已過去，然而，對兩人而言，剩下的卻只有遺憾而已。費氏為整個故事留下了一個惆悵卻美麗的結局，也使得這篇〈殘火〉，不管在文學或是小說的價值陡然提升到一個境界。就我看來，這篇文章可以稱得上是這整本書當中最優秀的傑作。

相較於〈殘火〉，做為〈班傑明的奇幻旅程〉的姐妹作，〈噢，紅髮女巫！〉所表現出的，乃是作者對於生命虛度以及時光流逝的不安。若是將這三篇作品加以比較的話，這篇作品的不安感其實是最為強烈的。〈殘火〉的主角克登被禁錮在無法脫逃的軀殼之中，班傑明‧巴頓則是被逆流的生命所拘束，〈紅髮女巫〉的主角梅林沒有他們兩人所遭遇到的奇特命運，但那種受到禁錮的苦悶卻更加鮮明，也更加貼近現實世界。梅林是個「白白在這世上走一遭」的人，他所有的感嘆與悲苦，正是平凡如我等每天都會存在的感嘆；不過，和我等不同的是，梅林遇到了他的紅髮女巫。紅髮女巫是平凡的梅林在這個世界中尋求解放的唯一出口，唯有與紅髮女巫的相遇，能讓他找到另一個自我；然而，當紅髮女巫也落入凡塵，不再是一首詩或一個如畫的意象時，梅林又該何去何從？在這篇作品中，費氏使用了相當親切而平凡的筆觸，來描述梅林的日常生活，並從平凡中突顯出紅髮女巫的不平凡，可以說是相當成功的映襯。我們在這世上是否也只是白白走一遭，還是我們也擁有自己不平凡的人生？或者說，我們應該像故事中的麥奎肯小姐一樣，安於平凡，過著無風無浪的生活？作者沒有提供答案，答案在每個渴望平凡與不平凡的人心中……

就像是不定形的水一般，費茲傑羅的作品，是會隨著閱讀者的心境所改變，充滿了無限可能的解讀方式的作品。「文學少女」天野遠子曾說，「費茲傑羅的作品充滿著虛飾、榮光，以及豪華的味道，就像是在派對中品嘗光亮的魚子醬和香檳酒般」；然而，從另外的角度而言，品嘗費茲傑羅的作品時，並不光是魚子醬般細膩的口感；有時，那更像是飲烈酒，初飲時感到一陣熱辣，然而，當酒精入喉後，殘存在口中的，卻是讓人不禁想流下眼淚的苦澀。從風華正茂邁入兩鬢霜白，從意氣昂揚到隨波逐流，生命的起落浮沉，就像是費氏故事中不斷流轉的舞台燈光一樣，帶領我們經歷一次又一次的相遇，走過一段又一段的旅程，然而，當驀然回首之際，我們才發現，自己竟是如此孤獨而寂寥。在名為文學的橋上，找尋著自我與現實世界之間的交點，在絢爛與寂寥之中，找尋著一個可以讓自己靜靜凝望這個世界的角落，費茲傑羅的作品，正是這樣一首絢麗卻又充滿矛盾，不協調的二重迴旋曲……

當時間的河流不再平順
擦肩而過的我們　又將在何處再次交錯……

班傑明的奇幻旅程

書　名

班傑明的奇幻旅程

作　者

史考特．費茲傑羅

譯　者

柔之、林惠敏、鄭天恩

叢書系列

精選 LC-016

定　價

250

本書共收錄有費茲傑羅的《大如麗池飯店的鑽石》、《冬之夢》、《班傑明的奇幻旅程》等七篇經典名作，即他所稱的「爵士年代故事」。這些故事是融入他個人的生活體驗而寫成的：他悲傷的愛情故事、他的理想、野心以及幻滅，他都能將其寫成故事做為一種療癒的方式。

本書特別收錄電影《班傑明的奇幻旅程》原著小說；在這篇文章中，美國最偉大的小說家費茲傑羅，以他魔幻的生花妙筆，生動地描寫了班傑明與眾不同的一生。

當曾經的絢爛浮華褪盡　剩下的是令人心碎的無盡寂寞……

重返巴比倫

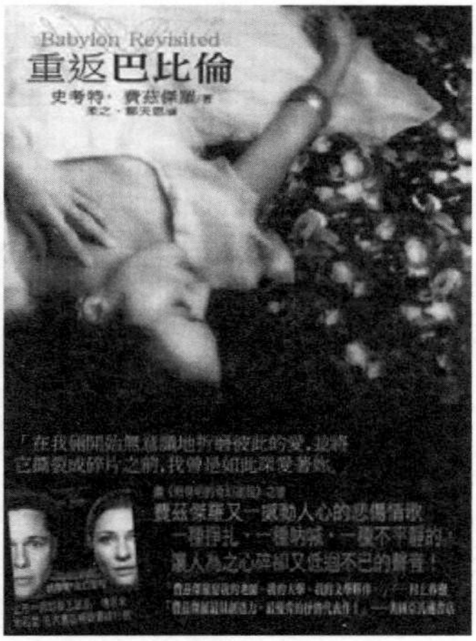

書　名

重返巴比倫

作　者

史考特・費茲傑羅

譯　者

柔之、鄭天恩

叢書系列

精選 LC-017

定　價

250

《重返巴比倫》(Babylon Revisited)是費茲傑羅繼《班傑明的奇幻旅程》後，又一本精彩的短篇小說合集。在本書中，在社會與家庭劇變中掙扎的費茲傑羅，以宛若要滿溢而出般的情感，寫成了一篇又一篇直擊人心的動人經典。從自信滿滿的浮華年代，到自我沉淪與走向絕境，費茲傑羅用他的筆，在短暫的生命歷程中，寫下無數讓人為之心碎卻又低迴不已的文章。良善與冷酷，華麗與落寞，愛情與仇恨，喜悅與悲愴……在爵士時代落幕的鐘聲中，費茲傑羅將帶領讀者一同體驗舞台上最後的絢爛與幻滅。

國家圖書館預行編目資料

幻夢的殘片／史考特・費茲傑羅（F. Scott Fitzgerald)著；林惠敏，鄭天恩譯・－－初版・－－臺北縣三重市；新雨，2009. 07
面；　　公分
譯自：May Day
ISBN 978-986-227-031-8(平裝)

874.57　　98007157

幻夢的殘片

作　　者　史考特・費茲傑羅 F. Scott Fitzgerald
譯　　者　林惠敏、鄭天恩
編　　輯　黃雅瑄、鄭天恩
發 行 人　王永福
出 版 者　新雨出版社
地　　址　台北縣三重市重安街一〇二號八樓
電　　話　(02)2578-9528・(02)2578-9529
傳真電話　(02)2578-9518
郵政劃撥　11954996　戶名：新雨出版社
電子信箱　a68689@ms22.hinet.net
出版登記　局版台業字第4063號
出版日期　二〇〇九年七月初版
定價　　三九〇元
特價　　三二〇元